KALTER ZWILLING

ZONS-THRILLER

CATHERINE SHEPHERD

2. vollständig überarbeitete Auflage 2016
Copyright © 2016 Kafel Verlag, Inh. Catherine Shepherd,
Franz-Radziwill-Weg 12, 26389 Wilhelmshaven

Korrektorat/Lektorat: Vera Müller, Franziska Gräfe

Covergestaltung: Alex Saskalidis
Covermotiv: decade3d - anatomy online/shutterstock

Druck: CPI Books GmbH, Birkstraße 10, 25917 Leck

www.catherine-shepherd.com
kontakt@catherine-shepherd.com

ISBN 978-3-944676-01-2

TITEL VON CATHERINE SHEPHERD

»*In Wahrheit sind aber die bösen Triebe in ebenso hohem Grade zweckmäßig, arterhaltend und unentbehrlich wie die guten: - nur ist ihre Funktion eine verschiedene.*«

Friedrich Nietzsche, *Die fröhliche Wissenschaft.*

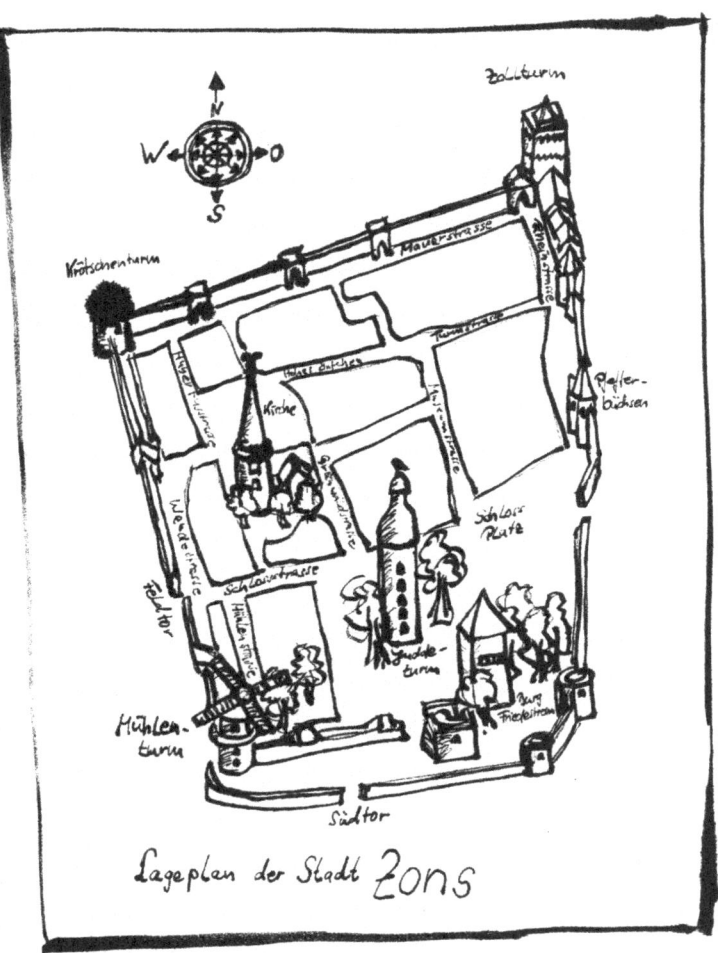

Lageplan der Stadt Zons

PROLOG

16 Jahre zuvor ...

Es war unheimlich düster in der kleinen Stube, obwohl das Feuer lichterloh brannte. Heißes Wasser blubberte im Kessel über der Feuerstelle. Immer dann, wenn sich einzelne Wassertropfen explosionsartig von der brodelnden Oberfläche des dampfenden, kochenden Wassers lösten und in hohem Bogen über den Rand des Kessels hinauskatapultiert wurden, um Sekunden später mit einem hässlichen Zischlaut an der Außenseite des Kessels zu verdampfen, begleitete sie das laute Schreien der Frau auf dem Stroh. Ihr Name war Elisa.

Mit ihren knapp sechzehn Jahren war sie blutjung und gehörte zu den schönsten Frauen des kleinen mittelalterlichen Städtchens Zons - doch weder von ihrer Jugend noch von ihrer Schönheit war im Augenblick etwas zu erkennen. Mit schmerzverzerrtem Gesicht lag sie auf dem Stroh, ihr Körper blass und aufgedunsen. Der Schweiß, der sich überall auf ihrer Haut gebildet hatte, strömte einen unangenehmen, fauligen Geruch aus.

Seit Anbeginn der Welt existiert das Böse. Es taucht immer wieder auf, mal zufällig und mal in Mustern. Elisa wusste das, doch es war längst zu spät. Sie richtete ihren Oberkörper auf und presste. Eine der um ihr Lager versammelten Frauen tupfte ihr mit einem Leinentuch den Schweiß von der Stirn. Eine andere machte sich zwischen ihren Beinen zu schaffen.

Das Wasser brodelte im Kessel und Elisa schrie ihren Schmerz lauthals in die dunkle Nacht hinaus. Sie presste noch einmal und wenig später spürte sie einen Moment großer Glückseligkeit, als das Kind sich zwischen ihren Beinen den Weg in die Welt bahnte und mit einem lauten Schmatzen hinausglitt. Doch dieser Moment sollte nur kurz dauern, denn gleich darauf fuhr eine erneute Schmerzwelle durch ihren zermarterten Körper. Sie war viel heftiger und gewaltiger als zuvor.

Entsetzt riss Elisa die Augen weit auf. In ihrem Inneren hatte sich etwas festgekrallt, das nur widerwillig aus ihrem aufgedunsenen Leib herauskommen wollte. Keine weichen Babyhände, sondern eher krallengleiche Pranken hielten ihren Wehen mit aller Kraft Stand und zerrten an ihren Eingeweiden.

Ihr erstgeborener Sohn brüllte wie am Spieß und konnte doch ihre eigenen Schreie nicht übertönen. Blut strömte literweise aus ihrem Unterleib und die Hebamme schüttelte schockiert den Kopf. Elisa schenkte ihrem zweiten Sohn das Leben, während sie qualvoll bei seiner

Geburt verblutete. Ihr Blick blieb an ihrem Erstgeborenen hängen, der von weichem Babyflaum umgeben trotz seiner Schreie einem Engel glich. Ihren zweitgeboren Sohn bekam sie nie zu Gesicht. Er lag zwischen ihren Schenkeln in einer riesigen Blutlache. Noch bevor die Hebamme ihn emporheben konnte, um ihn den Augen seiner Mutter vorzuführen, verließ das Leben Elisas Körper. Ihr letzter Gedanke galt dem Bösen und dem misslungenen Versuch, es rechtzeitig aufzuhalten.

16 Jahre und 6 Monate zuvor ...

Die knorrige Alte hatte böse blitzende Augen. Schwerfällig lief sie vor ihrer Hütte auf und ab. Der Wind blähte ihre Kleider auf und in diesem Augenblick sah sie wahrhaftig wie eine Hexe aus. Sie riss die Arme nach oben, eigentlich nur, um das Gleichgewicht zu halten, doch die Geste sah wie eine Drohung aus. Die Mädchen kicherten leise vor Aufregung und duckten sich hinter den Büschen am Wegesrand. Es sollte eine Mutprobe werden. Mehr nicht.

Elisa reckte ihren Kopf empor. Der Korb voller frischer Eier stand direkt vor dem Eingang. Ein schneller Lauf, eine kurze Drehung, und eines der Eier könnte ihr gehören. Dann durfte sie das neue Kleid tragen. Normalerweise warfen die Geschwister in solchen Fällen eine Münze, doch diesmal fiel die Münze zweimal auf dieselbe Seite. Unentschieden. Also hatten sie sich etwas Neues ausgedacht. Eine aufregende Mutprobe! Elisa blickte kurz zu ihrer Schwester hinüber und nickte. Los! Sie stürmte aus dem Busch und rannte so schnell sie konnte auf den Eingang der Hütte zu. Die Alte drehte verwirrt den Kopf in ihre Richtung. Mit kleinen, behäbigen Bewegungen humpelte sie auf Elisa zu. Diese ließ sich nicht entmutigen, noch drei Schritte und sie war beim Eierkorb. Aus dem Augenwinkel nahm sie verwundert wahr, dass ihre Schwester ihr nicht folgte.

Angsthase, dachte sie. Die Alte ist viel zu langsam, um mich zu kriegen. Übermütig machte sie einen großen Schritt und landete mit ihrem rechten Fuß auf einem Stein. Verflucht. Sie wankte, ruderte mit den Armen in der Luft und stürzte auf die Knie. Panisch blickte sie sich nach der Alten um. Die humpelte plötzlich viel schneller und kam mit beängstigender Geschwindigkeit näher. Elisa sprang mit letzter Kraft auf. Nur noch ein Schritt.

Ihr Kopf wurde unsanft nach hinten gezerrt. Die Alte hatte ihren langen Zopf erwischt. Oh nein! Sie versuchte sich loszureißen, doch die Alte hielt ihre Haare fest in den knorrigen Händen. Sie hatte erstaunliche Kraft für ihr hohes Alter.

»Was sucht Ihr an meiner Hütte? Wollt Ihr etwa meine Eier stehlen? Lumpenpack!« Die Alte zischte böse.

Einem plötzlichen Instinkt folgend ließ Elisa sich auf die Knie fallen. Die Kraft, mit der ihr Körper nach unten fiel, reichte aus, um sich aus den Fängen der Alten loszureißen. Ihr linkes Knie schlug so hart auf den Boden, dass es augenblicklich zu bluten begann. Der Schmerz ließ für einen Moment grelle Blitze vor ihren Augen tanzen, doch Elisa ignorierte sie. Auf keinen Fall wollte sie in die Fänge dieser alten Hexe geraten. Geschickt rollte sie sich auf die

Seite, sprang auf die Füße und erhaschte mit einem langen Ausfallschritt das oberste Ei aus dem Korb.

»Bleibt stehen!« Mit hochrotem Kopf versuchte die Alte, sich ihr in den Weg zu stellen.

»Ein Dieb! Haltet sie!« Wild fuchtelnd und laut fluchend kreischte die Alte ihr hinterher, doch Elisa war längst außer Reichweite. Ihr Herz dröhnte und Schweiß lief ihr den Hals hinab. Mit flinken Schritten verschwand sie in dem Gebüsch, aus dem sie gekommen war.

»Lauf Martha! Sie will uns holen!« Mit diesen Worten riss Elisa ihre jüngere Schwester, die immer noch erstarrt hinter dem Busch kauerte, aus der Bewegungslosigkeit. Völlig außer Atem erreichten die beiden den kleinen Pfad, der zurück ins Dorf führte. Die Alte wohnte außerhalb der dicken Festungsmauern von Zons. Bereits vor etlichen Jahren hatte man sie vor die Stadttore verbannt, da sie als Hexe verschrien war und niemand in ihrer Nähe hausen wollte. Schwer atmend ließ sich Elisa am Stamm einer großen Weide fallen. Ihr Brustkorb hob sich rasend auf und ab, aber ihr Gesicht zeigte ein freudiges Lächeln.

»Ich habe gewonnen, Schwesterherz! Das Kleid gehört mir.«

Martha, die sich ausgelaugt neben ihre Schwester fallen ließ, zeigte plötzlich aufgeregt mit dem Finger auf Elisas linkes Bein.

»Sieh doch dein Knie an. Es blutet wie verrückt.«

Elisa blickte auf das zerschundene linke Knie. Eine hässliche Wunde klaffte direkt über der Kniescheibe. Vorsichtig tastete sie am Rand der Verletzung entlang. Blut und Schmutz hatten sich zu einer schwarzen Kruste verbunden. Unwillkürlich ergriff sie ihren langen blonden Zopf und erstarrte. Ein wildes Haarbüschel hatte sich herausgelöst und ragte wie die zersplitterten Strohhalme eines abgenutzten Besens aus dem geflochtenen Haar hervor. Im selben Moment spürte sie den dumpfen Schmerz, der auf ihrer Kopfhaut pochte. Die Alte hatte ihr offensichtlich ein ganzes Haarbüschel ausgerissen. Furcht kroch in ihr Herz, und mit einem ängstlichen Blick sah sie zu Martha hinüber.

»Sie hat Euer Haar und sie hat Euer Blut, seid vor der Hexe auf der Hut! ...«

Elisa stockte. Es war der Beginn eines uralten Kinderliedes. Plötzlich sah sie sich wieder mit Martha in der großen dunklen Scheune. Wie oft hatten sie im Dunkeln gespielt, sich gegruselt und mit klopfenden Herzen vor Paula versteckt. Paula die Küchenmagd mit der langen Nase und einer dicken roten Warze direkt unter dem rechten Nasenloch. Sie hatte immer die böse Hexe gespielt, die die beiden Mädchen fangen sollte. Bis zu ihrem elften Lebensjahr fand dieses Spiel fast jeden Abend vor dem Schlafengehen statt. Sie verkrochen sich in den dunkelsten Ecken des Gehöftes, um den fürsorglichen Händen der Mutter zu entgehen und noch ein kleines Abenteuer vor dem Zubettgehen zu erleben.

Elisa hasste die Nachtruhe, sie wurde schon in ihrer Kindheit des Öfteren von Albträumen heimgesucht und so versuchte sie, dem Schlaf so lange wie möglich zu entkommen. Es war immer Paula mit der langen Nase, die schlussendlich die beiden Mädchen einfing und auf das weiche Strohlager brachte, welches den Geschwistern als Schlafplatz diente. Mit dröhnenden Schritten durchschritt die Küchenmagd die Scheune und sang mit rauer Stimme das Hexenlied.

»Seid auf der Hut!«

Die Worte klangen mit einer solchen Deutlichkeit in Elisas Ohren, dass sie fast glaubte, wieder das kleine Mädchen zu sein, das sich vor dem Zubettgehen versteckt. Damals hatte sie sich geängstigt, aber letztendlich hatte sie tief in ihrem Herzen das Glücksgefühl eines großen Abenteuers empfunden - ganz anders als jetzt. Nachdenklich betrachtete sie das mit dunklen Pünktchen gesprenkelte Ei. Der Triumph ihres Mutes wurde weggespült von der Angst, die sich in ihrem Inneren ausbreitete und über ihr Herz legte wie ein dunkler Schleier.

Mit Einbruch der Dämmerung schlich sich Elisa mit pochendem Herzen erneut zur Hütte der Alten. Martha hatte sie mit Gewalt davon abbringen wollen, doch Elisa wollte es wissen. Sie wollte sehen, was die Alte mit ihrem Haar und ihrem Blut anstellte. Lautlos näherte sie sich dem einzigen Fenster der Hütte, aus dem ein Lichtschein drang. Ein Schwall unverständlicher Töne gelangte an ihr Ohr. Die Alte stand mit dem Rücken zum Fenster und stieß in einem immer gleichen Rhythmus fremd klingende Wörter aus. Dabei schabte sie mit einem Holzstab in einem Tongefäß. Mit einem Mal drehte die Alte sich um und starrte zum Fenster. Elisas Herzschlag setzte aus. Doch die Alte hatte sie nicht bemerkt. Sie drehte sich zur Seite und hielt plötzlich eine lange blonde Haarsträhne in den Händen. Unwillkürlich griff Elisa nach ihrem Zopf. Schmerzhaft machte sich die Stelle auf ihrer Kopfhaut bemerkbar, aus der die Haarsträhne herausgerissen wurde.

Die Alte bewegte sich jetzt im Rhythmus ihres Singsangs und zerschnitt das glänzende blonde Haar, um es Sekunden später in das Tongefäß zu geben. Sie stieß ein grässliches Lachen aus und spuckte in das Gefäß. Dann begann sie in deutscher Sprache zu murmeln und Elisas schlimmster Albtraum wurde wahr. Die Hexe verfluchte sie. Solange ihre Blutlinie andauerte, sollte jede siebente Nachfahrin ihrer Generation Zwillinge gebären. Ungleiche Zwillinge. So wie es seit Anbeginn der Zeit das Gute und das Böse gab, sollten auch die Zwillinge gut und böse sein. Ein Engel und ein Teufel. Elisa wurde schwarz vor Augen. Die Alte war tatsächlich eine Hexe. Wie konnte sie nur so dumm sein und ausgerechnet ihre Eier stehlen? Und alles nur wegen des neuen Kleides! Tränen der Verzweiflung liefen über Elisas Wangen. Wie sollte sie diesem Fluch nur entgehen?

Eine Stimme in ihrem Innern flüsterte leise: Ganz einfach, du darfst keine Kinder gebären! Langsam glitten ihre Finger zu ihrem Bauch hinab. Sie dachte an Lambert. Erst vor einem halben Jahr hatte Pfarrer Johannes sie in der St. Martinus Kirche getraut. Vielleicht ist es noch nicht zu spät, dachte Elisa. Doch die winzige Wölbung direkt unter ihrem Bauchnabel strafte sie Lügen. Es war längst geschehen - Elisa war schwanger.

I

GEGENWART

Er hatte wieder diesen Traum. Er träumte ihn seit nunmehr über zwanzig Jahren. Seit jenem Tag, an dem er zum ersten Mal in einen grünen Kittel gekleidet in seinem Labor gestanden und die Temperatur am Brüter überprüft hatte, so wie er es auch heute wieder tat. Sie nannten das Gerät Brüter, weil es immer dieselbe Temperatur von 37 Grad anzeigen musste. Es war wichtig, dass die Wärme immer gleichmäßig blieb. Auch die Luftfeuchtigkeit wies konstant 100 Prozent aus. Würde ein kalter Luftzug die Temperatur nur um ein Grad senken, auch nur für ein paar Minuten, würden die Eier nicht überleben. Einmal war es ihm passiert. Er hatte die Klappe nicht richtig verschlossen und es zu spät bemerkt. Die Eier hatten eine hässliche braune Verfärbung angenommen und ließen sich trotz aller Versuche nicht mehr befruchten.

Er ging hinüber zu dem Labortisch, auf dem ein weißes Mikroskop stand. Es war sein Lieblingsgerät, ein

Mikroskop mit automatischer Helligkeitsregelung und einem elektronisch gesteuerten Annäherungssensor, der anhand der Pupillenstellung seiner Augen die vollautomatische Steuerung der Mikroskopfunktionen übernahm. Vorsichtig nahm er eine Glasschale in die Hand und klemmte sie auf dem Halter ein. Dann rückte er seine Brille zurecht. Eine Geste, die er bis heute beibehalten hatte, obwohl sie eigentlich völlig unnötig war, denn sein neuestes Mikroskop war so modern, dass es kein Okular mehr hatte und die Bilder mithilfe einer hochauflösenden Digitalkamera direkt auf seinen Bildschirm übertrug. Doch noch war er gefangen in seinem Traum. Unruhig wälzte er sich im Bett umher, während sein zwanzig Jahre jüngeres Ich durch das Okular seines alten Lieblingsmikroskops starrte.

Der Anblick brachte sein Blut zum Rauschen. Fantastisch! Tausende kleine Lümmel tummelten sich in der Petrischale. Die Spermien waren gereinigt und bereit für den Endspurt. Dies war seine Lieblingsphase. Gleich würde er sie mit den Eizellen zusammenbringen und dann für 24 Stunden in den Brutschrank stellen. Schon morgen würde er wissen, wie viele der Eizellen befruchtet worden waren. Unter dem Mikroskop konnte er erkennen, ob die Spermien in die Eizelle eingedrungen waren und ob sich zwei Vorkerne gebildet hatten. Dann würde er noch weitere 24 Stunden abwarten müssen, bis winzige Embryos heranreiften. Kleine Zellhaufen - im Vier- bis Acht-Zell-Stadium, welche der Arzt mit Hilfe einer langen Pipette in die Gebärmutter der Patientin einpflanzte.

Er, Hans-Peter Mundscheit, war der Erzeuger dieser

Embryos. Nicht der biologische Vater. Nein, natürlich nicht. Aber er verhalf all jenen Paaren zum Kindersegen, bei denen es auf herkömmlichem Wege nicht funktionierte. Seinen Fähigkeiten als leitender Biologe des IVF-Labors an der Universität zu Köln war es zu verdanken, dass Hunderte von Kindern im Jahr das Licht der Welt erblickten, die es eigentlich nie gegeben hätte. Er erschuf Leben.

Ein Geräusch riss ihn aus seinen Gedanken. Im Nebenzimmer hatte eine Patientin auf dem Stuhl Platz genommen. Ihre nackten Beine waren weit gespreizt und ein greller Neonstrahl leuchtete in ihr Innerstes hinein. Durch das kleine Fenster in der Labortür konnte er deutlich die rosa Färbung ihrer Schamlippen erkennen. Mit glänzendem Edelstahl untersuchte der Arzt ihre Geschlechtsorgane. Die Frau hielt die Augen geschlossen, trotzdem war sie nicht entspannt. Mundscheit konnte ihr die Nervosität regelrecht ansehen. Ihre Lippen waren zu einem schmalen Strich aufeinandergepresst, die Hände hielt sie ineinander verkrampft über ihrem Bauch.

»Es sieht alles sehr gut aus«, sagte der Arzt mit ruhiger Stimme und legte das Instrument aus der Hand. Dann schaltete er einen kleinen Monitor an und griff nach dem Stab-Ultraschallkopf. Er streifte ein Kondom darüber und spritzte durchsichtiges Gleitgel darauf. Dann führte er das Gerät in die Vagina der Patientin ein, ohne dabei die Augen vom Monitor abzuwenden. Ein kurzer Ruck ging durch ihren Körper, als das kalte Gel ihre Schamlippen berührte, doch sie hielt ihre Augen weiter geschlossen.

»Die Schleimhaut ist hoch genug aufgebaut. Wir können den Transfer morgen durchführen.«

Zufrieden zog der Arzt die Vaginalsonde heraus und warf das Kondom in einen Abfalleimer.

»Sie können sich wieder anziehen«, mit diesen Worten drückte er ihr ein Papiertuch in die Hand und ging zu seinem Schreibtisch hinüber. Die junge Frau wischte sich das Gel von ihren Schamlippen und verschwand hinter einem schäbigen blauen Vorhang.

»Wie viele Embryos sollen wir transferieren? Wir haben fünf befruchtete Eizellen, und drei davon haben sich hervorragend weiterentwickelt.«

Der Arzt sah die junge Frau fragend an, die jetzt - immer noch an ihrer Bluse nestelnd - auf dem Patientenstuhl direkt vor seinem Schreibtisch saß. Sie war ohne Zweifel attraktiv. Ihre grünen Augen waren von langen dunklen Wimpern umrandet, und ihr langes brünettes Haar lockte sich über ihren Schultern.

»Ich möchte nur einen Embryo zurückhaben«, antwortete sie, ohne zu zögern.

Der Arzt runzelte die Stirn. »Sie wissen doch, dass die Chance auf eine Schwangerschaft am größten ist, wenn Sie sich mindestens zwei Embryos transferieren lassen?«

»Ja, das weiß ich. Aber ich habe mich entschieden. Suchen Sie einen aus und vernichten Sie den Rest.« Mit diesen Worten deutete die junge Frau ein nervöses Lächeln an und erhob sich.

»Ja, aber ...«

»Professor Neuhaus«, unterbrach sie ihn diesmal forsch, »ich sagte doch, ich habe mich entschieden.«

Wieder schüchtern fügte sie hinzu: »Bitte belassen wir es dabei.«

Sie reichte ihm die Hand zum Abschied und wandte sich dem Ausgang zu. Beim Hinausgehen blickte sie für einen kurzen Moment nach links und starrte durch den Fensterschlitz der leicht geöffneten Labortür. Hans-Peter Mundscheit zuckte heftig zurück. Sie hatte ihm direkt in die Augen gesehen! Nein, das konnte nicht sein, versuchte er sich zu beruhigen. Das Glas war von der anderen Seite verspiegelt. Sie konnte nicht hindurchblicken. Doch ihre Augen verfolgten ihn. Schweißgebadet wachte Mundscheit auf. Wie jedes Mal, wenn er diesen Traum hatte.

Kommissar Oliver Bergmann stand vor seinem Spiegel im Bad und reckte angestrengt das stopplige Kinn empor. Seine schwarzen Haare standen in alle Richtungen vom Kopf ab. Der weiße Rasierschaum tropfte zäh über seine Hand ins Waschbecken hinunter, während er versuchte, das Grübchen an seinem Kinn glattzurasieren. Oliver besaß diesen Nassrasierer erst seit wenigen Tagen. Er hatte sich immer noch nicht an die neue Technik gewöhnt. Seine Haut war gerötet und gereizt. Gerade bahnte sich die scharfe Doppelklinge eine schmale glatte Bahn vom Kinn in Richtung Kehlkopf hinunter, als sein Handy schrill klingelte. Oliver zuckte zusammen.

»Mist«, fluchte er laut, als sich ein feines rotes Rinnsal mit dem weißen Rasierschaum zu mischen begann. Er hatte sich geschnitten. Wütend warf er den Rasierer ins

Waschbecken, griff sich ein Handtuch und ging zurück ins Schlafzimmer. Sein Diensthandy vibrierte auf dem Bett und gab dabei unaufhörlich einen aufdringlichen Klingelton von sich.

»Oliver Bergmann, was gibt es?« Seine Stimme klang gereizt.

»Wir haben eine Frauenleiche gefunden. Sie ist ziemlich übel zugerichtet. Die Spurensicherung ist bereits auf dem Weg ...«

»Die sollen den Tatort nicht anrühren, bevor ich da bin«, unterbrach Oliver den Polizisten am anderen Ende der Leitung. »Geben Sie mir die Adresse und ich mache mich sofort auf den Weg.«

»Okay. Neckarstraße 25 in Dormagen-Hackenbroich, dritte Etage.«

Oliver legte auf. Das fehlte ihm gerade noch. Erst in der letzten Woche hatten sie eine Frauenleiche aus dem Rhein gefischt. Die Leiche war so aufgedunsen und stark verwest, dass er ihren Geruch bei dem bloßen Gedanken daran stechend in der Nase spürte. Von ihrem Anblick ganz zu schweigen! Bis heute hatten sie nicht die geringste Spur und eigentlich war sein kompletter Tag mit der Befragung von Zeugen verplant.

Sein Partner Klaus war noch eine weitere Woche im Urlaub. Er war kaum weg gewesen, da türmten sich bereits die neuen Fälle auf Olivers Schreibtisch. Wie sollte er das alles nur alleine schaffen? Außerdem war er heute Abend mit Emily verabredet. Ein Treffen, welches er unter gar keinen Umständen verpassen wollte. Sie waren jetzt seit sechs Monaten ein Paar, und Oliver hatte das Gefühl, noch nie in seinem Leben so glücklich gewesen zu sein. Ihr leidenschaftliches italienisches Temperament und ihre Schönheit hatten ihm von der ersten Sekunde an den Verstand geraubt. Alle seine früheren Bekanntschaften verblassten neben ihr zu einer grauen Masse.

Verträumt griff Oliver nach dem Rasierer und sah in den Spiegel. Seine stahlblauen Augen richteten sich auf die Reste des weißen Rasierschaums an seinem Kinn. Das Blut aus dem schmalen Schnitt war bereits geronnen. Vorsichtig begann Oliver, die restlichen Bartstoppeln zu entfernen. Er hatte sich bewusst diesen Nassrasierer zugelegt, um Emilys zartes Gesicht nicht weiterhin mit seinen Bartstoppeln zu malträtieren. Sie hatte sich zwar nur einmal beschwert, aber seitdem glaubte Oliver, eine sanfte Zurückhaltung ihrerseits beim Küssen zu spüren. Das wollte er ändern. Heute sollte ihre ganze Leidenschaft ihm und seine Stoppeln der Vergangenheit angehören. Zufrieden grinste er sein Spiegelbild an und strich sich über das Kinn und die Wangen. Glatt wie ein Babypopo, dachte er und machte sich auf den Weg zu seinem neuen Tatort.

Wie sie ihn anwiderte. Er hatte weder Worte dafür noch wusste er, wie er es jahrelang mit dieser Person hatte aushalten können. Ihre fette, schwabbelige Haut hing schlaff von ihren Oberarmen hinunter, während sie sich bemühte, den Staub aus dem hintersten Winkel des obersten Küchenregals zu putzen. Dieser Reinigungsf.mmel ging ihm unheimlich auf die Nerven. So sehr, dass er bewusst Dreck machte, nur um sie zu ärgern. Um zu sehen, wie sie sich aufregte. Wie sich ihre vertrockneten Lippen spitzten und sich ihr Doppelkinn in so viele Falten legte, dass er diese gar nicht mehr zählen konnte. Doch am meisten störten ihn ihre kleinen braunen Augen. Sie blickten stumpf, ohne jeglichen Glanz und strahlten ihre ganze Dummheit aus. Er hatte sich lange mit der menschlichen Intelligenz beschäftigt und nach ausgiebigen Tests festgestellt, dass sie sich am unteren Rand des Möglichen befand. Gerade so viel, um in dieser Welt zu überleben, aber zu wenig, um ihm etwas bieten zu können. Geschweige denn, dass er von ihr lernen könnte.

Wie, so fragte er sich zum tausendsten Male in seinem Leben, wie konnte diese Person seine Mutter sein?

Als wenn sie seine Gedanken gehört hätte, hielt sie inne und sah sich zu ihm um. Doch statt ärgerlich oder bösartig dreinzublicken, lächelte sie ihn an. Das war zu viel für ihn. Wütend erhob er sich vom Küchentisch und rannte hinaus in den Garten. Der Garten, wenn man ihn überhaupt als solchen bezeichnen wollte, war gerade einmal 50 Quadratmeter groß und von dicken alten Mauern begrenzt. Sie bestanden aus uralten Steinen, fast so alt wie die Stadtmauern selbst, die den winzigen Ort umgaben, in dem er mit seiner Mutter lebte - Zons am Rhein.

Manchmal glaubte er, innerhalb dieser Mauern zu ersticken, die ihm jegliche Freiheit nahmen und ihn davon abhielten, einen größeren Abstand zwischen sich und seine Mutter zu bringen. Gut, seit er mit dem Studium in

Köln begonnen hatte, war es besser geworden. Zumindest musste er sie nicht mehr den ganzen Tag ertragen. Eine Zeit lang hatte er überlegt, in ein Studentenappartement nach Köln zu ziehen, um sie ganz vom Hals zu haben. Aber er kannte sie nur zu gut, sie würde ihn trotzdem nicht in Frieden lassen und wäre wahrscheinlich mehrmals täglich bei ihm aufgetaucht. Hier in diesem Haus konnte er sie wenigstens aus seinem Reich verbannen und er konnte das Haus verlassen, wenn sie ihn zu sehr nervte. Im Studentenwohnheim hätte er nicht so einfach weggehen können, dann wäre sie alleine in seinem Zimmer geblieben und das wollte er nicht. Hinzu kam der ganze Trubel rund um das Studentenwohnheim. Ein ständiges Kommen und Gehen, was ihn früher oder später sicherlich um den Verstand gebracht hätte. Und so war er nicht ausgezogen, sondern bei ihr in Zons geblieben.

»Kevin, kannst du mir helfen?« Ihre Stimme klang panisch. Missmutig hob Kevin den Kopf und blickte zum Haus. Eigentlich hatte er nicht die geringste Lust wieder hineinzugehen, doch er antwortete: »Ich komme.«

Mit fünf großen Schritten durchquerte er den kleinen Garten und fand seine Mutter blutend über die Spüle gebeugt. »Ich habe mich geschnitten, mein Junge.«

Kevin betrachtete die Wunde. Es gefiel ihm, wie das hellrote Blut über die aufgedunsene weiße Haut ihres Unterarmes lief. Im Sekundentakt strömte es stoßweise aus der Wunde hervor und versickerte anschließend im Abfluss der Küchenspüle. Kevin wusste, dass sie sich eine Arterie verletzt hatte. Arteria radialis, die Unterarmarterie, die am häufigsten zum Ertasten des Pulses genutzt wird.

Erst im letzten Semester hatte er gelernt, welche Blutgefäße den menschlichen Körper mit Nährstoffen und
Sauerstoff versorgten. Hätte sie sich an einer Vene verletzt,
wäre dunkelrotes Blut aus dem Schnitt gedrungen.

Mit geübten Handgriffen versorgte er ihre Wunde. Er
hätte sie gerne genäht, doch sie war viel zu klein und
würde sich mit etwas Druck von selbst wieder verschlie-
ßen. Er zögerte noch eine Weile und ließ dann seufzend
ihren Arm sinken. Dankbar tätschelte seine Mutter Kevins
Wangen. Dort, wo sein Herz eben noch Fürsorge für sie
empfunden hatte, machte sich erneut Abscheu breit. Er
hasste es, wenn sie ihn so berührte.

»Pass das nächste Mal besser auf, Mutter.« Mit diesen
Worten drehte er seinen Kopf von ihrer fetten Hand fort
und ging hinauf in sein Zimmer. Kaum hatte er die Tür
verschlossen, ließ er sich tief atmend auf sein Bett fallen.
Er schloss die Augen und sah erneut hellrotes Blut auf das
silberne Edelmetall der Spüle tropfen. Der Kontrast von
kaltem Stahl und warmem Blut gefiel ihm außerordentlich. Kevin öffnete die Augen und heftete seinen Blick auf
den Schreibtisch. Eine abgemagerte weiße Maus lief dort
hektisch in einem kleinen Drahtkäfig hin und her.
Zwischendurch blieb sie stehen und reckte witternd ihre
Nase empor.

Sie spürte seine Anwesenheit. Er wusste es.
Geschmeidig wie ein Tiger erhob er sich von seinem Bett
und schlich sich wie ein Jäger an den Käfig heran. Die
Maus blieb auf der Stelle sitzen und rührte sich nicht
mehr. Ihre kleinen schwarzen Kulleraugen waren weit
aufgerissen und starrten ihn an.

Kevin spürte eine Welle der Erregung durch seinen Körper fließen. Er ergriff das Skalpell, welches frisch gesäubert auf der Edelstahlablage neben seinem Schreibtisch lag und öffnete mit einem Ruck den Käfig. Die Maus saß immer noch still da und hatte die Augen weit aufgerissen. Kevin konnte nicht länger ausharren und stach ihr das Skalpell mit einer kräftigen fließenden Bewegung in den Rücken. Die Maus quietschte laut auf und raste mit zuckendem Körper in die andere Ecke des Käfigs. Blut spritzte aus ihrer Wunde empor. Kevin fühlte sich wie im Rausch und stach ein weiteres Mal zu. Diesmal war sein Stoß tödlich. Die Maus blieb zusammengekrümmt in der Ecke ihres Drahtkäfigs liegen. Ihr weißes Fell war rot durchtränkt. Blut. Überall im Käfig haftete ihr Blut. Es war Mäuseblut!

So klar wie nie zuvor in seinem Leben durchfuhr ein Gedanke Kevins vom Rausch benommenes Gehirn: Sie ist so vollkommen anders als ich. Wie kann sie meine Mutter sein?

»Kommissar Bergmann, ich habe Sie schon erwartet. Kommen Sie, hier entlang.«

Oliver folgte dem Polizisten durch ein enges muffiges Treppenhaus hinauf in die dritte Etage.

»Sie muss schon eine ganze Weile dort gelegen haben. Die Nachbarn haben uns alarmiert, weil es komisch gerochen hat. Vielleicht nehmen Sie ein wenig hiervon?« Mit diesen Worten hielt ihm der Polizist eine Tube mit Spezielsalbe hin. Oliver nahm sie dankbar entgegen und rieb sich ein wenig davon unter die Nase. Er hatte zwar noch nicht gefrühstückt, trotzdem wollte er so wenig wie möglich vom Verwesungsgeruch wahrnehmen. Vor der Wohnungstür streifte er sich Überschuhe aus Plastik über und kramte seine Handschuhe aus der Jackentasche.

Kaum dass er über die Schwelle getreten war, schlug ihm ein süßlicher Verwesungsgeruch entgegen, den auch die Mentholsalbe nicht überdecken konnte. An der weißen Zimmerdecke im Flur hatten sich kleine schwarze Fliegen versammelt, die durch die Polizisten von der Leiche aufgescheucht worden waren.

»Sie liegt im Schlafzimmer, dort hinten rechts.«

Die Bemerkung des Polizisten war überflüssig. Der Gestank nach Verwesung war so stark, dass er Oliver auch ohne diesen Hinweis wie ein Navigationssystem zielsicher zur Leiche führte. Er bog vorsichtig nach rechts ab. Noch war die Spurensicherung nicht eingetroffen und er war, von den Streifenpolizisten einmal abgesehen, der Erste am Tatort. Das Zimmer wirkte unberührt. Es war dämmerig und die Jalousien waren nur halb geöffnet.

Das erste, was Oliver sah, waren ihre Finger. Eine Welle der Übelkeit wogte in seinem leeren Magen. Die Finger hingen wie die Glieder einer Kette an einem durchsichtigen Nylonfaden, der quer vom linken zum rechten Pfosten des Himmelbettes gespannt war. Das Bild, welches sich darunter auf der Matratze bot, war nicht viel besser. Eine junge Frau, nicht viel älter als zwanzig Jahre, lag mit ausgebreiteten Armen und gespreizten Beinen auf dem Bett, ihr Gesicht war zu einem einzigen Schrei verzerrt.

Ihre linke Brust war amputiert, die rechte Brustwarze zu schwarzer Asche verbrannt. Zwischen ihren Schenkeln war das Laken von Blut durchtränkt. Oliver trat näher an die Leiche heran. An ihrem Oberschenkel konnte er deutliche Einschnitte erkennen. Offenbar hatte der Mörder versucht, die Blutgefäße freizulegen.

Angewidert wandte Oliver seinen Blick ab. Mit welchem Wahnsinnigen hatte er es hier zu tun? Was für ein Monster war zu einer solch sadistischen Tat fähig?

»Der Mörder hat sie gefoltert.«

Erschrocken drehte Oliver sich um. Frau Scholten, die Leiterin der Spurensicherung, stand hinter ihm und runzelte die Stirn.

»Meine Güte, er muss wirklich wütend gewesen sein. Es muss Stunden gedauert haben, bis sie tot war.« Mit diesen Worten ging sie einmal um das Bett herum. Es stand in der Mitte des Raumes. Oliver betrachtete Ingrid Scholten genau. Trotz ihres Alters war sie immer noch eine attraktive Frau. Ihre rotblonden, kurzgeschnittenen Haare waren perfekt frisiert und die tiefen Furchen, die sich im Laufe der Jahre in ihre Stirn gegraben hatten, verliehen ihrem Äußeren eine übernatürliche Autorität. Sie hatte schon viele Grausamkeiten in ihrem Leben gesehen. War an unzähligen Tatorten gewesen, doch hier und jetzt wirkte sie nicht so abgeklärt wie sonst.

Oliver folgte Frau Scholten um das Bett herum. Hinter dem Kopfende entdeckte er eine Nachtkonsole, auf der verschiedene grellbunte Sexspielzeuge aus Plastik lagen. Er griff nach einem Flyer, von dem ihm in großen roten Buchstaben die Zeile »www.KAUFmich.com« entgegensprang. In kleiner schwarzer Schrift stand darunter: »Wir sind vielseitige Amateurmodelle, die sich mit dir vergnügen möchten ...«

»Ich glaube, wir haben es hier mit einer Prostituierten zu tun. Ich hatte mich schon darüber gewundert, dass das Bett mitten im Zimmer steht.«

»Ja, es sieht so aus. Sehen Sie sich mal diesen großen Spiegel an. So etwas findet man nicht oft in deutschen Schlafzimmern.«

Oliver ging hinüber zu einem schmalen Sekretär, der unter dem Fenster stand. In der linken Schublade lag ein lederner Kalender. Interessiert schlug er ihn auf und fuhr mit dem Finger über die verschiedenen Termine. Am heutigen Datum blieb sein Blick hängen. Es war kein Eintrag vorhanden. Dafür wurde er einen Abend zuvor fündig. Ein gewisser Ronny hatte für 22 Uhr eine Verabredung mit Sophia. Oliver fragte sich, ob Sophia die Tote dort auf dem Bett war und Ronny ihr sadistischer Mörder. Er blätterte einige Tage zurück. Der Name Ronny tauchte im regelmäßigen Abstand von ungefähr drei Wochen auf. Offensichtlich war er ein Stammkunde von Sophia. Im Kalender standen aber auch andere Mädchennamen.

Auf den ersten Blick schienen sich fünf Frauen dieses Appartement zu teilen. Das Kalenderbuch war gut gefüllt. Fast an jedem Tag fanden sich ein bis zwei Einträge. Im hinteren Teil entdeckte Oliver Visitenkartenfächer. Komisch, dachte er, wie freigiebig manche Menschen mit ihren Visitenkarten umgingen und sie sogar im Bordell hinterließen. Schnell überflog er die verschiedenen Namen. Vom Rechtsanwalt bis zum Immobilienmakler waren alle Berufsstände vertreten. Gerade wollte er den Kalender beiseitelegen, als ihm ein bekannter Name ins Auge fiel: Klaus Gruber.

Oliver zögerte. Das konnte doch nicht sein! Unauffällig atmete er tief ein. Diesen Namen gab es relativ häufig, versuchte er sich zu beruhigen. Automatisch flogen seine Augen vom Namen zur darunter angegebenen Privatadresse. Nein, es gab keinen Zweifel. Diese Visitenkarte stammte eindeutig von seinem Partner Klaus.

Oliver konnte es nicht fassen. Wie zum Teufel kam diese Karte hierher? Er konnte sich nicht vorstellen, dass Klaus in diesem Etablissement seiner Lust frönte. Schließlich hatte er doch seit Jahren eine feste Freundin. Nein, es musste sich um einen Irrtum handeln. Vorsichtig blickte Oliver sich zu Frau Scholten um. Sie stand über die Tote gebeugt und zupfte mit ihrer Pinzette an dem blutigen Laken herum.

Einem plötzlichen Instinkt folgend, zog Oliver die Visitenkarte aus der Plastikhülle und ließ sie in seiner Hosentasche verschwinden. Er spürte, wie eine Hitzewelle durch seinen Körper raste und seine Hände anfingen zu schwitzen. Fast konnte er selbst nicht glauben, was er da gerade getan hatte. Unterdrückung von Beweismitteln! Das könnte ihn den Kopf kosten. Unruhig beobachtete er erneut die Leiterin der Spurensicherung. Sie hatte nichts bemerkt. Konzentriert untersuchte sie die Leiche und würdigte Oliver dabei keines Blickes.

Einen kurzen Moment lang überlegte er, die Karte wieder zurückzulegen. Doch dann wechselte Frau Scholten ihre Position. Während sie vorher mit dem

Rücken zu ihm gewandt den Tatort inspiziert hatte, stand sie ihm nun direkt gegenüber. Ein einziger Blick in seine Richtung könnte ihn entlarven. Egal. Oliver würde die Karte nicht zurückstecken. Es konnte sich hier nur um einen Irrtum handeln und er wollte nicht, dass sein Partner in Schwierigkeiten geriet. Schließlich kannte er ihn seit Jahren und der Besuch einer Prostituierten passte ganz und gar nicht in das Weltbild von Klaus.

II

VOR FÜNFHUNDERT JAHREN

Amüsiert beobachtete Martha die beiden dunkelhaarigen Halbwüchsigen, die sich lachend mit einem kleinen Hundewelpen vergnügten. Ein wildes Knäuel aus Beinen, Armen und flauschigem, bunt gefleckten Hundefell wälzte sich in rasender Geschwindigkeit auf dem Hof herum. Einer der Jungen löste sich aus dem Gewirr und drehte sich zu Martha um. Wie immer, wenn er sie mit den blauen Augen ihrer verstorbenen Schwester Elisa ansah, schlug ihr Herz für einen Moment höher. Ganz deutlich konnte sie in ihm die Gesichtszüge Elisas erkennen. Selbst die Art und Weise, wie er seinen Mund zu einem Lächeln verzog, ließ auf der Stelle das Bild der Schwester vor ihrem geistigen Auge entstehen.

Auch nach all diesen Jahren vermisste Martha sie so sehr wie am ersten Tag. Sie bereute den Zank um dieses dumme Kleid. Hätte sie damals gewusst, dass die arme Elisa für dieses Gewand mit ihrem Leben bezahlen muss, sie hätte es ihr nur zu gern freiwillig überlassen. Zu ihrer großen Genugtuung war wenigstens die alte Hexe, die der armen Elisa den Zwillingsfluch auferlegt hatte, kurz danach von der heiligen Inquisition auf dem Scheiterhaufen hingerichtet worden. Direkt neben dem Galgen - auf der Richtstätte »Am Galgenfeld« weit vor den Stadtmauern von Zons - wurde sie verbrannt.

Martha erinnerte sich genau an das Riesenspektakel, welches am Tag der öffentlichen Verbrennung veranstaltet wurde. Noch heute hörte sie die kreischenden Schreie der Alten, als sie langsam in der Feuerglut zu Asche zerfiel. Nach dem Tod ihrer Schwester Elisa hatte Martha die beiden Jungen, Christan und August, zu sich genommen. Sie waren wie leibliche Söhne für sie. Die optische Ähnlichkeit mit Elisa gab ihr das Gefühl, dass ihre Schwester in ihnen weiterlebte. Christan war genauso sanft und liebevoll wie seine Mutter, während August wild und ungestüm war. Aber das störte sie nicht.

Christan, der sich eben aus dem Wirrwarr gelöst hatte, blickte sie immer noch an. Martha lächelte und winkte ihm zu. Er grinste und drehte sich wieder zu seinem Bruder um. August wälzte sich noch immer eng verschlungen mit dem Hundewelpen auf der Erde. Es war ein Schäferhund, der auf dem Rücken liegend nach August schnappte. Der Junge hatte seine Knie und Ellenbogen in die Seiten des Tieres geschlagen und versuchte mit kräftigem Druck seiner beiden Hände die Kehle des Hundes zuzuschnüren. Der Widerstand des Welpen wurde zunehmend schwächer, doch August ließ nicht von ihm ab. Ein flehender Laut aus der Kehle des gequälten

Tieres brachte Christan zum Handeln. Er riss seinen Bruder von dem Welpen weg. August war nicht sonderlich erfreut über Christans Eingreifen und boxte ihm kräftig in die Seite.

»Verdammt, was tust du, Christan. Ich hatte ihn fast so weit!«

»Was soll das heißen, du hattest ihn so weit?«, keuchte Christan, die Hände vor Schmerzen in seine Taille gepresst. »Wolltest du ihn zu Tode quälen und ersticken?«

»Ja, lieber Bruder, genau das hatte ich vor!«

»Mutter beobachtet uns. Sieh doch selbst!«

August warf einen Blick über die Schulter und sah, dass Martha sie nicht aus den Augen ließ.

»Verdammt«, fluchte er und ließ von seinem Bruder ab. »Warum muss sie ständig hinter uns herschnüffeln? Wir sind keine Kinder mehr!«

»Sie ist unsere Mutter, August. Sei doch froh, dass sie sich um uns sorgt. Denk nur an den armen Bernhart, der letzte Woche erst von seinem Vater vom Hof gejagt wurde.«

»Ach, so hör doch auf von Bernhart zu sprechen. Er ist ein elender Schwächling. Taugt zu nichts. Was sonst hätte der Alte mit ihm tun sollen, wo doch noch sechs weitere hungrige Mäuler an seinem Tisch warten?«

»Du bist so gemein. Denkst du nicht einmal darüber nach, wovon der Ärmste jetzt leben soll?«

»Oh je, er kann sich doch in der Stadt als Knecht verdingen. In Köln suchen sie jede Menge davon. Er wird schon keinen Hunger darben.«

Christan schüttelte heftig den Kopf: »Er ist der Erstgeborene. Ihm gebührt der Hof seines Vaters.«

»Christan, er hat keinen Funken Verstand in seinem Kopf.« August machte eine abfällige Handbewegung. »Ich kann den Alten verstehen.«

Wütend stieß Christan seinen Bruder fort und stürmte vom Hof. Der kleine Welpe folgte ihm auf dem Fuß. Martha schüttelte den Kopf, freute sich jedoch über die Flausen ihrer beiden Halbwüchsigen. Dann drehte sie sich um und wandte sich wieder ihrer Küchenarbeit zu. Nur August blieb wie versteinert im Hof stehen. Seine Augen waren zu engen Schlitzen zusammengekniffen und seine Mundwinkel verzogen sich nach unten. Er hasste seinen Bruder für dessen gutes Herz. Er selbst konnte keine Güte in sich fühlen, während Christan erfüllt davon war. Irgendwo musste er jetzt seine Energie loswerden. Sein Hass wollte sich einen Weg nach draußen bahnen. Wie von Sinnen rannte er los.

Bastian Mühlenberg von der Zonser Stadtwache traute seinen Augen nicht. Bereits zum zweiten Mal in diesem Monat wurde er zum Krötschenturm gerufen. Der Turm war einer von vier großen Türmen, die jeweils die Ecken der Stadtmauer von Zons verstärkten. In Kriegszeiten dienten alle Türme als Wehrtürme zur Verteidigung der Stadt, aber in Friedenszeiten wurden sie für andere Zwecke genutzt.

Der Krötschenturm, der sich an der nordwestlichen

Seite befand, beherbergte Kranke und Schwache. Immer wieder brachen Seuchen aus und die Stadtherren achteten streng darauf, Kranke mit ansteckenden Leiden bis zur Genesung oder schlimmstenfalls bis zu ihrem Tod in den Krötschenturm zu verbannen. Erst vor zwei Wochen waren zerstückelte Tierreste, vermutlich von Hühnern, in einer Ecke neben dem Krötschenturm gefunden worden. Da Bastian als Mitglied der Zonser Stadtwache seit nunmehr über einem Jahr für kriminelles Gesindel sowie Mord und Betrug verantwortlich war, wurde er in solchen Fällen stets zu Hilfe gerufen. Bastian war außerordentlich beliebt bei den Zonser Bürgern. Insbesondere das weibliche Geschlecht lag ihm zu Füßen, was nicht nur in seiner muskulösen Gestalt, seinem markanten Gesicht oder seinen blonden Strubbelhaaren, sondern vor allem in seinem Mut und seiner Tapferkeit begründet war.

Bereits zwei üble Unholde hatte er in seiner kurzen Amtszeit zur Strecke gebracht. Der erste Verbrecher vergewaltigte und ermordete mehrere junge Frauen nach einem bestimmten Muster, was ihm in Zons und Umgebung den Namen »Puzzlemörder« eingebracht hatte. Der andere missbrauchte das Beichtgeheimnis, um anschließend mit einer goldenen Sichel die Kehlen unschuldiger Bürger aufzuschlitzen. Schmerzhaft erinnerte sich Bastian an seinen ältesten Bruder Heinrich, der, wie viele andere auch, dem Sichelmörder zum Opfer gefallen war. Bis heute hatte Bastian seine Leiche nicht beerdigen können. Eine Bürde, die er bis an sein Lebensende mit sich herumschleppen musste.

Seit diesen düsteren Mordfällen war es bis auf ein paar

Hexenverbrennungen ruhig geworden im kleinen Städtchen Zons. Hin und wieder wurde gestohlen, aber Gewalttaten gab es keine, wenn man von den zerstückelten Tierresten einmal absah. Bastian trat näher an die blutigen Fellreste heran. Diesmal waren es keine Hühner, soviel konnte er aufgrund der fehlenden Federn schlussfolgern. Das Fell erinnerte ihn an das eines Hundes, vielleicht war es auch ein Wolf. Bastian ergriff einen Knüppel und stocherte in dem Haufen herum. Die breiige Masse aus blutigem Fleisch gab zäh unter seinem Druck nach. Einzelne Knochen waren gebrochen. Die Rasse des Hundes war nicht mehr zu erkennen. Bastian würde in der ganzen Stadt herumfragen müssen, um herauszufinden, welcher Bürger zu Schaden gekommen war. Ansonsten erschien dieser Fall eigentlich uninteressant. Wenn er den Täter dingfest machte, würde er für den Diebstahl bestraft werden. Aber dafür brauchte er zumindest einen Zeugen, der ihn auf die richtige Spur brachte. Anhand der zerfetzten Überreste konnte er nicht viel herausfinden.

In Bastians Magengrube machte sich Unruhe breit. Er hatte das Gefühl, dass er nicht zum letzten Mal einen derartigen Fund gemacht hatte. Dieses Tier war größer als das Federvieh, welches Bastian vor zwei Wochen an diesem Ort vorgefunden hatte. Fast machte es den Eindruck, als würde der Täter eine immer höhere Dosis benötigen. So als ob ein Huhn nicht mehr genug wäre und die Opfer immer gewichtiger werden mussten, um das Blut des Täters zum Rauschen zu bringen.

»Das war der Bucklige, ich habe es genau gesehen!« Die alte Frau zeigte mit zitternden Fingern auf den Kadaver. »Er schleicht ständig hier herum. So sperrt ihn doch endlich in den Juddeturm, Bastian Mühlenberg.«

Bastian betrachtete die Alte mitleidig. Seit ihr Sohn im Neusser Krieg ums Leben gekommen war, konnte Jonata Heusenstamm keine Freude mehr empfinden. Ihr ganzes Leben bestand nur noch aus Bitterkeit, die insbesondere dadurch zum Ausdruck kam, dass sie ihre Umgebung und Mitmenschen für alles anklagte, was schief ging.

»Ich werde mit ihm sprechen, Jonata. Bis ich Beweise habe, bitte ich Euch, Eure Zunge zu hüten und keine Verdächtigungen mehr auszusprechen.« Bastian richtete sich zu voller Größe auf: »Oder könnt Ihr seine Schuld tatsächlich beweisen?«

Die Alte verzog ärgerlich den Mund. »Glaubt mir oder lasst es sein, Bastian Mühlenberg. Möge Gott Euch auf den richtigen Weg führen, aber ich habe es mit meinen eigenen Augen gesehen.« Mit diesen Worten drehte sie sich um und wollte weggehen.

Bastian hielt sie zurück. »Nun, wenn Ihr es wirklich gesehen habt, Jonata, dann erzählt mir doch genau, wie es sich zugetragen hat.«

Die Alte blieb stehen und seufzte dankbar.

»Er kommt immer genau um Mitternacht. Verhüllt in einen schwarzen Umhang schleicht er hier herum. Er läuft nicht aufrecht, sondern gebeugt. Deshalb weiß ich, dass es der Bucklige ist. Manchmal hat er ein armes Tier dabei, manchmal nicht.«

Jonata machte eine Pause, um die Wichtigkeit des nächsten Satzes hervorzuheben.

»Und gestern hat er diesen armen Hund dabei gehabt.

Wenn Ihr mich fragt, Bastian Mühlenberg, war es noch ein Welpe. Das Tier sprang fröhlich und nichts ahnend umher und der Bucklige hat ihm mit einem großen Mauerstein den Garaus gemacht. Der Hund war längst tot, aber der Bucklige hat nicht aufgehört, den Stein auf ihn niedersausen zu lassen.«

Angewidert spuckte sie aus.

»Er hat sein Fleisch regelrecht zu Brei geschlagen, aber das könnt Ihr ja selbst sehen.«

Bastian stöhnte innerlich auf. Wie er bereits vermutet hatte, war Jonata wenig hilfreich. Ihre Beschreibung passte auf jeden Zonser Bürger, der einen schwarzen Umhang besaß. Er ließ die verbitterte Alte mit einem freundlichen Nicken stehen und verließ unverrichteter Dinge diesen schaurigen Ort.

Pfarrer Johannes nahm seinen Platz im Beichtstuhl ein. Seine Leibesfülle war in den letzten Monaten so üppig geworden, dass die Stunden in dem engen Kasten mittlerweile eine Belastung für ihn waren. Schmerzhaft drückte das dicke alte Holz in seine Seiten. Heute würde wieder ein anstrengender Tag werden. Mehrere Gläubige hatten sich zur Beichte angemeldet und Johannes war zu pflichtbewusst, als dass er sein körperliches Wohlbefinden über seine geistlichen Pflichten stellte. Die erste Gläubige begann sogleich, atemlos ihre Sünden aufzuzählen.

Pfarrer Johannes mahnte sich selbst zur Geduld. Diese Frau war für ihn so lästig wie eine Fliege. Es fiel ihm schwer, ihr zuzuhören. Trotz seiner Gutmütigkeit hatte er Schwierigkeiten, ihr Liebe und Zuneigung entgegenzubringen. Er fragte sich, warum Gott es ihm so schwer machte. Sie zählte ihm stundenlang Sünden auf, die eigentlich keine waren. Es kam ihm vor, als ob es ihr nicht möglich wäre, einfach einmal zu schweigen. Als sie ihm erzählte, wie ihr Ehemann ihr aus dem Weg ging, nachdem sie ihm wiederholt eine ihrer Geschichten aufzwängen wollte, musste Johannes sich ein Lachen verkneifen. Er konnte ihn nur allzu gut verstehen.

Eine Beichte glich der anderen und nach über zwei Stunden fiel es Pfarrer Johannes immer schwerer, in dem engen Beichtstuhl zu sitzen. Es zwickte und zwackte ihn am ganzen Körper und sein Rücken begann zu schmerzen, als Gilig zu ihm in den Beichtstuhl stieg. Was wollte der Bucklige ihm erzählen? Johannes vergaß für einen Moment sein Unwohlsein und hörte aufmerksam zu.

Stotternd und in gebrochenem Deutsch begann Gilig zu sprechen: »Er hat so schönes Haar. Ich mag ihn sehr.«

Johannes hielt seinen Kopf dichter an das Beichtgitter. Seine Augen suchten Gilig im Dunkeln. Er sah, wie sich der Bucklige versonnen mit der rechten Hand über die Brust strich.

»Wer hat schönes Haar, Gilig? Von wem sprecht Ihr?«

»Junge, der aussieht wie anderer Junge. Hat so schönes braunes Haar. Gilig möchte ihn anfassen.«

Johannes traute seinen Ohren nicht. Dieser Bucklige begehrte offenbar junge Knaben. Er musste unbedingt herausfinden, auf wen Gilig es abgesehen hatte, bevor etwas Schlimmes passierte.

»Gilig, erzählt mir doch genau, welchen Jungen Ihr meint?«

Gilig stotterte: »Ich kenne seinen Namen nicht.«

Johannes fasste nach: «Ihr müsst mir seinen Namen nennen, Gilig. Und Ihr müsst mir versprechen, dass Ihr diesen Jungen meidet. Sonst werdet Ihr in der Hölle landen.«

Gilig erstarrte bei den Worten von Pfarrer Johannes und brabbelte etwas Unverständliches vor sich hin. Noch bevor Johannes die Beichte beenden konnte, stand er auf und rannte aus der Kirche.

Pfarrer Johannes erhob sich und starrte Gilig hinterher. Eine düstere Vorahnung beschlich ihn. Gilig war von jeher ein schwieriger Fall gewesen. Als Kind wurde er wegen seines Buckels ständig von den anderen Kindern verspottet. Er war nicht nur körperlich fehlgebildet, sondern auch geistig zurückgeblieben. Mit 25 Jahren hatte er das Gemüt eines kleinen Kindes. Aber das Schlimmste war, dass er auf den Spott der Menschen immer mit Aggressionen reagiert hatte. Pfarrer Johannes hatte viel versucht, um ihn auf einen gottgefälligen Weg zu leiten und ihn lange Jahre davon abhalten können, anderen weh zu tun. Diese neue Entwicklung stimmte ihn sorgenvoll. Er durfte das Beichtgeheimnis nicht verletzen, trotzdem musste er die Sache im Auge behalten. Vielleicht konnte er mehr über Giligs gefährliche Gelüste herausfinden und verhindern, dass er sich und andere unglücklich machte.

* * *

Geschickt legte er die Schlinge ins Unterholz. Sie war unsichtbar für jeden, der nicht genau wusste, wo sie lag. Es duftete herrlich nach Blaubeeren. Die Früchte waren prall und reif. Sein Magen knurrte und er musste sich selbst davon abhalten, die verlockenden Beeren zu pflücken. Nein, diese waren für sein nächstes Opfer reserviert. Er wusste, dass es genug Menschen gab, die in den kommenden Stunden diesen gewundenen Pfad entlanglaufen würden.

Viele Kinder benutzten ihn als Abkürzung, um schnell in die Stadt zu gelangen. Kinderhände eigneten sich aufgrund ihrer Größe wunderbar für seine Falle. Ihre kleinen Finger würden im Nu stecken bleiben, sobald sich diese nach den reifen Früchten ausstreckten. Dann würde alles blitzschnell gehen. Die Falle schnappte zu und die kleinen Fingerchen wären sein. Schon jetzt hörte er den schrillen Schrei, der sich mit Entsetzen aus der Kinderkehle löste, sobald der Finger von der Hand getrennt würde. Er sah das Engelsgesicht vor sich, wie es erst lächelnd vor Gier die verlockenden Blaubeeren anstarrte, um sich einen Moment später vor Schmerz zu verzerren. Dahin wäre das Engelsgesicht. Verdrängt von einer Teufelsmaske, die mit schiefem Mund und wild funkelnden Augen das wahre Ich eines Menschen zum Vorschein brachte. Das Böse.

Er wusste, dass es das Böse gab. In jedem Menschen machte es sich breit. Er hatte es selbst so oft gespürt, wie es sich langsam anschlich. So unwiderstehlich näherkam, dass er aller guten Vorsätze zum Trotz sein Versprechen brach. Weil er der Gier nicht widerstehen konnte, weil er das Gefühl des Triumphes brauchte wie die Luft zum Atmen und weil er nicht das war, was die Leute in ihm sahen. Er war anders und in diesen Momenten konnte er es voll und ganz ausleben. Es gab ihm Kraft, anschließend wieder normal zu sein, unauffällig - ja sogar uninteressant für alle, die ihn kannten.

Er duckte sich hinter einer dicken Weide. Wie lange würde er heute wohl warten müssen? Die letzten Male waren ihm stets nur Tiere in die Falle gegangen. Erst vor drei Tagen war es ein junger Schäferhund. Tapsig und vollkommen naiv hatte es ihn erwischt. Der dumme Hund hatte ihm vertraut. Sein Instinkt hätte ihn warnen sollen, doch er hatte ihn das Leben gekostet.

Er hatte ihm die Schlinge fest um die Kehle gezogen und ihn anschließend eine lange Strecke bis hin zum Krötschenturm geschleift. Dann hatte er geduldig gewartet, bis die Alte sich vor ihrer Hütte blicken ließ und just in jenem Moment, als sie über die Schwelle trat, fing er an, den Hund zu schlagen. Das war ein Genuss. Ihre Furcht und ihr Entsetzen waren so groß, dass er sie körperlich spüren konnte. Und der Blick des Welpen erst.

Zuerst war es Erstaunen, was er in den braunen Hundeaugen sah und dann kam die Gewissheit. Das war der schönste Moment, der Höhepunkt dieses Abends: die Erkenntnis des Welpen, dass sein Leben zu Ende ging. Dass der Mensch, den er für seinen Freund hielt, zu seinem Mörder wurde. Der Köter schien intelligent und das gefiel ihm sehr. Die dummen Hühner, die er ein paar Wochen vorher erledigt hatte, waren bis zum bitteren Ende ahnungslos. Eigentlich war es so schnell vorüber, dass er es kaum genießen konnte, sie sterben zu sehen. Das machte keinen Spaß. Er wollte, dass seine Opfer ihre Situation erkannten. Dass die Panik wie ein Wildbach durch ihre Blutbahnen schoss. Sie mussten wissen, dass sie keine Chance gegen ihn hatten. Er bestimmte den Zeitpunkt ihres Dahinscheidens. Das war es, was ihn antrieb. Immer und immer wieder wollte er diese Situation erleben. Er konnte nicht genug davon bekommen.

Ein Ast knackte ganz in der Nähe. Vorsichtig beugte er sich vor und spähte durch das undurchdringliche Blätterdickicht der Weide hindurch auf den schmalen Pfad, der direkt an den Blaubeeren vorbeiführte. Da sah er sie.

Ein kleines Mädchen, vielleicht sechs oder sieben Jahre alt, hüpfte fröhlich den Weg entlang. Ihr langes, derbes Kleid verfing sich in den Dornen der Pflanzen am Wegesrand, doch das schien sie nicht zu stören. Anhand ihrer Kleidung konnte er erkennen, dass sie ein einfaches Bauernmädchen war. Sicher würde sie niemand vermissen.

Die Bauern in der Umgebung hatten viele Kinder und Töchter waren wenig willkommen. Die Söhne packten kräftig auf den Feldern mit an, für die Mädchen musste man eine Mitgift zahlen, wenn man sie loswerden wollte. Praktisch würde er ihren Eltern also einen Gefallen tun.

Das Mädchen blieb abrupt stehen und horchte in den Wald hinein. Für einen kurzen Moment war er sich nicht sicher, ob sie ihn hören konnte, dann ging sie einfach weiter. Direkt vor den duftenden Blaubeeren hielt sie inne. Seine Erregung steigerte sich mit jedem Zentimeter, den sie näher kam. Sie hatte ein Engelsgesicht und in seiner

Fantasie stellte er sich vor, sie zu töten. Komm schon, Kleines, greif zu! Die Kleine streckte gerade ihre süßen Finger nach den Früchten aus, als lautes Getrampel sie aufschrecken ließ. Ohne weiter auf die Beeren zu achten, rannte sie davon. Eine Horde Bauerntrampel stapfte polternd den Pfad entlang. Die Halbwüchsigen waren so in ihr eigenes Gealbere vertieft, dass auch sie den Blaubeeren keinerlei Beachtung schenkten. Enttäuscht ließ er sich hinter die Weide zurückfallen. Er würde wohl noch Geduld aufbringen müssen.

III

GEGENWART

»Wieso hat er ihre Finger wie Perlen auf eine Kette aufgereiht?« Der Leiter des Kriminalkommissariats, Hans Steuermark, starrte Oliver mit stechendem Blick an. Oliver zuckte mit den Schultern. Er wusste es nicht. Seine Augen waren auf die Großaufnahme der Leiche gerichtet.

»Ich habe noch keine Erklärung dafür. Ich weiß nur, dass der Täter sich sehr sicher gefühlt haben muss, denn die ganze Prozedur hat sich über Stunden hingezogen. Frau Scholten geht davon aus, dass ihr die Finger bei lebendigem Leib abgetrennt wurden. Wahrscheinlich hat das Opfer sogar dabei zugesehen, wie er die Finger aufgefädelt und vor ihren Augen aufgehängt hat. Ich denke, dass er das Morden genießt. Er will, dass seine Opfer wissen, dass sie sterben werden – zu einem Zeitpunkt, den er bestimmt.«

»Haben Sie die Datenbank einmal nach vergleichbaren Fällen durchforstet? Ich denke, dass dies hier nicht sein erster Mord ist.«

»Ja, aber auf deutschem Boden gibt es keine ähnlichen Morde. In Amerika laufen etliche von diesen Spinnern rum. Hier hat die Datenbank gleich drei Übereinstimmungen gefunden. Zuerst dachte ich, es liegt an meiner ungenauen Beschreibung. Aber tatsächlich hat im letzten Jahr in St. Paul, im US-Bundesstaat Minnesota, ein vergleichbarer Mord an einer Prostituierten stattgefunden. Er hat ihre Finger zwar nicht auf einen Nylonfaden gefädelt, aber er hat sie wie ein Kunstwerk zusammengenäht und auf einer silbernen Platte drapiert.«

Mit diesen Worten drückte Oliver seinem Chef den Ausdruck der Datenbankanalyse in die Hand.

»Gut«, antwortete Hans Steuermark nachdenklich, während er in dem Bericht blätterte.

»Ich kann mir nicht vorstellen, dass wir eine Verbindung zwischen unserem und deren Fall herstellen können.«

Oliver lehnte sich auf seinem Stuhl vor: »Immerhin sind Neuss und St. Paul seit einigen Jahren Partnerstädte. Über dreißig amerikanische Firmen sind hier in Neuss angesiedelt, darunter auch große Namen wie UPS oder 3M. Ganz von der Hand zu weisen ist eine Verbindung nicht.«

Steuermark horchte auf und blickte Oliver anerkennend an. »Nicht übel, Herr Bergmann. Es könnte durchaus sein, dass einer der Angestellten oder jemand aus seinem Umfeld hier sein Unwesen treibt. Schließlich hat man in den USA den Täter nicht gefunden und ein weiterer Mord ist nicht registriert.«

»Das ist richtig. Ich werde mir eine Liste aller in Neuss und Umgebung lebenden Amerikaner geben lassen.«

Steuermark klopfte Oliver auf die Schulter. »Und vergessen Sie nicht, auch die deutschen Angestellten, die einen längeren Aufenthalt in Minnesota hatten, zu überprüfen. Wenn ich mich recht erinnere, haben Sie im Kalender der Toten keine ausländischen Namen gefunden. Da spricht doch vieles dafür, das unser Täter aus Deutschland stammt.«

Mit diesen Worten ließ Steuermark Oliver stehen und marschierte in seiner üblichen, stürmischen Gangart aus dem Büro. Mit einem lauten Knall flog die Tür zu und Oliver saß wieder alleine an seinem Schreibtisch. Angestrengt rieb er sich die Schläfen. In letzter Zeit litt er häufiger unter Kopfschmerzen. Er war ständig verspannt. Genauer gesagt ließ ihm die Sache mit der Visitenkarte seines Partners keine Ruhe. Ein kurzer Blick auf den Kalender sagte ihm, dass er noch zwei Tage warten musste, bevor Klaus aus dem Urlaub zurückkam.

Abermals nahm er den Telefonhörer in die Hand und überlegte, ihn einfach anzurufen. Nach ein paar Sekunden legte er den Hörer zurück auf die Gabel. Nein, dachte Oliver, das musste er persönlich mit Klaus klären. Sicher gab es eine harmlose Erklärung dafür, dass diese verdammte Visitenkarte im Kalender der ermordeten Sophia Koslow steckte.

Langsam zog er die oberste Schublade seines Schreibtisches auf. Da lag sie, direkt oben auf. Sie sah so harmlos aus, wie ein Stückchen Papier nur aussehen konnte. Und doch barg sie eine große Gefahr in sich. Nicht nur, dass Klaus in Verbindung mit einem Mordopfer stand. Das Schlimmste war, dass Oliver seine eigenen Regeln verletzt hatte. Sein schlechtes Gewissen pochte hinter seinen Schläfen. Jetzt war es längst zu spät. Er hatte Klaus gedeckt, ohne dass dieser es auch nur ahnte, und es gab kein Zurück mehr. Die Karte würde nie wieder unauffällig an ihrem Ursprungsort landen. Das, was Oliver getan hatte, war falsch. Im Beamtendeutsch ausgesprochen war es Unterdrückung von Beweismitteln und damit eine Straftat. Wenn die herauskam, würde eine Menge Ärger auf ihn zukommen.

Er hatte es noch nicht einmal übers Herz gebracht, Emily davon zu erzählen. Eigentlich vertraute er ihr alles an, bedingungslos. Sie war die Frau seines Lebens und er wollte keine Geheimnisse vor ihr haben. Doch er brachte es nicht fertig, ihr von der Visitenkarte zu berichten. Er schämte sich für seinen Vertrauensbruch, doch viel schwerer noch wog die Angst, dass Emily ihn plötzlich mit anderen Augen sehen könnte. Dass er nicht mehr ihr aufrechter Held, sondern einfach nur ein korrupter Polizeibeamter war, für den der Ruf seines Partners über der unbequemen Wahrheit stand.

* * *

Emily durchsuchte das Internet seit Stunden. Es war verdammt schwierig, an die notwendigen Informationen zu kommen. Sie war sich nie sicher, ob sie gerade auf einer seriösen oder zwielichtigen Seite surfte. Zwar musste mittlerweile jede Internetseite nach dem Telemediengesetz ein aussagekräftiges Impressum angeben, doch heutzutage konnte man für wenig Geld eine Firma mit einem wohlklingenden Namen gründen.

Gibt es das Böse wirklich? Das war der Titel ihrer neuen Reportage für die Rheinische Post. Nachdem sie in den letzten Monaten über zwei der bekanntesten Serienmörder des historischen Zons geschrieben hatte, wollte sie ihre Arbeit auf diesem Themengebiet fortsetzen. Eigentlich benötigte sie für diese Aufgabe psychologische Vorkenntnisse, doch die gab ihr Journalismus-Studium nicht her. Deshalb recherchierte sie im Netz.

Es gab tausende Seiten zu dieser Fragestellung. Emily hatte beschlossen, zunächst mit psychiatrischen Kliniken zu beginnen. Sie glaubte, dass sie hier am ehesten auf vertrauenswürdige Quellen stoßen würde. Im Rhein-Kreis Neuss gab es große geschlossene Abteilungen, doch Emilys Blick blieb am Foto einer kleinen psychiatrischen Anstalt hängen. Sie befand sich mitten im Nirgendwo zwischen Zons und Rheinfeld. Es war das Foto, das Emilys Aufmerksamkeit erregte. Die Klinik sah wie eine traurige Villa aus. Mitten in einem großen Park umrandet von uralten Bäumen stand ein weißes Haus mit vielen Fenstern. Die Fenster blickten sie wie schwarze Augen an. Obwohl die Villa ein prachtvolles Gebäude mit niedlichen kleinen Türmchen an den Ecken war, konnte Emily die Leere spüren, die von diesem Ort ausging.

Die brutalsten Morde wurden oft von Menschen verübt, die unter psychischen Störungen litten. Die schlimmsten Täter bezeichnete man als Psychopathen, obwohl es diesen Begriff in der medizinischen Wissenschaft gar nicht gibt. Psychopathen konnten ihren Mitmenschen Wärme und Zuneigung vorgaukeln, obwohl sie in ihrem Inneren keinerlei Gefühle für diese Menschen hegten. Das machte sie besonders gefährlich. Opfer gingen ihnen leicht in die Falle, da Psychopathen in der Lage waren, genau das vorzuspielen, was ihr Gegenüber erwartete. War das Opfer erst einmal ins Netz gegangen, gab es kein Halten mehr. Brutal und rücksichtslos konnte der Psychopath ohne jegliches Mitgefühl die widerlichsten Verbrechen begehen. Zudem vermochten solche Täter das Unrecht ihres Handelns nicht einzusehen, obwohl sie oft hochintelligent waren.

Interessanterweise gab es auch in den deutschen Chefetagen eine ganze Reihe von Psychopathen. Eine wissenschaftliche Studie hatte erst vor kurzem die Führungskräfte diverser Unternehmen unter die Lupe genommen und dabei festgestellt, dass psychopathische Persönlichkeiten besonders gut Karriere machten. Sie hatten mehr Durchhaltevermögen als ihre Kollegen und empfanden auch persönliche Niederlagen nicht als Kränkung. Folglich konnten sie ihr Karriereziel viel beharrlicher und sachlicher verfolgen. Kälte und Unempfindlichkeit sowie mangelndes Verständnis für die Bedürfnisse der eigenen Mitarbeiter waren die modernen Voraussetzungen, wenn man es ganz nach oben schaffen wollte. Diese »Business-Psychopathen« waren in den meisten Fällen keine brutalen Mörder. Aber eine Gemeinsamkeit hatten alle Psychopathen: den unbedingten

Macht- und Kontrolltrieb. Bei psychopathischen Persönlichkeiten, die bereits in der Kindheit schwere Misshandlungen und Zurückweisungen erlebt hatten, endete dieses
Persönlichkeitsprofil nur allzu oft in Gewalt und
Verbrechen.

Emily runzelte nachdenklich ihre Stirn. In einer groß-
angelegten Studie hatte einer der bekanntesten deutschen
Forscher von der Universität Tübingen herausgefunden,
dass die Gehirne von Psychopathen anders funktionierten
als die »normaler« Menschen. Mit Hilfe der Kernspinto-
mografie hatte er hunderte Gehirne detailliert untersucht.
Die Ergebnisse waren bahnbrechend.

Hat ein »normaler« Mensch Angst, werden bestimmte
Areale im Gehirn aktiviert. Für Angst sind es insbesondere
die Insula, die Amygdala und der orbitofrontale Kortex.
Dort feuern Nervenzellen, wenn wir Angst empfinden,
tausende von Signalen ab. Verbrennen wir uns beispiels-
weise am Lagerfeuer die Finger oder fallen beim Balan-
cieren über einen dünnen Steg ins tiefe Wasser, kann der
Kernspintomograf eine Aktivität in den für Angst rele-
vanten Gehirnbereichen nachweisen.

Bei einem Psychopathen hingegen herrscht bei gleichen Situationen absolute Funkstille. Er kann keine Angst
empfinden. Da ihm dieses Gefühl völlig fremd ist, kann
der Staat selbst mit Androhung der Todesstrafe keinen
gewalttätigen Psychopathen zu einer Verhaltensänderung
bringen. Er ist unfähig, aus einer erlittenen Gefängnis-
strafe zu lernen. Das macht ihn so extrem gefährlich und
ist auch ein Grund dafür, warum psychopathische Straftäter viel häufiger rückfällig werden als andere Kriminelle.

Interessiert las Emily die Studie zu Ende. Sie musste an den Puzzlemörder denken. Über ihn hatte sie ihre erste Reportage geschrieben. Im Mittelalter hatte er das kleine Städtchen Zons in Angst und Schrecken versetzt. Er war auf der Jagd nach jungen Mädchen, die er zuerst vergewaltigte, mit dubiosen Zeichen entstellte und anschließend tötete. Bastian Mühlenberg, der Ermittler der Stadtwache, war ihm damals dicht auf den Fersen, doch bevor er ihn dingfest machen konnte, verschwand der Puzzlemörder spurlos. Noch während Emily mit der Veröffentlichung ihrer Reportage beschäftigt war, tauchte in der Gegenwart ein Nachahmungstäter auf. Diesem wäre fast ihre beste Freundin Anna zum Opfer gefallen, wenn nicht ein glücklicher Umstand jenem Psychopathen einen Strich durch die Rechnung gemacht hätte. Die beiden jungen Frauen kannten den Täter sehr gut und hielten ihn für einen Freund. Nie im Leben wären sie auf die Idee gekommen, dass eine Gefahr von ihm ausging. Er ist auch ein Psychopath, dachte Emily, und war in diesem Moment froh, dass Christopher mittlerweile hinter Schloss und Riegel saß.

Emily druckte sich die Kontaktdaten der Klinik für Psychiatrie und Psychotherapie aus. Am nächsten Tag würde sie Professor Morgenstern, dem Leiter der Klinik, einen Besuch abstatten. Er schien Experte auf dem Gebiet der psychopathischen Persönlichkeitsstörung zu sein. Vielleicht stellte er ihr sogar ein paar interessante Patienten vor, die sie für ihre neue Reportage interviewen konnte.

* * *

Er hasste dieses Zimmer. Es bestand zur Hälfte aus Dachschrägen, die den Raum viel kleiner erscheinen ließen. Aber das Schlimmste waren die Dachfenster. Sobald es anfing zu regnen, prasselten unaufhörlich Regentropfen auf die Glasscheibe. Tropf, Tropf, Tropf ...

Er konnte dieses Geräusch nicht ertragen. Es machte ihn wütend. Er hatte bereits alles versucht, um die Tropfgeräusche zu dämmen. Sogar sein Kopfkissen hatte er von außen ans Fenster geschnallt, aber der Wind war zu stark gewesen. Keine fünf Minuten später lag das Kissen im Garten und er musste die hämmernden Tropfen erneut ertragen. Tropf, Tropf, Tropf ...

Adrian war mit seinen Nerven am Ende. Er spürte, wie das Ungeheuer in ihm erwachte. Krampfhaft versuchte er, sich daran zu erinnern, was dieser dämliche Psychiater ihm geraten hatte. Zählen! Er sollte anfangen, langsam zu zählen. Seine Lippen formten sich zur ersten Zahl: eins ... zwei ... drei ...... dreiundzwanzig ... vierundzwanzig ... fünfundzwanzig. Stopp. Das musste reichen.

Adrian lauschte in sich hinein. Das Ungeheuer war stehengeblieben, aber er konnte es immer noch deutlich fühlen. Er musste weiterzählen. Langsam begann er von vorne. Immer lauter sagte er die Zahlen auf. So laut, dass seine Stimme die Tropfen übertönte. Gerade als er anfing, in einen angenehmen Rausch zu verfallen, wurde seine Zimmertür aufgerissen. Eine Schwester in weißer Tracht blickte ihn besorgt an. Da konnte er das Ungeheuer nicht mehr aufhalten. Mit einem gewaltigen Satz sprang es heraus und stürzte sich auf die Frau. Er hatte sie hier noch nie gesehen, und obwohl Adrian wusste, dass es sein Verderben sein könnte, ließ er das Ungeheuer gewähren.

Die Stimme der Vernunft tief in seinem Innersten versuchte flehend, ihn zurückzuhalten. Doch als er die Angst der Frau in ihren weit aufgerissenen Augen erkannte und ihr hilfloses Schluchzen hörte, war es zu spät. Er genoss jeden Moment.

»Verdammt, Frau Winterfeld, was haben Sie sich nur dabei gedacht? Sie hätten sterben können, ist Ihnen das klar?«

Bettina Winterfeld richtete den Kopf auf und nickte. »Sie haben vollkommen recht, Herr Morgenstern. Das war völlig naiv von mir.«

Professor Morgenstern schüttelte ärgerlich den Kopf, legte jedoch gleichzeitig sanft seine Hand auf ihre Schulter. »Naja, es ist ja alles noch einmal gutgegangen. Ich darf mir gar nicht ausmalen, was passiert wäre, wenn Nils Wengler nicht zufälligerweise in der roten Etage zu tun gehabt hätte.«

Die rote Etage, so nannten alle hier den gesicherten Bereich der geschlossenen Abteilung. Hier wurden die besonders schweren Fälle hinter Schloss und Riegel gehalten. Nicht wenige Patienten, viele davon ehemalige Straftäter, befanden sich in der sogenannten Sicherungsverwahrung. Auch nach Verbüßung ihrer Strafe galten sie als so rückfallgefährdet, dass sie lebenslang eingesperrt werden mussten. Dem Personal war es streng untersagt, die Zimmer dieser Insassen alleine zu betreten. Bettina Winterfeld war zwar neu hier, hatte aber zuvor jahrelang in einer großen psychiatrischen Klinik in Köln gearbeitet und kannte sich mit solchen Fällen eigentlich bestens aus. Sie konnte sich selbst nicht erklären, warum sie die Regeln missachtet hatte und ohne Begleitung in dieses Zimmer gestürmt war.

Zunächst hatte sie einfach nur eine männliche Stimme gehört, die schleppend von eins bis fünfundzwanzig zählte. Die Stimme wiederholte diese Zahlenreihen ständig und wurde dabei immer schriller und lauter. Sie glaubte, ein verzweifeltes Röcheln wahrzunehmen und war einem plötzlichen Impuls folgend einfach losgestürmt. Als ihr Verstand wieder einsetzte, hatte er sich schon auf sie gestürzt. Ein junger Mann mit hübschem, zarten Gesicht, dunklen Locken und grünen Augen hatte sie wie ein Wahnsinniger malträtiert, noch bevor sie sich überhaupt rühren konnte. Sie war so fasziniert von seinem Anblick, dass sie alle Vorsicht vergessen hatte.

Zum Glück hatte der Pfleger Nils Wengler schmutziges Geschirr von der letzten Schicht in der winzigen Küche der roten Etage vergessen, welches für das Frühstück am nächsten Morgen unbedingt noch zum Reinigen in die Großküche gebracht werden musste. Ansonsten hätte Bettina Winterfeld den nächsten Tag mit großer Sicherheit nicht mehr erlebt. Erneut schüttelte sie den Kopf, entsetzt über ihr unüberlegtes Handeln. Sie war jetzt 50 Jahre alt und sah für ihr Alter immer noch attraktiv aus. Ihr lockiges Haar wirkte nicht mehr ganz so voll wie vor ein paar Jahren. Die Krähenfüße um ihre Augenwinkel hatten sich im Laufe der Jahre tiefer in die Haut gegraben.

Dennoch strahlte ihr Gesicht immer noch die jugendliche Kraft aus, die sie als junge Frau zu einer Schönheit gemacht hatte. Professor Morgenstern blickte sie immer noch mit einer Mischung aus Verärgerung und Mitleid an.

»Am besten, Sie ruhen sich heute erstmal aus. Machen Sie sich einen schönen freien Tag und erholen Sie sich von dieser Attacke. Ich werde dafür sorgen, dass Sie in den nächsten Wochen von der roten Etage fernbleiben und den Dienstplan anpassen.«

Bettina nickte erleichtert. Offenbar hatte Professor Morgenstern nicht vor, sie verantwortlich zu machen. Da sie neu in dieser Klinik war und sich noch in der Probezeit befand, hatte sie sich bereits Sorgen um eine Entlassung oder zumindest eine Abmahnung gemacht.

Als wenn der Professor ihre Gedanken gelesen hätte, sagte er: »Frau Winterfeld, das, was Sie da letzte Nacht erlebt haben, war Strafe genug. Ich wünsche niemanden, dem Bösen so nahe zu kommen. Ich weiß, dass Ihnen ein solcher Fehler nie wieder unterlaufen wird. Also machen Sie sich keine Sorgen. Es ist alles in Ordnung. Und jetzt gehen Sie nach Hause und ruhen sich aus.«

Er sah ihr bei diesen Worten offen in die Augen und Bettina konnte spüren, dass er es ehrlich meinte.

»Dafür bin ich Ihnen wirklich aufrichtig dankbar, Professor Morgenstern. Ich verspreche Ihnen, dass so etwas nie wieder vorkommt.« Bettina Winterfeld erhob sich schwerfällig von ihrem Stuhl und wankte leicht benommen aus dem Büro des Professors hinaus. Er hatte vollkommen recht, sie musste sich erholen. Nach dem Schlag auf den Hinterkopf, den dieser Wahnsinnige ihr versetzt hatte, pochte ihr Schädel wie ein praller Gartenschlauch, der kurz vor der Explosion stand. Sie würde nach Hause fahren, sich auf die Couch legen und die Schwellung mit Eis kühlen. Morgen war ein neuer Tag, und den würde sie voll frischer Energie beginnen. Professor Morgenstern sollte merken, dass er in ihr eine zuverlässige Arbeitskraft gefunden hatte, die ihren Job ohne Fehler und mit großem Engagement ausfüllte.

* * *

Das Telefon klingelte. Das war bereits der zehnte Anruf an diesem Tag. Die Polizeibeamtin Petra Ludwig war erstaunt darüber, wie viele Männer ihre Lust bei einer Prostituierten befriedigten. Noch nie hatte das Telefon einer Toten so oft geklingelt wie dieses hier. Sophia Koslow konnte sich vor Anfragen kaum retten. Gewissenhaft überprüfte Petra ihren Bildschirm. Die Sprachaufnahme lief, es konnte losgehen. Sie schnippte kurz mit den Fingern und bedeutete ihrem Kollegen, er solle Kommissar Oliver Bergmann aus dem Nachbarbüro herüberholen. Er hatte ausdrücklich darum gebeten, über jedes Telefonat informiert zu werden. Jeder Freier wurde akribisch von der Polizei verhört in der Hoffnung, schnellstmöglich auf eine brauchbare Spur zu stoßen. Petra Ludwig wartete noch zwei Klingeltöne ab und nahm das Gespräch genau in der Sekunde entgegen, in der Oliver Bergmann das Zimmer betrat.

»Guten Tag«, hauchte Petra in das Telefon. »Was kann ich für dich tun?«

»Sophia? Bist du das? Hier ist Klaus.«

Olivers Herzschlag setzte für den Bruchteil einer Sekunde aus. Er hatte die Stimme seines Partners sofort erkannt.

»Ich bin wieder in der Stadt und muss dich sehen, Süße.« Petra blickte angestrengt auf die Ortungssoftware ihres Computers. Noch drei Sekunden und sie wusste, von wem und woher der Anruf stammte. Sie schindete Zeit, indem sie ein verführerisches »Ja« ins Telefon hauchte. Dann blinkte die Anzeige grün auf. Sie hatten ihn.

»Hier spricht Petra Ludwig, Kriminalkommissariat Neuss. Bitte nennen Sie mir Ihren kompletten Namen.«

Am anderen Ende der Leitung herrschte Stille. Dann folgte ein kurzes Klicken und die Leitung war tot. Oliver konnte sich nicht rühren. Er war regelrecht zu Stein erstarrt. Wie in Zeitlupe sah er, wie sich die Lippen von Petra Ludwig langsam öffneten und wieder schlossen, während sie den Vor- und Nachnamen seines Partners laut und deutlich vom Computerbildschirm ablas. »Klaus Gruber« - wie ein Echo hallte der Name in seinem Kopf, während er krampfhaft überlegte, was er jetzt tun sollte. Er öffnete den Mund, um eine lapidare Bemerkung zu machen, als sein Handy schrill klingelte. Oliver zuckte zusammen. Zügig zog er das Telefon aus der Tasche und sah Klaus' Namen im Display.

»Einen Augenblick bitte, ich bin gleich zurück.«

Olivers Stimme klang brüchig. Er machte eine entschuldigende Geste und ließ seine verwunderten Kollegen ohne weiteren Kommentar stehen. Schnurstracks rannte er in sein Büro und hob ab.

»Klaus, du Wahnsinniger! Was hast du getan?«

»Verdammt noch mal, sage du mir lieber, was um Himmels willen mit Sophia passiert ist. Wieso habe ich die dumme Kuh von Ludwig am Telefon?« Seine Stimme zitterte. Er ahnte, dass etwas Schlimmes geschehen war.

»Sie ist tot, Klaus.« Oliver fand langsam seine Contenance wieder.

»Wie?«, Klaus schluchzte am Telefon.

»Ermordet, vermutlich von einem durchgeknallten Freier.«

»Hat sie gelitten?« Seine Stimme bebte.

»Verdammt, Klaus. Warum willst du das hören?« Oliver überschlug sich fast. »Reicht es nicht aus, dass du mit der Toten in Verbindung gebracht wirst? Sie war eine Prostituierte, zum Teufel noch mal!«

»Sie war anders. Ich habe sie geliebt.« Klaus' Stimme klang leise und traurig.

»Was soll das heißen, du hast sie geliebt? Du warst gerade zwei Wochen lang mit Sonja im Urlaub? Wieso tust du ihr das an?«

»Das verstehst du nicht, Oliver. Hör zu, können wir uns treffen? Ich komme zu deiner Wohnung, da können wir ungestört reden«

»Meinetwegen, ich mache mich sofort auf den Weg. Ich hoffe, du hast bis dahin eine gute Erklärung für dein Verhalten parat.« Oliver legte auf. In spätestens einer halben Stunde würde er wissen, was Klaus mit dieser Sophia zu tun hatte. Kaum dass er im Auto saß, presste Oliver die Hände an seine pochenden Schläfen. Die Kopfschmerzen waren wieder stärker geworden.

Verflucht, er würde wohl eine weitere Aspirin einwerfen müssen.

* * *

Fasziniert betrachtete Kevin die schlanken Handgelenke der Leiche. Er liebte den Anatomiekurs. Während seine Studienkollegen bleich auf den toten Körper starrten und mit Erschütterung beobachteten, wie der Professor die einzelnen Muskelstränge der Hand und des Unterarmes offenlegte, war Kevin aufgeregt wie ein kleines Kind an seinem Geburtstag. Gleich würde der Professor einen von ihnen auffordern, seine Arbeit fortzuführen. Kevin wollte unbedingt dieser Freiwillige sein. Nervös richtete er sich auf und versuchte sich in die Blicklinie des Professors zu bringen.

Endlich hob dieser den Kopf und blickte prüfend in die Runde der blassen Studenten.

»Nun, meine Damen und Herren, Sie werden sich an den Anblick und den Geruch des Todes gewöhnen müssen. Der Tod gehört zum Leben. Er ist genauso unverzichtbar wie die Mutter für ein Kind oder Gott für einen Gläubigen.«

Er machte eine längere Pause und begutachtete jeden einzelnen seiner Studenten. Die Hälfte von ihnen wird es nicht schaffen, dachte er, während sein Blick über die verschreckten Gesichter wanderte.

»Der Tod ermöglicht uns die Studie am menschlichen Körper. Nur wenn wir den Aufbau unseres Organismus im Detail verstehen, können wir ihn heilen. Gäbe es keinen

Tod, hätten wir nie die Gelegenheit zur Forschung. Vielleicht hilft Ihnen das, diesem Anblick hier etwas Positives abzugewinnen.« Erneut schaute er in die Runde. Sein Blick blieb an Kevin hängen. Dieser Junge machte einen unerschrockenen Eindruck. Er schien äußerst wissbegierig zu sein. Die Leiche und ihr Geruch schienen ihm nichts auszumachen, zumindest wirkte er nur halb so blass wie die anderen. »Sie da vorne«, er deutete mit dem Finger auf Kevin, »wie ist Ihr Name?«

»Kevin«, antwortete dieser mit rauer Stimme.

»Nehmen Sie das Skalpell und führen Sie fort. Ich möchte, dass Sie hier direkt unter der Schulter ansetzen und die Haut sowie das subkutane Fettgewebe entfernen. Dann können wir uns die Muskelfunktionen des Unterarmes und Handgelenkes genauer ansehen.« Er reichte Kevin das Skalpell. Dieser nahm es ehrfurchtsvoll entgegen. Sein Herz pochte bis zum Hals, seine Kehle fühlte sich plötzlich rau und ausgetrocknet an.

Geschickt setzte Kevin die scharfe Schneide auf der Haut an. Die Totenstarre war bereits vorüber und er konnte ohne Probleme einen langen, geraden Schnitt ausführen. Anschließend klappte er die Haut auseinander und zog sie jeweils zur Seite ab. Innerhalb weniger Sekunden hatte er den kompletten Unterarm freigelegt und schnitt routiniert durch die ihm bekannten Strukturen.

Der Professor nickte anerkennend. »Haben Sie so etwas schon einmal gemacht? Das ist hervorragende Arbeit, die Sie hier zeigen.«

Kevin zögerte, dann schüttelte er den Kopf. »Nein«,

antwortete er. »Ich habe so etwas noch nie gemacht.« Unmerklich überzog eine zartrosa Farbe sein Gesicht, doch der Professor schien es nicht zu bemerken und fuhr ohne Unterbrechung in seinen Erläuterungen über die Unterarmmuskulatur fort.

IV

Endlich. Die Falle hatte zugeschnappt. Stundenlang hatte er geduldig hinter der alten Weide gelauert. Die Sonne schien jeden Tag hell und die prallen Blaubeeren drohten zu verderben. Fast schon hatte er aufgegeben, als dieser junge Bursche tapsig und naiv in die Falle ging. Er liebte Jungs. Ihre Körper waren viel fester, als die der Mädchen. Sobald sie zu Frauen heranwuchsen, verlor der Körper jegliche Straffheit. Ihre Brüste wabbelten herum und ihre Hintern hingen schlaff über den Knochen.

Bei Jungen war das anders. Ihre Körper wurden mit dem Alter immer härter und strammer. Je mehr sich die Muskulatur ausprägte, desto attraktiver fand er sie. Feste Rundungen schürten die Lust in seinem Inneren und ließen ihn zwischen den Beinen hart werden. In seiner Fantasie berührte er sie, während sie ihm auf dem Bauch liegend ihren Hintern bereitwillig entgegenstreckten. Er schüttelte diesen lüsternen Gedanken ab. Ja, die Falle hatte zugeschnappt. Aber sein Opfer war viel zu jung.

Der Bursche war so weich wie ein Baby, vielleicht acht Jahre alt. Er hätte sich mit ihm zufriedengegeben, aber der Kleine war ihm in einem unachtsamen Moment entkommen. Unglücklicherweise hatte er ihn nicht wieder einfangen können. Er war ihm fast bis zum Waldrand gefolgt, doch der Knabe lief trotz seiner blutenden Finger flink wie ein Wiesel. Dann waren ihm Berittene entgegengekommen und er hatte sich hurtig ins Unterholz geflüchtet. Am Ende konnte er froh sein, dass sie ihn nicht entdeckt hatten. Das wäre sein Untergang gewesen.

* * *

»Ruhig atmen, Tilmann!« Pfarrer Johannes tätschelte dem Jungen die Schultern, während der Arzt Josef Hesemann seine Wunden säuberte. Es sah scheußlich aus. Gleich drei Finger waren dem Kleinen regelrecht abgerissen worden. Josef würde die Stümpfe sauber abtrennen müssen. So, wie die zerfetzten Knochen herausstanden, würde die Verletzung nie richtig verheilen. Die Gefahr war viel zu groß, dass der Junge an Wundbrand starb, wenn er nicht schnell handelte. Seufzend griff der Arzt zu einer feinen Säge. Im selben Augenblick betrat Bastian Mühlenberg die Stube. Seine blonden Strubbelhaare standen zu allen Seiten ab. Sein Blick fiel unmittelbar auf die ramponierte Hand des Jungen.

»Tilmann, mein Gott. Was um Himmels willen ist dir geschehen?«

Tränen liefen über die Wangen des Knaben und tropften feucht auf sein Wams.

»Es war ein Mann in einer schwarzen Kutte.« Tilmann schluchzte laut. »Ich wollte Blaubeeren essen, als ich in einer Schlinge hängenblieb. Noch bevor ich meine Finger frei bekommen konnte, ist er über mich hergefallen.« Der Brustkorb des Jungen vibrierte, während er nach Worten suchte.

»Er hat mit einer riesigen Axt zugeschlagen, aber nicht richtig getroffen, weil ich meine Hand schnell weggezogen habe.«

Entsetzt beäugte Bastian die aus den Fingerstümpfen der linken Hand herausragenden Knochensplitter.

»Wird das wieder heilen?«

Josef seufzte abermals und nickte. »Wenn Ihr ihn festhaltet und ich ihm die Stümpfe sauber abtrenne, dann wird er es überstehen.«

Der Junge schüttelte panisch den Kopf. »Nein, bitte nicht! Bitte lasst mich gehen!«

Doch es war zu spät. Bastian hatte sich bereits hinter ihn gestellt und hielt den Oberkörper des Kleinen fest umschlossen. Pfarrer Johannes schlug seine Arme kräftig um die Beine des Knaben. Josef Hesemann band die verletzte Hand um einen Baumstumpf. Er fixierte sie so, dass er die herausstehenden Fingerknochen in einer gerade Linie absägen konnte.

»Halte die Luft an, mein Junge. Es ist gleich vorbei.« Mit diesen Worten setzte Josef die Säge an und trennte mit geübten Handgriffen die Splitter vom gesunden Fleisch ab. Tilmann schrie erbärmlich. Er wehrte sich, aber

Bastian und Pfarrer Johannes hielten ihn so fest, dass er sich keinen Millimeter rühren konnte. Blut spritzte aus der frischen Wunde und Josef wickelte ein Leinentuch stramm um die Stümpfe. Zufrieden betrachtete er anschließend sein Werk.

»Tilmann, denk immer daran. Du hast großes Glück, dass nur deine linke Hand verkrüppelt ist.«

Der Junge versuchte, sich aufzurappeln. Wankend erhob er sich und fiel sofort in Ohnmacht. Bastian fing den schlaffen kleinen Körper auf. »Legt ihn hier auf das Stroh. Ich werde seinen Eltern kundtun, was geschehen ist.« Mit diesen Worten verließ Pfarrer Johannes die Stube.

»Und sagt ihnen, dass ich Tilmann noch einmal befragen muss. Er muss sich genau an das Gesicht des Mannes erinnern, damit ich eine Beschreibung habe«, brüllte Bastian dem Pfarrer hinterher. Doch die Tür war längst zugeschlagen.

»Warte auf mich, August!« Christan war völlig außer Puste. »Was hast du mit ihm angestellt?« Er holte weiter auf. »Er ist gar nicht bei unserer Tante, richtig?«

Christan brüllte aus Leibeskräften. »Verflucht, August! Bleib stehen!«

Doch August ließ sich von den Worten seines Bruders wenig beeindrucken. Er rannte weiter, spürte, wie seine Lunge vor Anstrengung brannte und wie seine Muskeln langsam müde wurden. Christan kannte ihn in- und auswendig. Ja, er hatte ihm versprochen, dem Welpen nichts zu tun. Er wusste genau, dass Christan dieses Tier liebte und dass er ihm sehr weh tat, wenn er ihn fortschaffte. Aber er konnte nicht anders. Christan war sein Bruder. Er gehörte ihm. Er war aus demselben Fleisch und Blut gemacht wie er. Da konnte August doch nicht zulassen, dass sich so ein Köter zwischen sie drängte. Schließlich hatte sich Christan am Ende mehr um dieses Tier gekümmert als um ihn. Abrupt blieb er stehen. Christan, der nicht so prompt mit einem Ende des Wettrennens gerechnet hatte, prallte mit voller Wucht auf August und beide fielen zu Boden. Christan rollte sich auf seinen Bruder und presste seine Knie fest auf die Arme von August.

»Was hast du mit ihm gemacht? Sag es mir, August!«

»Ich habe gar nichts gemacht. Er ist einfach ausgerissen. Woher soll ich wissen, wo er jetzt ist?«

»Das glaube ich dir nicht!«

Wild wälzten sich die beiden im Gras. Christan holte aus und schlug August mit voller Wucht seine Faust ins Gesicht. Augusts Lippen platzten auf und Blut lief seinen Hals hinab.

»Verdammt Christan, jetzt hör auf!« August atmete hektisch. »Ich gebe es zu. Ich habe ihn fortgeschafft. Es tut mir leid.«

Christan ließ auf der Stelle von ihm ab. »Ich wusste es.« Seine Stimme klang traurig. »Es ist immer das Gleiche mit dir, August.« Er stand auf und wollte gehen, doch August hielt ihn am Arm fest. »Ich mache es wieder gut, versprochen.« Wütend stieß Christan den Arm von sich. »Wie oft hast du das schon versprochen, August?«

»Christan, ich wollte dir nicht weh tun. Ich konnte einfach nicht anders.«

»Gib es zu, er ist der Welpe, den man am Krötschenturm gefunden hat, oder?« August blickte stur nach unten. Christan baute sich vor ihm auf und ergriff seine Kehle. »Du hast ihn zerstückelt, du Mistkerl!« Christan spuckte vor Wut aus. »Wie konntest du das tun? Es war doch nur ein kleiner, hilfloser Welpe! Warum bist du nur so bösartig? Wie kannst du mein Zwillingsbruder sein?« Er drückte zu, mit aller Kraft, die er hatte. August röchelte leise, wehrte sich jedoch nicht. Christan spürte, wie die Wut in ihm tobte. Am liebsten hätte er seinem Bruder ein für alle Mal den Garaus gemacht. Aber er konnte es nicht. Sein Gewissen hielt ihn davon ab. Mit lautem Schluchzen ließ er August los und sank weinend auf die Knie.

August schnappte nach Luft und setzte sich auf. Sanft nahm er seinen Bruder in die Arme. »Es tut mir leid. Ich wollte das nicht. Da ist etwas in mir, dass ich nicht beherrschen kann. Glaub mir, wenn ich gekonnt hätte, ich hätte es aufgehalten.«

»Lass mich in Ruhe, ich will dich nie wieder sehen!« Weinend sprang Christan auf und rannte davon. Für einen Moment fühlte August etwas, das er nur ganz selten empfand: Reue. Sein Herz pochte und er konnte es mit jedem Schlag spüren. Er bereute seine Tat um Christans Willen. Vielleicht war er doch noch nicht verloren! Er würde es wieder gut machen!

* * *

»So sei doch leise, Wernhart!« Bastian wisperte aufgeregt in die schwarze Nacht hinein. Sie hatten ihn kreuz und quer durch die ganze Stadt gejagt, doch der Schatten wollte nicht stehen bleiben. Rastlos zog er durch die Nacht. Sie waren am Krötschenturm gestartet, im Nordwesten von Zons. Nachdem sie dreimal die Gasse »Hohes Örtchen« rauf- und runtergeschlichen waren, hatte sich der Bucklige entschieden, die Zehntgasse in Richtung Juddeturm hinaufzueilen.

Trotz seines gekrümmten Rückens, der einen schaurigen Buckel auf seinen Schultern entstehen ließ, bewegte sich Gilig geschmeidig und zügig vorwärts. Die Beschreibung des Knaben passte genau auf ihn. Er lief tagein, tagaus in einer schmuddeligen schwarzen Kutte herum. Zwar hätte die Beschreibung auch auf jedes Mitglied der St.-Sebastianus-Schützenbruderschaft gepasst, aber der junge Tilmann hatte darauf bestanden, dass es sich um einen kleinen Mann mit einem Buckel handelte.

Ein wenig zweifelte Bastian an den Worten des Burschen. Schließlich hatte er drei Finger verloren und war nur um ein Haar dem Tod entgangen. Der Junge wirkte auch zwei Tage nach dem Überfall noch völlig durcheinander. Teilweise erzählte er wirres Zeug. Dies war dem Fieber zuzuschreiben, das trotz der Behandlung des Arztes Josef Hesemann den armen Jungen heimgesucht hatte.

Einen ganzen Tag lang weigerte Tilmann sich, zu essen und zu trinken. Sein Körper war mittlerweile so ausgemergelt, dass seine Mutter Pfarrer Johannes zweimal am Tag zum Gebet einbestellte. Josef Hesemann jedoch war zuversichtlich. Die Wunde heilte trotz des Fiebers ordentlich. Sie war sauber und das Fleisch war an den Stümpfen nicht schwarz verfärbt. Für ihn war das Fieber eine natürliche Reaktion auf die Amputation der Finger. Solange es nicht über viele Tage anhielt, hielt Josef es nicht weiter für gefährlich.

»Dort, siehst du das?« Wernhart, Bastians bester Freund und ebenfalls Mitglied der Zonser Stadtwache, hielt ihn am Ärmel fest. »Was sucht er dort an der Mauer?«

Die Stadtmauer von Zons war riesig. Sie bestand aus drei Meter hohem Felsgestein, und bisher hatte kein Feind die mit Basaltsteinen verstärkte Bewehrung überwinden können. Die gesamte Architektur der Festungsmauern entsprach dem neuesten Stand der Baukunst. Die Stadt war - da waren sich die Zonser allesamt einig - uneinnehmbar.

Die Mauer glich einem überdimensionalen Trapez und erstreckte sich ungefähr 300 Meter in Nord-Süd-Richtung und 250 Meter in West-Ost-Richtung. An den Eckpunkten war sie durch Wachtürme verstärkt: nordöstlich der quadratische Rhein- oder Zollturm, nordwestlich der runde Krötschenturm, südwestlich der runde Mühlenturm und an der südöstlichen Ecke stand der Schlossturm. Der runde Juddeturm erhob sich hingegen innerhalb des Städtchens neben dem Schloss Friedestrom.

Gerade machte sich der bucklige Gilig an den Steinen der östlichen Mauer zu schaffen. Er stand direkt unter einer der Pfefferbüchsen. So wurden die kleineren Wehrtürme scherzhaft von der Bevölkerung bezeichnet, denn sie waren im oberen Teil mit Fenstern versehen, aus denen bei einem Überfall auf die Stadt allerlei Gestein und Pech auf die Angreifer hinuntergeworfen oder »gepfeffert« werden konnten.

Der Kölner Erzbischof Friedrich von Saarwerden hatte sehr viele Gulden in die Errichtung der Festung fließen lassen. Er hatte Zons zu wirtschaftlicher Blüte verholfen, indem er anno 1372 den Rheinzoll aus Neuss nach Zons verlegt hatte. Ein Jahr darauf waren dem Ort sogar die Stadtrechte verliehen worden.

Was zum Himmel trieb der Bucklige hier mitten in der Nacht? Bastian konnte sich kaum vorstellen, dass Gilig mit bloßen Händen aus dieser stabilen Mauer Steine stehlen wollte. Er spähte angestrengt ins Dunkel und sah, wie Gilig etwas aus der Mauer hervorholte und unter seinem Wams verbarg.

Bastian stieß Wernhart an. Sie mussten sich aufteilen, wenn Gilig ihnen nicht entwischen sollte. Bastian wollte ihn auf frischer Tat ertappen, bevor er sein Diebesgut einfach abwerfen konnte. Ohne Beweise konnten sie den Buckligen nicht in den Juddeturm werfen.

Während Wernhart sich dicht hinter Gilig hielt, schlich Bastian um den Juddeturm herum und anschließend die Mühlenstraße hinauf. Sicher wollte der Bucklige durch das Feldtor die Stadt verlassen. Zwar war zu dieser Stunde das große Tor verschlossen. Durch einen kleinen Gang hindurch konnte man von der Stadt her kommend jedoch auch bei Nacht das Tor passieren. Genau an dieser Stelle wollte Bastian Gilig auflauern.

Er postierte sich unauffällig an einer Häuserwand. Lange warten musste er nicht. Gilig kam schnellen

Schrittes auf ihn zu, dicht gefolgt von Wernhart. Bastian wartete, bis der Bucklige genau auf seiner Höhe war, und löste sich dann aus dem Schatten. Erschrocken blieb Gilig stehen und ließ einen Leinensack fallen. Klimpernd rollten ein paar Münzen über die Straße. Schnell bückte er sich und sammelte sie wieder ein.

»Was sind das für Münzen? Woher habt Ihr sie?«, fragte Bastian mit strenger Stimme.

Gilig stotterte unverständlich und wagte nicht, den Blick zu heben. Er zitterte unkontrolliert am ganzen Körper. Bastian wiederholte seine Frage etwas freundlicher. Gilig hatte Angst, das war unschwer zu erkennen. Bastian wusste, dass er von Gilig keine Antwort bekommen würde, wenn er ihn noch mehr unter Druck setzte. Wernhart hatte bereits seinen Dolch gezückt, um ihn Gilig an die Kehle zu pressen, doch Bastian gebot ihm mit einer Geste Einhalt.

Der Bucklige hob erneut an: »Münzen für die Bruderschaft.« Zum Beweis griff er in seinen Leinensack und hielt Bastian ein Geldstück unter die Nase.

Bastian betrachtete die Münze. Im Dunkeln glaubte er, die Deutzer Prägung zu erkennen. Er wusste, dass Gilig hin und wieder Botengänge für die Bruderschaft übernahm. Der Bucklige verdiente seinen Lebensunterhalt mit allerlei einfachen Diensten. Trotzdem war es merkwürdig, dass Gilig mitten in der Nacht unterwegs sein sollte.

»Was habt Ihr dort hinten an der Mauer gesucht?«, fragte Bastian nun ohne Umschweife. Gilig fasste sich an den Kopf, als schien er erst jetzt zu begreifen, was die beiden Männer der Zonser Stadtwache von ihm wollten.

»Nichts weiter, ich habe dort nur meinen Hammer aufbewahrt.«

»Zeigt mir Euer Versteck!«, befahl Bastian und zerrte den Buckligen zurück zur Stadtmauer. Irgendetwas stimmte hier nicht. Sein Bauchgefühl betrog ihn nie.

»Wollen wir ihn nicht gleich in den Juddeturm werfen und morgen einer genauen Befragung unterziehen?«, fragte Wernhart missmutig. Bastian schüttelte den Kopf: «Lasst uns kurz nachsehen. Ich werde ihn nicht ohne Beweise in den Juddeturm sperren.«

Gilig stapfte mit eingezogenem Kopf voran. An der Stadtmauer angekommen, steckte er seine Finger tief in einen Spalt zwischen den Felssteinen hinein. Er ruckelte und zerrte, bis der Stein sich langsam löste. Ungeduldig stieß Wernhart den Buckligen beiseite und zog den Felsbrocken heraus. Mit ganzer Wucht und einem lauten Knall fiel dieser zu Boden.

»So sei doch leise!«, mahnte Bastian noch einmal. Wenn Wernhart so weiter machte, würde bald ganz Zons von diesem Lärm aufwachen. Wenn sie hier zusammen mit dem Buckligen gesehen würden, gäbe es sicher nicht wenige Zonser, die Gilig sofort in den Juddeturm werfen wollen würden. Aber so lange, wie seine Schuld nicht bewiesen war, wollte Bastian keine unnötigen Komplikationen heraufbeschwören. Es war schlimm genug, dass die Alte vom Krötschenturm und auch der Knabe Tilmann ihn beschuldigten.

Zugegebenermaßen war Gilig Ückerhoven eine eigentümliche Erscheinung. Schon als kleiner Junge wurde er wegen seines Buckels gehänselt. Obwohl er längst im heiratsfähigen Alter war, hatte er sich bis zum heutigen Tage kein Weib genommen. Er war kein schöner Mensch und wirkte geistig zurückgeblieben. Seine Sprache war einfach, doch immerhin besaß er ein kleines Haus an der Ostmauer in Zons. Dieses hatte er von seinen Eltern geerbt. Er war ihr einziges Kind. Das Unglück eines behinderten Sohnes hatte die Ückerhovens früh ins Grab getrieben. Gilig, der Außenseiter, wäre ein schnelles Opfer, und niemand würde sich für ihn besonders einsetzen. Umso mehr lag es an Bastian, für Gerechtigkeit zu sorgen. Ohne Beweise keine Schuld. Dies war ein eiserner Grundsatz der Zonser Stadtwache. Und Bastian hatte nicht vor, diesen aufzugeben.

Wernhart untersuchte das Loch, das sich groß und schwarz hinter dem herausgerissenen Mauerstein auftat.

»Es ist leer«, stellte er schließlich ernüchtert fest.

Gilig kramte in seinem Wams und zog einen verbogenen rostigen Hammer hervor. »Mein Hammer«, stotterte er.

»Warum versteckt Ihr ihn hier in der Mauer und nicht in Eurem Haus?«, fragte Wernhart aufgebracht. Gilig zuckte mit den Schultern. »Ist das vielleicht der Hammer, mit dem Ihr dem jungen Tilmann die Finger abgehauen habt?« Wernhart stieß Gilig bei diesen Worten aggressiv gegen die Brust und zerrte an dessen Wams herum.

»Redet schon!«

Gilig schüttelte heftig den Kopf.

»Lass ihn, Wernhart. Wir nehmen den Hammer mit und untersuchen ihn bei Tageslicht. Sollte auch nur ein einziger Blutstropfen daran sein, dann endet er im Juddeturm!«

Wernhart nickte und stieß den Buckligen von sich. »Lauft schon, bevor wir es uns anders überlegen«, zischte er und baute sich drohend auf. Gilig zuckte zusammen und rannte los.

* * *

Am nächsten Morgen untersuchten Bastian und Wernhart den Hammer. Er war vollkommen frei von Blut.

»Ich verstehe trotzdem nicht, warum der Bucklige ihn in einem Loch in der Stadtmauer versteckt. Es ist doch bloß ein Hammer.«

Bastian nickte, während er das schwere Werkzeug prüfend in seinen Händen hielt. »Es ist mir ein Rätsel. Wir sollten ihn auf jeden Fall weiter beobachten. Der Kerl ist mir nicht geheuer.«

»Warum haben wir ihn dann nicht sofort in den Juddeturm geworfen?« Wernhart war aufgebracht.

»Das weißt du doch so gut wie ich. Wir müssen den wahren Unhold finden. Ich glaube nicht, dass der Bucklige dem kleinen Tilmann etwas zu Leide getan hat.« Bastian ließ den Hammer fallen. Genau in diesem Augenblick betrat Pfarrer Johannes die Stube. Sein Gesicht sah grau und eingefallen aus. Die Augen lagen tief in den Höhlen.

»Matthias Hohnrath ist tot. Er wurde völlig zerstückelt im Wald aufgefunden.«

Johannes atmete schwer und setzte sich. Schweißperlen liefen über seine Stirn, obwohl die Temperaturen im September schon deutlich gesunken waren. »Und überall Tierfraß. Mir ist immer noch übel von seinem Anblick.«

Eine halbe Stunde später standen sie in dem kleinen Wäldchen, welches sich in westlicher Richtung an ein paar Felder anschloss. Der Wind wehte durch das schon leicht verfärbte Laub und die hoch am Himmel stehende Sonne ließ die Bäume in einem goldenen Licht erstrahlen. Bastian liebte diese goldenen Herbsttage. Nie war das Licht so schön wie zu dieser Jahreszeit. Tief sog er die frische Luft ein und bereitete sich innerlich auf den Anblick vor, der sich ihm gleich bieten würde. Eine angefressene Leiche, das fehlte ihm gerade noch. Eigentlich hatte er Marie versprochen, den Nachmittag mit ihr zu verbringen. Sie war jetzt seit drei Monaten guter Hoffnung und ihr Bauch begann sich langsam zu wölben. Bastian liebte Kinder und schon jetzt war er voller Vorfreude. Etwas knackste im Unterholz. Bastian sah sich um. Ein aufgescheuchter Fuchs suchte schleunigst das Weite.

»Hier vorne ist es.« Pfarrer Johannes deutete auf eine große Kastanie. »Direkt dort unter dem Baum haben sie ihn gefunden. Meine Messdiener sollten eigentlich frisches Holz besorgen, doch stattdessen sind sie auf den toten Matthias Hohnrath gestoßen.«

Bastian und Wernhart traten näher. Von weitem sah der Mann aus, als würde er unter der uralten Kastanie ein Nickerchen halten. Er lag auf der Seite. Seine Knie waren angezogen. Erst als Bastian direkt vor ihm stand, erkannte er die Brutalität dieses Mordes. Die Kleidung des Mannes war an der Vorderseite vollständig aufgerissen. Die Eingeweide oder das, was noch davon übrig war, hingen aus dem aufgeschlitzten Leib heraus. Die Nase war ebenfalls abgefressen. Trotz des entstellten Gesichtes konnte Bastian Matthias Hohnrath, den Schmied, erkennen.

Überall schwirrten fette, blau und grün schimmernde Fliegen über der Leiche herum. Sie krochen über die verwesende Haut des Schmiedes und in seine Körperöffnungen. Eine Welle der Übelkeit stieg in Bastian auf. Wernhart, der an den Füßen der Leiche stand, bückte sich plötzlich.

»Was haben wir denn hier?« In seinen Fingern hielt er das Ende einer Schlinge, die fest um die Füße der Leiche gezogen war. Auch der andere Fuß steckte in einer Schlinge fest. Nachdenklich rieb sich Bastian das Kinn und kniff dabei seine braunen Augen zusammen. Der Mörder hatte den kräftigen Schmied in eine Falle gelockt. Soviel war Bastian klar. Vermutlich hatte er ihn gefesselt, bevor er ihn aufschlitzte. Der Schmied war ein starker Mann. Dicke Muskelstränge definierten seinen Körper. Nur ein mindestens ebenso kräftiger Gegner konnte es von Angesicht zu Angesicht mit ihm aufnehmen.

Bastian überprüfte die Rückseite des Toten. Sie schien unverletzt. Am Hals entdeckte er Würgemale, die von einem Seil stammen konnten. Dieselben Male fanden sich an beiden Handgelenken.

»Ich vermute, dass der Schmied in einen Hinterhalt geriet und gefesselt wurde. Der Mörder ist bestimmt ein kluger Mann. Körperlich war er dem Schmied wahrscheinlich unterlegen, ansonsten hätte er ihn einfach angreifen können.«

Bastian durchsuchte die Taschen des Toten. Fast alle waren nach außen gedreht. Offensichtlich war die Leiche bereits durchsucht worden. Er fand drei Weißpfennige und ein dreckiges Leinentuch, an dem schwarzer Ruß klebte. Achtlos warf Bastian das Tuch zur Seite, hielt aber noch in der Bewegung inne. Aus dem Inneren des Lumpens hatte sich ein weiterer Taler gelöst, der mit hellem Klingen auf einem Kieselstein aufschlug. Erstaunt pfiff Bastian durch die Zähne und bückte sich nach der goldenen Münze.

»Pfarrer Johannes, seht Euch diesen Goldgulden an. Wie kommt ein einfacher Schmied an eine solche Münze?«

Johannes, der sich am Stamm einer Eiche ausruhte, richtete sich auf. Neugierig betrachtete er die Münze.

»Vielleicht war dieser Goldgulden der Grund für seine Ermordung. Der Mörder hat alle Taschen danach durchsucht und diesen kleinen Schatz hier nicht entdeckt. Aus lauter Wut hat er den Schmied aufgeschlitzt. Wo habt Ihr die Münze gefunden?«

»Sie war fest in ein verrußtes Leinentuch eingewickelt«, entgegnete Bastian.

»Ich habe sie nur zufällig entdeckt, weil sie herausgefallen ist.«

Nachdenklich musterte Bastian den Toten. Pfarrer Johannes könnte recht haben. Der Mörder hatte den Schmied vermutlich gefesselt und gefoltert. Als er nicht fündig wurde, metzelte er ihn in rasendem Zorn nieder.

»Aber woher soll der Mörder von dem Goldgulden gewusst haben?«, warf Wernhart zweifelnd ein.

»Das ist mir auch ein Rätsel.« Bastian kniff angestrengt die Augen zusammen. »Aber alle seine Taschen sind durchsucht worden. Sieh doch selbst, Wernhart. Sie sind fast alle nach außen gedreht.«

Pfarrer Johannes warf Bastian die Münze zu. »Hier, mein Junge, nehmt sie an Euch und durchsucht die Schmiede. Vielleicht findet Ihr noch mehr davon.«

V

GEGENWART

Er drehte die goldene Münze mit den Fingern seiner rechten Hand. Er hätte Zauberkünstler werden können, so geschickt ließ er den Gulden vom Zeigefinger bis zum kleinen Finger wandern. Die Münze drehte sich dabei um jeden Finger im Kreis. Draußen stand die Sonne halbhoch am Himmel und tauchte die Landschaft in goldenes Herbstlicht. Es war eine gute Jahreszeit. Nicht zu warm und auch nicht eiskalt. Er hasste die Kälte. Sommerliche Temperaturen fand er grundsätzlich angenehm, doch alles verdarb viel zu schnell. Er musste im Sommer minutiös planen. Im Herbst konnte er sich Zeit lassen. Die Verwesung setzte erst viele Stunden später ein und er konnte in Ruhe seine Spuren verwischen. Auch wenn etwas Unvorhergesehenes geschah, blieb meist genug Zeit für eine Korrektur. Im Sommer hingegen musste alles perfekt sein. Es gab keine zweite Chance, denn der Verwesungsgeruch förderte die Leichen im Handumdrehen zutage.

Wie immer ließ er die Münze entscheiden. Kopf oder Wappen? Er schleuderte sie hoch in die Luft und zählte bis drei. Er schloss die Augen, denn er würde den Taler auch blind auffangen können. Ihre Schicksale waren seit jeher miteinander verbunden. Soviel hatte er herausgefunden. Die Blutlinie ließ sich nicht vortäuschen. Jeder Mensch konnte tief in seinem Innersten spüren, ob die Eltern, die ihn großzogen, von seinem Blut waren oder nicht. Viele wollten es gar nicht wissen. Sie glaubten Wurzeln zu haben, wo es gar keine gab. Aber der Schmerz der Wahrheit wäre unerträglich für sie und so ignorierten sie ihr Innerstes und verdrängten alle Zweifel.

Er war anders. Von klein auf hatte er die Unterschiede gespürt. Seine Eltern waren so gut, so liebevoll - er konnte unmöglich ihr Kind sein. Wäre er nicht zufällig auf diese Akte gestoßen, er würde es bis heute nicht wissen. Jetzt aber wusste er alles. Er würde jeden bestrafen, der ihn von seiner Blutlinie getrennt hatte.

Klatschend schlug die Münze auf seinem Handrücken auf. Er wusste, welche Seite oben lag, bevor er es sah: der stehende St. Petrus. Zeit zu handeln!

Kommissar Oliver Bergmann war stinksauer. So sauer wie selten zuvor in seinem Leben. Sein Gesicht war puterrot angelaufen und sein Herz pumpte wie ein Turbomotor Blut in gigantischen Mengen durch die zu engen Adern. Wortwörtlich war er kurz davor zu platzen.

»Hör zu, Oliver, ich wusste nicht, dass sie eine Prostituierte ist. Ich habe sie in einer Bar kennengelernt.« Klaus erinnerte sich genau an diesen Abend. Zuvor hatte er heftig mit Sonja gestritten. Sie wollte unbedingt mit ihm zusammenziehen, doch er fühlte sich noch nicht bereit. Niemand aus dem Polizeirevier in seinem Alter wohnte mit einer Frau zusammen. Er fühlte sich viel zu jung und zu cool, um sesshaft zu werden. Wütend über ihr Drängen war er davongestürmt und in die nächste Bar gelaufen, die geöffnet hatte. Nach drei Bier und fünf Schnäpsen war ihm Sophia Koslow wie die absolute Traumfrau erschienen. Er war am Ende dieses Abends so betrunken, dass er nicht einmal mehr mitbekam, wie er sie für die Nacht bezahlte. Sie war jung. So jung, dass sie es aus seiner Sicht nicht eilig haben konnte mit dem Zusammenziehen. Sie wollte Spaß, nichts Ernstes. Am nächsten Morgen riss sie ihr Zuhälter brutal aus dem Bett. Sie hatte nicht genug Freier bedient, weil sie die ganze Nacht nur mit Klaus verbracht hatte. Erst als ihr Zuhälter das Geld nachzählte und bemerkte, dass Klaus in seinem Suff für die ganze Nacht gezahlt hatte, ließ er von Sophia ab.

Klaus konnte diese Szene wieder und wieder in seinem Kopf abspulen: »Braves Mädchen!« Der Widerling klopfte ihr dabei fest auf den Hintern. »Jetzt geh runter. Dein Stammkunde wartet auf dich! Er platzt bald, weil er dich letzte Nacht nicht flachlegen konnte. Also besorg es ihm ordentlich, Sophia!« Er nahm ihr Kinn in die Hand und sah ihr tief in die Augen: »Und vergiss nicht, mein Engel, du gehörst mir!« Sein russischer Akzent war widerwärtig. Der ganze Typ war unterste Schublade mit seinem billigen, aufdringlichen Parfüm und seinen nach hinten gegelten Haaren. Wie ein Lackaffe stolzierte er in seinem zerknautschten Anzug durch das schäbige Hotelzimmer, in das Sophia Klaus für diese Nacht geschleppt hatte.

Für einen Moment spielte Klaus mit dem Gedanken seine Waffe zu ziehen und dem Mistkerl ein Loch in die Stirn zu verpassen, aber Sophias angstgeweitete Augen hielten ihn davon ab. Dieser ängstliche, verlorene Blick war es, der Klaus von diesem Moment an gefangen nahm. War es bis dahin ein Abenteuer im Suff gewesen, so entwickelte er jetzt einen heftigen Beschützerinstinkt für Sophia. Im Laufe der Zeit verliebte er sich.

Von diesem Tag an versuchte er alles, um sie aus dieser üblen Szene zu befreien. Der Puff, der unter dem Namen »Exklusiv-Club« in Dormagen, keine fünf Minuten von Zons entfernt, logierte, war der größte in der Gegend. Die meisten Mädchen dort stammten aus Osteuropa. Vermutlich waren sie alle gegen ihren Willen verschleppt worden. Sophia wollte einfach nur nach Deutschland, raus aus der Ukraine. Wie so viele andere Frauen auch vertraute sie sich einem Menschenhändlerring an, der sie anschließend erpresste. Entweder Prostitution oder eine »exklusive« Rückfahrkarte in die Ukraine.

»Verdammt, Klaus. Ich habe deine Visitenkarte vom Tatort verschwinden lassen, und du Trottel hast nichts Besseres zu tun, als das Mädchen anzurufen.« Oliver rieb sich angespannt die Schläfen. Natürlich wusste Klaus damals gar nicht, dass Sophia Koslow nicht mehr lebte. Wenn Oliver ihn direkt angerufen hätte, dann wäre die ganze Sache vielleicht nie ans Licht gekommen, aber für solche Gedanken war es jetzt zu spät. Verzweifelt überlegte

Oliver, wie sie beide aus dieser verflixten Situation ausbrechen könnten, aber sein Kopf war leer.

»Hör mal, Oliver. Ich werde morgen zu Steuermark gehen und ihm die ganze Geschichte offenlegen. Von der Visitenkarte muss doch niemand etwas wissen.« Klaus blickte Oliver an. Am liebsten wäre er für immer in seinem Selbstmitleid versunken. Er hatte die Frau, die er eigentlich liebte, betrogen und noch dazu seinen Partner in Schwierigkeiten gebracht. Und das für eine Prostituierte, die er letztendlich nicht von ihrem Job abbringen konnte. Obwohl er es vor vier Wochen endlich geschafft hatte, sie aus dem »Exklusiv-Club« herauszuholen, war sie bereits eine Woche später auf »www.KAUFmich.com« erschienen. Sie hatte sich dort mit anderen Frauen zusammengetan, die dem schnellen Euro zugeneigt waren.

Klaus würde nie vergessen, wie elend er sich fühlte, als er es herausbekam. Von wegen Menschenhandel und Erpressung. Sie tat es für Geld! Sicher, sie mochte ihn. Aber ihren gutbezahlten Job hätte sie seinetwegen nicht an den Nagel gehängt. Sie hatten sich heftig gestritten, und eigentlich wusste Klaus selbst nicht mehr, warum er sie wieder angerufen hatte. Es war eher eine Gewohnheit als eine bewusste Entscheidung. Jedenfalls wollte er seine unglückliche Affäre mit Sophia endgültig beenden. Sein Beschützerinstinkt war verflogen, spätestens seitdem er herausgefunden hatte, dass sie wirklich eine Hure war und kein armes ukrainisches Mädchen, welches zum Sex gezwungen wird.

Müde rieb Klaus sich die Augen. Morgen würde er reinen Tisch machen. So viel stand fest.

* * *

Emily starrte angestrengt auf das Navigationssystem ihres Peugeots. Sie konnte es nicht fassen, es hatte sich schon wieder verschluckt. Der blaue Pfeil, der eigentlich ihre aktuelle Position anzeigen sollte, zitterte auf dem kleinen Bildschirm hin und her, als wenn er sich nicht entscheiden könnte, wo es langging. Wütend schlug sie mit der flachen Hand gegen das Display. Fehlanzeige. Der blaue Pfeil war beleidigt verschwunden und das Navigationssystem zeigte nun zu wenige Satelliten an.

Prima, dachte Emily. Das ging ja gut los. Sie blickte auf die Uhr und stellte fest, dass sie sich bereits um zehn Minuten verspätet hatte. Gerade als sie ihr Smartphone aus der Tasche holen wollte, entdeckte sie am Straßenrand ein großes weißes Schild mit einem roten Kreuz. In schwarzen Buchstaben stand »Krankenhaus« darauf. Das musste es sein! Sie folgte der Beschilderung und bog auf eine einsame Landstraße ab. Rechts und links erstreckten sich Felder, an die zu beiden Seiten Wälder angrenzten. Das Laub hatte sich bereits leicht verfärbt. Die Landschaft erstrahlte in einem unglaublich warmen Licht und Emily konnte sich gar nicht vorstellen, dass inmitten einer so schönen Landschaft eine psychiatrische Klinik beheimatet sein sollte.

Die Straße machte eine sanfte Biegung und Emily brauste mit überhöhter Geschwindigkeit in die Kurve. Sie liebte hohes Tempo. Es war aufregend, in den Autositz gedrückt zu werden und dabei das Aufheulen des Motors zu hören. Am liebsten hätte ihr rechter Fuß das Gaspedal richt mehr losgelassen, aber als ihr ein breiter Traktor entgegenkam, siegte die Vernunft über ihren Wagemut. Mit einem Seufzer nahm sie den Fuß vom Gas.

Emily bog in einen schmalen Waldweg ab. Große Birken säumten den Wegesrand und rauschten im Herbstwind. Der Wald wurde immer dichter und die Sonne verbarg sich hinter den Baumkronen, als der Weg abrupt endete. Ein weiteres Schild wies nach rechts. Emily bog in einen Kiesweg ein. Nach fünfzig Metern erreichte sie ein riesiges schwarzes Eisentor.

Sie hielt an und drückte auf den Empfangsknopf, der aus einer metallenen Säule herausragte. Ohne dass sie etwas sagen musste, öffnete sich das schwere Tor. Wie von Geisterhand schwebten die Flügel auseinander. Emily gab Gas. Der Kies knirschte unter den Rädern, während sie den riesigen Park bewunderte, der sich hinter dem Tor auftat. Große alte Bäume, umgeben von bunten Blumeninseln und formschön geschnittenen Büschen, wechselten sich ab. Zwischen uralten Eichen entdeckte Emily das Haus mit den traurigen Fenstern. Es sah genauso aus wie auf dem Foto. Kleine Türmchen ragten aus dem Dach der prächtigen Villa. Dieses äußerst gepflegte Anwesen wirkte nicht wie ein Krankenhaus, es hätte vielmehr in das Immobilienportfolio eines Multimillionärs gepasst. Emily parkte auf dem Rondell direkt vor dem Eingang. Ihre Autotür schlug mit einem lauten Knall zu.

Sie blickte sich um und erschrak. Die Fenster dieses Hauses wirkten nicht nur wie Augen - es waren Augen. Aus mindestens drei Fenstern wurde sie beobachtet. Deutlich konnte sie die schemenhaften Gestalten, die an den

Scheiben klebten, erkennen. Eine Gänsehaut lief ihr über den ganzen Körper. Das war unheimlich. Sie hätte doch darauf bestehen sollen, dass Anna sie begleitete.

Anna war ihre beste Freundin. Sie half ihr immer bei den Recherchen, auch wenn sie eine vielbeschäftigte Bankerin war. Mit Anna an ihrer Seite würde sie sich jetzt wesentlich wohler fühlen. Emily holte tief Luft und zwang sich, auf die Eingangstür zu schauen. Sie wollte nicht, dass die Geisteskranken ihre Furcht bemerkten. Erleichtert nahm sie die Türklinke in die Hand und trat ein. Hier wirkte das Haus schon eher wie eine Klinik.

Weiße, schmucklose Wände und ein grauer Linoleumfußboden betonten die farblose, neutrale Umgebung. Emily entdeckte die hinter einer Säule versteckte Anmeldung. Eine ältere Schwester mit brünetten Locken beugte sich gerade über ein aufgeklapptes Buch und fuhr angestrengt mit den Fingern über die Zeilen. Irgendwie kam sie Emily bekannt vor. Sie trat dicht an den Schalter heran und räusperte sich. Die Schwester sah auf. Ihr erstaunter Blick blieb an Emily haften. »Emily, was machen Sie denn hier?«

Emily brauchte einige Sekunden, bevor sie die Schwester erkannte. »Das gibt es ja nicht, Frau Winterfeld. Ich wusste gar nicht, dass Sie hier arbeiten.« Emily hätte schwören können, dass Annas Mutter in einer Kölner Klinik tätig war.

»Ich habe erst vor ein paar Tagen hier angefangen. Anna hat sicher vergessen, es zu erwähnen.« Frau Winterfeld lächelte, immer noch überrascht. Ihr Finger blieb auf einer Zeile des Kalenders hängen. »Ich habe Ihren Termin gerade im Kalender entdeckt. Kommen Sie, ich bringe Sie zu Professor Morgenstern.«

* * *

Professor Morgenstern war viel jünger, als Emily erwartet hatte. Blaue Augen in einem markanten Gesicht, umrandet von einem blonden Lockenschopf, musterten sie interessiert. Die lange, schräge Narbe über seiner rechten Wange fiel Emily sofort ins Auge. Er war nicht besonders groß, dafür jedoch durchtrainiert. Wie ein Professor kam er ihr ganz und gar nicht vor. Er reichte ihr die Hand und lächelte. »Herzlich willkommen in unserer Klinik, Frau Richter. Es freut mich wirklich sehr, Sie kennenzulernen.« Sein Händedruck war fest. Er bot Emily den Stuhl vor seinem Schreibtisch an und sie nahm Platz.

»Danke, dass ich so schnell einen Termin bei Ihnen bekommen habe.«

»Kein Problem. Ich habe Ihre Reportagen über den Puzzlemörder und auch den Sichelmörder gelesen. Das war wirklich äußerst interessant. Und ich bin natürlich gerne bereit, Sie bei Ihrem neuen Vorhaben zu unterstützen.« Er zwinkerte ihr freundlich zu.

Emily lächelte schüchtern und zupfte sich am rechten Ohrläppchen. Professor Morgenstern verfolgte jede ihrer Gesten mit wachen Augen.

»Ich möchte meine neue Reportage über das Böse im Menschen schreiben. Insbesondere interessieren mich die sogenannten Psychopathen. Ich denke, dass Menschen mit derartigen Persönlichkeitsstörungen zu den grausamsten Verbrechen imstande sind.«

»Da liegen Sie leider vollkommen richtig mit Ihrer Annahme.« Professor Morgenstern runzelte die Stirn und fuhr mit leiser Stimme fort. »Sie haben sich unsere Klinik sicher wegen der roten Etage ausgesucht. Wir beherbergen hier einige der gefährlichsten Gewaltverbrecher dieses Landes. Jeder dieser Patienten leidet unter einer extremen Persönlichkeitsstörung.« Professor Morgenstern erhob sich bei diesen Worten und ging hinüber zu seinem Aktenschrank, der verschlossen auf der linken Seite des Büros stand.

»Fünf Patienten haben ein psychopathisches Profil.« Er nahm einige Akten heraus und legte sie auf seinen Schreibtisch. Dann holte er eine Lesebrille aus seiner Schublade und setzte sie auf. Erstaunt stellte Emily fest, dass er jetzt wesentlich älter wirkte. »Einer der bekanntesten Forscher auf dem Gebiet der Psychopathie ist der kanadische Psychologe Robert Hare. Er hat eine Checkliste für die Identifizierung von Psychopathen entwickelt.«

Emily zückte ihren Block und notierte sich diesen Namen. »Woran erkennt man sie?«

»Das ist gar nicht so einfach. Generell liegt bei dieser Persönlichkeitsstörung ein völliges Fehlen von Empathie, Gewissen und Verantwortungsbewusstsein vor. Psychopathen sind mitunter extrem charmant und manipulativ. Ansonsten würden ihnen sicherlich viel weniger Opfer ins Netz gehen.« Professor Morgenstern machte eine kleine Pause und wartete, bis Emily ihre Notizen vervollständigt hatte. Er erklärte ihr, dass es im Wesentlichen zwei Arten von Psychopathen gibt. Den ausnützerischen Typen, einen sprachgewandten Charmeur, der mit Hilfe von Lügen und Manipulation seine Ziele erreicht, und den impulsiven Typen, der sich schnell langweilt, ständig Neues erleben will, oft einen parasitären Lebensstil an den Tag legt und sein Verhalten nicht wirklich unter Kontrolle hat.

Emilys Frage, ob Psychopathen generell »böse« seien, ließ Professor Morgenstern unbeantwortet. Dies war aus seiner Sicht eher ein philosophisches Problem. Jemand der weder Angst noch Reue empfinden und die moralischen Grundsätze eines gesunden Menschen nicht nachvollziehen konnte, musste sicherlich auch anders bewertet werden. Andererseits war Gewalt in der modernen menschlichen Kultur und in Friedenszeiten immer mit dem Bösen verbunden.

In der roten Etage der Klinik lebten fünf Psychopathen, wobei drei von ihnen fast vierzig Punkte auf der Hare Skala erreichten. Zwei hatten bereits mehrere Menschen kaltblütig ermordet. Henri Tiedemann war schon als Teenager gewalttätig und hatte im Alter von zwölf Jahren seine kleine Schwester vergewaltigt. Er gehörte in die Gruppe der impulsiven Psychopathen. Hans Dieter Wellenbrink war erst im Alter von fünfzig Jahren auffällig geworden. Er hatte über zwanzig Jahre hinweg mehrere Frauen entführt, gefoltert und anschließend ermordet. Er war Direktor in einem Versicherungsunternehmen, äußerst charmant und beliebt. Niemand aus seinem Umfeld hätte ihm solche Taten zugetraut.

Und dann gab es noch einen dritten Patienten in der roten Etage. Sein Name war Adrian Helmhold. Als kleiner

Junge tötete er alle seine Haustiere. Er tat dies so geschickt, dass seine Mutter erst viel zu spät herausfand, dass Adrian dahintersteckte. Jeder Todesfall sah zunächst wie ein Unfall aus. Mal war das Wasser aus dem Aquarium ausgelaufen. Ein anderes Mal wurde ein Kaninchen von einer Drahtschlinge erdrosselt, die sich einfach so vom Käfig gelöst hatte, und zu guter Letzt starb der Familienhund an einer Vergiftung. Erst als die Mutter die Packung mit dem Gift im Kinderzimmer fand, erkannte sie ihren Irrtum und schickte Adrian zu einem Psychologen. Ungefähr ein halbes Jahr später musste er in die geschlossene Anstalt eingewiesen werden, da er seine Wutausbrüche nicht mehr unter Kontrolle hatte und mit einem Küchenmesser auf seine Tante losgegangen war. Zu diesem Zeitpunkt war Adrian gerade einmal neun Jahre alt.

»Das heißt, Adrian Helmhold sitzt jetzt seit 19 Jahren in der geschlossenen Psychiatrie? Gibt es denn keine Heilungschancen für ihn?«

Professor Morgenstern schüttelte nachdenklich den Kopf. »An der Universität in Tübingen wird zurzeit eine neue Therapiemethode getestet. Aber die steckt noch in den Kinderschuhen.« Er drehte die Akte um, sodass Emily das Foto von Adrian erkennen konnte. Ein blasser, unscheinbar wirkender Mann blickte sie aus unschuldigen Augen an. Emily staunte. Nie im Leben wäre sie darauf gekommen, dass dieser Mann ein Psychopath sein könnte.

Das Telefon riss Emily aus ihren Gedanken. Professor Morgenstern hob ab und runzelte die Stirn. Verstört legte er den Hörer wieder auf. »Wenn Sie mich jetzt entschuldigen würden, Frau Richter. Ich habe gerade eine schlechte Nachricht erhalten. Vielleicht können wir unser Thema ein anderes Mal weiter vertiefen.« Er erhob sich, schüttelte Emily die Hand und führte sie aus seinem Büro. Emily seufzte. Schade, aber dieses Gespräch war wohl vorläufig beendet.

»Wir haben drei mögliche Täter ins Visier genommen.« Die Stimme von Oliver Bergmann klang aufgeregt. Die ganze Nacht hatte er mit der Auswertung von Profilen verbracht. Jeden Amerikaner, der im Rhein-Kreis Neuss wohnhaft und bei einem amerikanischen Unternehmen angestellt war, hatte er akribisch durchleuchtet. Ohne Resultat. Die Suche nach deutschen Mitarbeitern, die zum Mordzeitpunkt in Minnesota gewesen waren, hatte immerhin drei Treffer erbracht.

Das Interessanteste daran war, dass einer von ihnen Ronny Hammerschmidt hieß. Ein Mann mit diesem Namen war der letzte Freier von Sophia Koslow gewesen. Die Wahrscheinlichkeit, dass er auch ihr Mörder war, stieg aus Olivers Sicht in astronomische Höhen. Er hatte vor einem Jahr nicht nur in St. Paul die Gelegenheit gehabt, eine Prostituierte zu töten, sondern er war auch der Letzte, der Sophia Koslow lebend gesehen hatte.

»Hat Ihr Partner noch nicht mit Ihnen gesprochen?« Hans Steuermark unterbrach Oliver unwirsch.

»Nein, wieso?« Oliver blickte Steuermark fragend an.

»Sie sind von dem Fall abgezogen. Alle beide!«

Oliver erhob sich überrascht und beugte sich über

Steuermarks Schreibtisch. »Wie meinen Sie das, wir sind abgezogen?«

Hans Steuermark setzte einen unterkühlten Blick auf und erwiderte gereizt: »So wie ich es sage. Ende. Sie werden bis auf Weiteres nach Frankfurt an der Oder versetzt und Ihr Partner ist die längste Zeit Kriminalbeamter gewesen.«

Oliver starrte den Leiter des Kriminalkommissisariats ungläubig an. Das konnte doch nicht sein Ernst sein! Doch im Blick von Hans Steuermark entdeckte er nichts als Entschlossenheit. Steuermark hatte sein Urteil gefällt. Plötzlich kraftlos sank Oliver zurück auf seinen Stuhl.

»Ich weiß, dass Sie die Visitenkarte von Klaus Gruber vom Tatort entfernt haben.« Steuermark sah Oliver anklagend an. »Es war die einzige Karte, die fehlte und Ihre Kollegin Petra Ludwig hat die Fakten sofort erkannt.«

Steuermark seufzte laut. »Verdammt, Bergmann, warum haben Sie das getan? Sie hätten doch wenigstens zu mir kommen können, oder glauben Sie, ich hätte Ihnen direkt den Kopf abgerissen?«

Mit einer verzweifelten Geste fuhr er fort: »Durch Ihre Kollegin ist die Sache jetzt offiziell. Ich kann das nicht ignorieren. Wir haben Kokainreste an der Uniform Ihres Partners gefunden. Er steht unter Verdacht, diese Droge konsumiert zu haben. Und Sie hatten nichts Besseres zu tun, als eigenmächtig den Tatort zu verändern! Auch wenn Sie nur Ihren Partner schützen wollten, ich muss Sie zumindest zwangsversetzen. Seien Sie froh, dass Sie nicht suspendiert werden!«

Die Worte prasselten mit solcher Wucht auf Oliver

nieder, dass ihm augenblicklich speiübel wurde. Im ersten Moment verfluchte er seinen Partner Klaus, der offensichtlich mit seinem Geständnis alles ruiniert hatte. Dann verdammte er seine Kollegin Petra Ludwig. Diese ehrgeizige blöde Kuh! Warum mischte sie sich in seine Angelegenheiten ein? Hätte sie nicht einfach ihre Klappe halten können? Da konnte sie sich jetzt ja endlich Hoffnungen auf eine Beförderung machen. Immerhin hatte sie direkt zwei Kollegen mit einem Schlag erledigt!

Olivers Kehlkopf schmerzte. Gequält bemühte er sich, seine Wut und Verzweiflung hinunterzuschlucken. Schon wurden seine Augen feucht. Steuermark sah ihn traurig an. »Glauben Sie mir, es ist das Beste, wenn Sie Ihren Dienst erst einmal in Frankfurt an der Oder antreten. Frau Ludwig übernimmt ab sofort die Ermittlungen.« Er tätschelte Olivers Schulter. »Ihr Dienst beginnt morgen. Also fangen Sie an zu packen.«

»Wie konntest du so etwas tun und mir nichts davon erzählen? Ich dachte, wir haben keine Geheimnisse voreinander!« Emily schluchzte heftig. Tränen liefen ihr in dicken Strömen über die Wangen und tropften auf ihre Bluse. Ihre Augen funkelten Oliver wütend an.

»Emily, es tut mir leid.« Oliver schüttelte traurig seinen Kopf. »Ich wollte nicht, dass du schlecht von mir denkst. Ich wollte dich nicht belügen. Bitte glaube mir.« Seine Stimme hatte einen flehenden Unterton. Das fehlte ihm jetzt gerade noch. Auf keinen Fall wollte er Streit mit

Emily. Ihre Tränen taten ihm weh und rissen tiefe Krater in sein Herz. Er war schuld an ihrem Unglück. »Und was wird jetzt aus uns?«, fragte Emily aufgebracht.

»Wie meinst du das?«

»Frankfurt an der Oder liegt an der polnischen Grenze oder auch am Ende der Welt!«

»Ich komme jedes Wochenende zu dir. Versprochen!« Oliver nahm zärtlich ihre Hände und drückte ihr einen Kuss auf die tränenfeuchten Wangen. »Ich liebe dich, Emily. Du bedeutest mir alles. Ich finde eine Lösung für uns.« Emily zog ihre Hände fort und wandte sich von ihm ab. »Ich muss das erst einmal verdauen, Oliver.« Sie stand auf und ging zur Tür. Oliver wollte sie aufhalten, doch sie stieß ihn von sich. Wortlos verließ Emily die Wohnung. Wie vom Schlag getroffen, blieb Oliver im Flur stehen. Um ihn herum wurde es schwarz. Sein Herz fühlte sich an wie Blei. Schluchzend sank er in sich zusammen.

Am nächsten Morgen saß Kommissar Oliver Bergmann mit hängendem Kopf im Zug nach Frankfurt an der Oder. Fast acht Stunden dauerte eine Strecke. Am Abend zuvor hatte er verzweifelt versucht, sich mit Emily zu versöhnen. Doch sie wollte ihn nicht sehen. Sein Herz schlug dumpf. Jeder Schlag hallte in der unendlichen Leere wider, die der Streit mit Emily verursacht hatte. Oliver hatte Angst davor, sie zu verlieren. In seiner Verzweiflung hatte er sich gestern mit seinem Partner Klaus betrunken. Zwei Kästen Bier und etliche Gläser Wodka hatten ihn für kurze Zeit seinen Schmerz vergessen lassen. Oliver fühlte sich so hoffnungslos wie noch nie in seinem Leben. Er liebte seinen Job als Kriminalkommissar, aber noch viel mehr liebte er Emily. Ohne sie machte sein Leben keinen Sinn. Sein Kopf brummte.

Am Fenster flog die herbstliche Landschaft vorbei, doch auch die warmen Farben konnten seine Stimmung nicht heben. Immer noch benebelt vom Alkohol, schloss Oliver die Augen, und lehnte seinen Kopf gegen die Fensterscheibe. Gerade als er eingedöst war, spürte er eine Hand auf seiner Schulter. Genervt hob er die Lider einen Spaltbreit.

»Was machst du denn hier?«, entfuhr es ihm überrascht. Sein Partner Klaus - oder vielmehr Ex-Partner - blickte ihn aus verquollenen Augen an. Sein Atem roch streng nach Bier.

»Sonja hat sich von mir getrennt.« Klaus setzte sich schwer atmend neben Oliver. »Ich habe erst einmal keinen Job mehr, und da dachte ich mir, ich gehe mit dir ins Exil.« Klaus kicherte leise. »Ich war noch nie so weit im Osten.«

Oliver stöhnte und lehnte den Kopf zurück. Er wäre lieber alleine gewesen und hätte sich die ganze Zugfahrt hindurch an seinem Selbstmitleid geweidet. Stattdessen hatte er jetzt Klaus am Hals. Wäre Klaus nicht dieser Nutte in die Arme gelaufen, könnten sie jetzt beide im Büro sitzen und Mörder jagen. Oliver schüttelte den Kopf und wollte gerade den Mund zu einer längeren Rede öffnen, als Klaus ihn unterbrach: »Hör mal Oliver. Ich weiß, dass ich Mist gebaut habe. Das kann ich so schnell auch nicht wieder gut machen. Aber ich kann dich unterstützen. Egal, was du brauchst. Ich helfe dir. Bitte lass mich nicht auch noch hängen, Partner.« Klaus sah Oliver mit einem bettelnden Blick an. Oliver seufzte. Er konnte Klaus einfach nichts abschlagen. Immerhin hatte er ihm alles beigebracht, was er als Kriminalkommissar wissen musste. Vom ersten Tag an hatte Klaus ihn unterstützt, obwohl Oliver neu und unerfahren war.

Er nickte schwerfällig und klopfte Klaus auf die Schulter. »Also gut, Klaus. Aber du versprichst mir, dich nie wieder in Schwierigkeiten zu bringen? Ist das klar?«

Klaus atmete erleichtert auf. »Total klar!« Erschöpft ließ er sich an die Rücklehne sinken und schlief auf der Stelle ein.

Oliver versuchte ein weiteres Mal, Emily ans Handy zu bekommen, doch sie drückte ihn weg. Verdammt, dachte er, sie ist immer noch sauer auf mich. Ich muss mir dringend etwas einfallen lassen.

Er steckte sein Handy zurück in die Tasche und schloss die Augen. Immerhin, er hatte noch mehr als sechs Stunden Zugfahrt vor sich. Vielleicht fiel ihm bis dahin etwas ein.

Emily saß mit vom Weinen geröteten Augen auf Annas Wohnzimmercouch. Anna war Emilys beste Freundin. Sie wohnte direkt in der Zonser Altstadt, an der Rheinstraße vier. Das Häuschen lag neben dem Rheinturm. Früher wurde dieser Turm auch Zoll- oder Petersturm genannt. Da das Häuschen bereits innerhalb der dicken Stadtmauern von Zons lag, gab es keine Parkplätze direkt vor dem Haus. Deshalb hatte Emily ihren Wagen auf dem großen Parkplatz am Rheinturm abgestellt, der eigentlich für die vielen Besucher gedacht war, die jedes Wochenende das kleine Zons bevölkerten und die gerne durch dieses wunderbar erhaltene mittelalterliche Städtchen spazierten. Von diesem Parkplatz aus gelangte man direkt durch eine kleine Unterführung zum Hauseingang von Annas Appartement, welches sich im Obergeschoss befand. Anna arbeitete bei einer kleinen Düsseldorfer Bank und war mit Leib und Seele Bankerin. Ihre beste Freundin so am Boden zerstört zu sehen, schmerzte sie.

»Emily, er hat dir doch versprochen, dich jedes Wochenende zu besuchen. Er hat doch gar nicht vor, dich zu verlassen. Er liebt dich, da bin ich mir ganz sicher.« Anna hatte nicht den geringsten Zweifel daran. Sie kannte den Blick nur zu gut, mit dem Oliver Bergmann Emily jedes Mal ansah, wenn sie in seiner Nähe war. Er war eindeutig verrückt nach ihr. Wie sehr wünschte sich Anna, dass ein Mann sie so ansehen würde. Sie hatte sich in den letzten Monaten derart intensiv in ihre Arbeit vergraben, dass sie Männer nur noch als Arbeitskollegen wahrnahm. Außerdem war ihr Herz immer noch von Bastian Mühlenberg gefangen. Anna seufzte. Bastian hatte sie auch mit diesem Blick angesehen. Seine tiefbraunen Augen hatten sie fast verschlungen und das Funkeln in ihnen hatte ihr Herz laut klopfen lassen. Sie schüttelte den Kopf. Emily hatte ihr eingeredet, dass Bastian Mühlenberg nicht real sein konnte. Er lebte vor über fünfhundert Jahren in Zons und war Soldat in der Stadtwache. Aber Anna war sich sicher, ihn getroffen zu haben. Sie erinnerte sich genau an sein Lächeln, seine blonden Strubbelhaare und die hohen Wangenknochen. Er hatte sie vor dem Puzzlemörder gerettet und er war es, der Kommissar Oliver Bergmann sicher durch das Labyrinth von Zons geleitet hatte. Sie hatte ihn mit eigenen Augen gesehen! Hinzu kam, dass sie auch heute noch oft von ihm träumte. Erst letzte Nacht hatte sie ihn am Krötschenturm gesehen, wo er mit einer hässlichen alten Frau einen Tierkadaver untersuchte. Verstört fuhr sich Anna mit ihrer Hand durch die langen Locken. Wahrscheinlich war sie kurz davor, verrückt zu werden. Sie bekam diesen Mann einfach nicht aus ihrem Kopf.

»Glaubst du das wirklich?« Emily riss Anna aus ihren Gedanken.

»Was?«

»Na, dass er mich liebt.«

»Ach so, natürlich. Ich bin mir hundertprozentig sicher.«

»Aber warum hat er mich angelogen?« Emilys Handy begann zu vibrieren.

»Willst du nicht endlich einmal rangehen? Der arme Kerl versucht jetzt zum hundertsten Mal, dich zu erreichen. Willst du ihn wirklich so leiden lassen?«

»Er hat mich angelogen!« Emilys Stimme war die eines trotzigen Kindes.

Anna schüttelte lächelnd den Kopf. Typisch Emily, dachte sie, ihr italienisches Temperament schlug wieder einmal zu. Kommissar Oliver Bergmann würde noch mächtig Überzeugungsarbeit leisten müssen, wenn sie ihm verzeihen sollte.

»Hör zu, Emily. Ablenkung ist die beste Medizin bei Liebeskummer. Ich schlage vor, wir fahren zu Professor Morgenstern und beenden die Recherche für deinen neuen Artikel. Außerdem kann ich parallel meiner Mutter einen Besuch abstatten. Sie wird sich sicher freuen, wenn sie mir ihren neuen Arbeitsplatz zeigen kann.«

Emily sah Anna aus verweinten Augen an. Sicher hatte sie recht. Ablenkung war eine gute Methode, um die Gedanken an Oliver zumindest für ein paar Stunden aus ihrem Kopf zu verbannen. Warum hatte er sie angelogen? Sie hatte ihm aus tiefstem Herzen vertraut. Warum benahmen Männer sich nur ständig daneben? Es schien ihr fast so, als wären sie nur dazu da, einem das Leben schwer zu machen. Sie betrachtete Anna. Ihr ging es letztendlich besser. Ihr konnte niemand weh tun. Vielleicht sollte sie sich wirklich trennen und das Leben als glückliche Single-Frau verbringen. Doch ein Blick in Annas grüne Augen ließ Emily plötzlich zweifeln. Nein, Anna war nicht glücklich. Die Sehnsucht war ihr nur allzu deutlich anzusehen. Trotzdem, sie würde Oliver noch zappeln lassen. Er sollte merken, dass er mit ihr nicht so umgehen durfte. Trotzig schob sie ihre Unterlippe vor, kniff die braunen Augen zu schmalen Schlitzen zusammen und folgte Anna, die bereits ungeduldig mit dem Haustürschlüssel klapperte, aus der Wohnung.

VI

VOR FÜNFHUNDERT JAHREN

Bastian Mühlenberg träumte erneut von dieser wunderschönen Frau. Er konnte sie durch ein Fenster beobachten. Ihr Name fiel ihm wieder ein: Anna. Sie hatte einen merkwürdigen weißen Kittel an und stand mit dem Rücken zu ihm gewandt. Ihre brünetten Locken waren kürzer als sonst. Dann drehte sie sich plötzlich um. Bastian war verwirrt. Diese Frau sah Anna zum Verwechseln ähnlich, aber sie war es nicht. Unruhig wälzte er sich im Bett hin und her. Träumte er von Anna als alte Frau? Bevor er weiter darüber nachdenken konnte, begann es zu regnen. Er stand vor diesem merkwürdigen Haus und wurde nass. Er hörte, wie dicke Tropfen gegen die Wände prasselten.

Ohne Vorwarnung veränderte sich die Welt um ihn herum. Er befand sich jetzt in einem Gang. Er bestand nicht aus Mauersteinen, sondern aus einem glatten Material, welches sich im Licht spiegelte. Der Boden wirkte wie dunkles Wasser, doch er konnte darauf stehen. Die Wände waren glatt und makellos weiß. Bastian bestaunte diese herausragende Handwerkskunst. Plötzlich betrat Anna den Gang. Er rief ihren Namen, doch sie reagierte nicht, sondern ging immer weiter auf eine schmale Tür am Ende des Ganges zu. Er stand dicht hinter ihr, als ihm der Gedanke kam, dass dies Annas Mutter sein könnte. Das würde die Ähnlichkeit erklären. Bastian stöhnte im Schlaf leise auf. Warum träumte er von ihrer Mutter?

Durch die Tür vernahm er merkwürdige Geräusche. Es klang, als spräche jemand im immergleichen monotonen Singsang eine Formel vor sich hin, einen Zauberspruch oder einen Fluch. Bastians Herz raste. Er konnte die Gefahr beinahe körperlich spüren. Dann öffnete die Frau die Tür, und ein Mann fiel wie in irrer Raserei über sie her. Das Monstrum traf sie am Kopf und sie stürzte zu Boden. Gerade als Bastian sie auffangen wollte, lief ein weiterer Mann in den Raum und stieß den Irren zur Seite. Bevor Bastian sich von dem Schrecken erholen konnte, sah er Anna. Sie ging, begleitet von einem blonden Mann, auf die Tür zu.

Bastian schrie: »Bleib fort, Liebste!«

Doch sie hörte ihn nicht. Sie sah durch ihn hindurch, als wäre er Luft. Mit aller Kraft, die Bastian besaß, warf er sich vor die Tür. Anna durfte diesen Raum nicht betreten. Doch der blonde Mann schob Bastian achtlos beiseite. Ein greller Blitz schoss durch den Türspalt und Bastian wachte schweißgebadet auf.

Er atmete schwer. Der Vollmond schien durch die Fensteröffnung. Bastian blickte auf seine Hände. Im Mondlicht sahen sie blutleer aus. Fast, als hätte sie jemand verhext. Bastian gähnte und drehte sich auf die andere Seite. Er musste einen ruhigeren Traum finden. Vielleicht konnte er Anna am Rhein treffen, wenn er sich nur genug anstrengte. Mit diesem Gedanken verfiel er erneut in einen unruhigen Schlaf.

Pfarrer Johannes stand in der Schmiede und drehte eine goldene Münze zwischen seinen Fingern. Er kniff die Augen zusammen und versuchte, die Inschrift zu entziffern.

»Mein Augenlicht trügt mich«, jammerte er vor sich hin. »In meinem Alter erlegt der Herr uns immer mehr Prüfungen auf. Wie soll ich mit solch schlechten Augen diese Münze erkennen?«

Bastian nahm ihm die Münze aus der Hand und betrachtete die Figur des stehenden St. Petrus, der in seiner rechten Hand die Schlüssel zum Himmelsreich hielt. Er trug einen Heiligenschein und mit der linken Hand umfasste er ein Buch, das Buch des Lebens. Den Schriftzug, der sich am Rand der Münze befand und der nur vom Heiligenschein des St. Petrus und seinem Wappen unterbrochen wurde, konnte Bastian nicht lesen.

»Die Münze ist abgegriffen. Die Buchstaben heben sich kaum mehr vom Grund ab.« Bastian gab Pfarrer Johannes das Geldstück zurück. Dieser runzelte nachdenklich die Stirn.

»Wisst Ihr eigentlich noch, was man sich über den

Erzbischof Dietrich von Moers erzählte?« Bastian schüttelte den Kopf.

»Er hat vor ungefähr vierzig Jahren Goldgulden nachgeprägt.« Bastian sah Johannes erstaunt an. »Meint Ihr damit, er hat Goldgulden gefälscht?«

Pfarrer Johannes nickte. »Ja, genau das meine ich. Er hat das Gold mit minderwertigen Substanzen gemischt und dann versucht, es in Köln unter die Bevölkerung zu bringen. Die Stadt Köln hat den Betrug jedoch entdeckt und die Münzen abgewertet. Sie waren nur noch 14 Weißpfennige wert. Für einen echten Goldgulden bekam man damals 24 Weißpfennige.« Pfarrer Johannes blinzelte. »Und genau, wie bei dieser Münze hier, konnte man den Schriftzug nicht entziffern. Der Schnitt der Nachprägung war viel zu roh.«

»Das würde bedeuten, dass diese Münze nicht alt und abgenutzt, sondern neu und schlecht geprägt ist?« Bastians Gedanken ratterten. Er hatte den buckligen Gilig mit einem Säckchen Münzen an der Stadtmauer erwischt und der ermordete Schmied, Matthias Honrath, hatte diesen falschen Goldgulden dabei. Eine Stimme in Bastians Inneren meldete sich zu Wort: »Und das Leinentuch, in welchem die Goldmünze versteckt war, war voll von schwarzem Ruß.«

»Es muss hier noch weitere Münzen geben. Wernhart, hast du dort hinten in der Ecke nachgeschaut?«

Wernhart hatte jeden Zentimeter der Schmiede durchsucht. Er zuckte mit den Schultern. »Hier gibt es keine Münzen.«

Bastian schüttelte den Kopf. »Nein, wenn Pfarrer

Johannes recht hat und dieser Gulden eine Fälschung ist, muss es noch andere Münzen geben.« Bastian sprang auf. »Ich weiß, was wir als Nächstes tun. Wir statten dem buckligen Gilig einen Besuch ab und diesmal kommt er nicht so einfach davon!«

* * *

»Ist das dein Ernst?« Christan konnte es nicht glauben. August hielt ein flauschiges Wollknäuel in den Armen. Der Welpe leckte inbrünstig seinen Hals und August kicherte. Er konnte es selbst kaum glauben, aber er mochte diesen kleinen Köter. Er wollte Christan eine Freude bereiten, deshalb hatte er den Welpen besorgt. Gut, er war der Einzige aus dem ganzen Wurf, der überlebt hatte, aber das musste Christan ja nicht wissen. Einen Besitzer hatte dieser Welpe auch nicht mehr. Niemand konnte den Diebstahl anzeigen. August hatte alles ganz genau geplant. Amüsiert beobachtete er seinen Zwillingsbruder, wie dieser mit großen Augen den winzigen Rüden in die Arme nahm. August wusste, dass sie beide sich so wenig ähnelten wie Tag und Nacht. Trotzdem war Christan sein Bruder und manchmal konnte er fühlen, dass er ihn liebte. Zumindest war Christan von seinem Blut. Dies alleine genügte, um ihn zu schonen.

August würde niemals seinen Blutrausch an ihm auslassen. So nannte er das Gefühl, welches ihn beschlich, wenn er töten musste. Es war der Fluch. Eine alte Frau aus Stürzelberg hatte August davon erzählt. Seine Mutter war verflucht worden und ihn hatte es getroffen. Er war der kalte Zwilling, in dessen Inneren das Böse gedieh. Während Christan voller Liebe war, konnte er nichts als Leere empfinden. Das Einzige, was ihm Befriedigung verschaffte, war Macht. Er bewunderte Bastian Mühlenberg mit seinem breiten Schwert. Niemand stellte sich ihm in den Weg. Er war groß und kräftig. Er besaß Macht in Zons. Auch Pfarrer Johannes war ein mächtiger Mann. Mit seinen Predigten zog er die Menschen in seinen Bann. Dies war eine andere Art von Macht, aber dafür eine sehr wirkungsvolle. Nun, und dann gab es eine weitere Macht, die über Leben und Tod. Ein Dieb und Nichtsnutz von der anderen Rheinseite hatte ihn gelehrt, wie man diese Macht ausüben konnte. Als er erwischt und gehängt wurde, war August gerade einmal neun Jahre alt gewesen. Nie würde er die Erregung vergessen, die er gespürt hatte, als das Leben aus dem Körper des Mannes wich. Wie das Licht in seinen Augen erlosch, während der Körper immer noch verzweifelt zuckte und nach Luft schnappte. Der Henker entschied, ob das Opfer starb oder überlebte. Nicht selten wurde ein Taugenichts ohne gebrochenes Genick vom Galgen geschnitten, um am nächsten Tag wieder unter den Lebenden zu weilen.

Außer seinem Zwillingsbruder kannte niemand seine wahre Natur. August besaß die seltene Gabe, sich vollkommen an die Umwelt anzupassen. Selbst Martha, seine Tante und Stiefmutter, hielt ihn für einen wohlgeratenen Burschen. Obwohl sie den Fluch genau kannte, konnte August sie glauben machen, dass er genauso gutherzig war wie sein Zwillingsbruder Christan.

Der Welpe bellte. Ein erstaunlich tiefes »Wuff« ertönte

aus dem schmalen Körper. August betrachtete ihn interessiert. Der Kleine hatte Überlebenswillen bewiesen. Deshalb hatte er entschieden, ihn nicht zu töten.

Wieder sah er die finstere Nacht vor sich. Stundenlang hatte er vor dem Haus der alten Witwe gelauert. Er hatte so lange gewartet, bis sie sich auf das ärmliche Strohlager niederließ, welches sie notdürftig errichtet hatte. Die dumme Gans fühlte sich sicher in der zerfallenen und verlassenen Bauernhütte, doch sie irrte sich.

August selbst hatte dem Bettelweib diesen Unterschlupf empfohlen. Wie dankbar sie ihm gewesen war. Er grinste. Es bereitete ihm Vergnügen, das Schicksal von Menschen zu bestimmen. Er hatte kein Mitleid mit ihr. Sie führte ein sinnloses Leben. Niemand würde sie vermissen. August erinnerte sich genau, wie er sie an einen Holzbalken gefesselt hatte. Sie hatte ihn angefleht, Mitleid zu zeigen. Doch dieses Gefühl war ihm vollkommen fremd.

Nachdem er sie festgezurrt hatte, nahm er sich die Hunde vor. Zuerst wollte er die Hündin erdrosseln, doch im letzten Moment überlegte er es sich anders. Er wollte sie leiden sehen und er bekam, was er begehrte. Die Hündin verteidigte ihre Welpen bis zum letzten Atemzug, während das Bettelweib so laut jammerte, dass er ihr schließlich einen Knebel in den Mund steckte.

Mit den Welpen hatte er leichtes Spiel. Einer nach dem anderen hauchte sein Leben aus, ohne sich großartig zu wehren. Nur ein kleiner Rüde biss ihm in die Finger und ließ nicht mehr los. Mit erstaunlicher Kraft hatte er sich so festgebissen, dass August ihn mehrfach mit aller Wucht auf den Boden dreschen musste, bis er ohnmächtig aufgab. Aber selbst dann knurrte er noch. Dies war der Moment, in dem August entschied, den kleinen Kämpfer am Leben zu lassen. Seine Blutgier war nach diesem Akt in höchstem Maße gestillt. Er empfand keine Lust mehr, die Alte zu erdrosseln. Also machte August es sich einfach und legte stattdessen ein Feuer zu ihren Füßen. Mit wohligem Schaudern sah er dabei zu, wie sie im giftigen Qualm erstickte.

Ein erneutes »Wuff« riss August aus seinen Gedanken. Christan tollte ausgelassen mit dem Welpen herum. Doch diesmal konnte die Freude seines Zwillingsbruders die Leere in ihm nicht ausfüllen. Mit kaltem Blick betrachtete August das Spiel der beiden. Dann hatte er genug. Er würde sich sein eigenes Vergnügen suchen.

* * *

Gilig Ückerhoven humpelte durch die Mauerstraße. Es war helllichter Tag und das Laub fiel in dieser Jahreszeit bereits zu Boden. In der Nacht zuvor hatte es stark geregnet und Gilig musste Acht geben, um nicht auf den glitschigen Blättern auszurutschen. Er war vorgestern mit dem Knöchel umgeknickt, und obwohl der Arzt Josef Hesemann ihm eine übelriechende Salbe verabreicht hatte, ließ das dumpfe Stechen nicht nach. Gilig blickte in den Himmel. Die Sonne hatte ihren Zenit fast erreicht. Er musste sich beeilen.

Das Metall in dem Leinensack lastete schwer auf seinem Rücken, doch Reinhard Nolden hatte ihm verboten, einen

Karren zu benutzen. Das wäre zu auffällig, hatte er Gilig vorgehalten. Mit dem Karren hätte er die ganze Last mit einer einzigen Fahrt transportiert. Nur mit seiner Muskelkraft würde er den Weg mindestens fünf Mal zurücklegen müssen. Gilig wusste, dass er nicht besonders hell im Kopf war. Trotzdem fragte er sich, ob es nicht viel auffälliger war, so oft von einem Ende der Stadt zum anderen zu laufen. Er war mit seinem Buckel unschwer zu erkennen. Wenn er an die Alte beim Krötschenturm dachte, konnte sich Gilig lebhaft vorstellen, wie sie mit ihrem Gezeter die ganze Stadtwache auf ihn hetzte. Bastian Mühlenberg war ein anständiger Mann. Aber wenn er diesem Wernhart erneut in die Hände fiel, würde er wenig zu lachen haben.

Gilig stöhnte unter der Last. Noch ein paar Meter, dann hatte er die erste Tour geschafft. Der Zollturm erhob sich vor ihm wie ein riesiger Wächter. Kurz vor dem Turm bog er ab. Geschwind verschwand er im Schatten eines Hauses und trat ein. Laute Stimmen waren zu hören. Sie stritten sich.

»Mehr als zehn Weißpfennige zahle ich Euch nicht für Eure Dienste!«, dröhnte ein tiefer Bass.

»Aber die Münzstätte in Deutz nimmt zwölf Weißpfennige. Wie könnt Ihr von mir erwarten, dass ich diesen Dienst für zehn Weißpfennige verrichte. Ich habe hohe Kosten.«

Der Bass ertönte erneut: «Ihr seid aber nicht die Münzstätte in Deutz und was ich bisher von Euch gesehen habe, war nicht besonders überzeugend. Seht doch selbst. Die Inschrift ist kaum lesbar. Was glaubt Ihr, was es mich kostet, wenn diese Münzen hier keinen Abnehmer finden?«

Die andere Stimme murmelte etwas Unverständliches.

»Zehn Weißpfennige. Das ist mein letztes Wort. Schlagt ein oder ich suche mir einen anderen Münzmeister.« Der Bass hatte einen drohenden Unterton angenommen.

»Also gut.« Die andere Stimme klang aufgebracht. »Dann bestehe ich darauf, dass Ihr mir die Hälfte im Voraus zahlt.«

»So sei es!«, erwiderte der Bass.

Die Stubentür wurde aufgestoßen und ein großer, hagerer Mann in einem prachtvoll bestickten Umhang stieß Gilig grob zur Seite.

»So gebt doch acht!«, dröhnte seine tiefe Stimme, als er schnellen Schrittes das Haus verließ.

»Ach Gilig, da seid Ihr ja.« Die Stimme von Reinhard Nolden klang immer noch unwirsch. »Stellt den Sack hier drüben ab und verschließt die Tür. Ich will nicht, dass uns jemand belauscht.«

Gilig tat wie ihm geheißen und entledigte sich mit einem tiefen Seufzer seiner Last. Sein Rücken schmerzte. Schnell rechnete er nach. Wenn Reinhard zehn Weißpfennige für die Münzprägung bekam, wieso fiel für ihn dann nicht einmal ein Zehntel davon ab? Er mochte seinen Auftraggeber nicht besonders. Bisher hatte er noch nie über seinen mageren Lohn nachgedacht. Er hatte nicht die geringste Ahnung gehabt, wie viel Reinhard Nolden für die Münzen erhielt. Mit zehn Weißpfennigen könnte Gilig einen ganzen Winter ohne Not überstehen.

Gilig verließ ohne ein weiteres Wort das Haus. Seinen Lohn würde er ein anderes Mal mit Reinhard besprechen. Jetzt musste er erst einmal die nächste Ladung transportieren. Er wischte sich den Schweiß von der Stirn und schlich so unauffällig wie möglich zurück zum Krötschenturm. Dort befand sich das Lager für den Schmied. Arglos näherte sich Gilig seinem Ziel, ohne zu bemerken, dass Bastian Mühlenberg und sein Freund Wernhart ihn bereits im Visier hatten. Gerade als Gilig das Lager betreten wollte, bauten sie sich vor ihm auf.

»Wohin des Weges?«, fragte Wernhart mit unfreundlicher Stimme. Er konnte den Buckligen nicht besonders gut leiden und die Reaktion auf seine Frage verriet ihm eindeutig, dass dieser etwas zu verbergen hatte.

Gilig brauchte einen Augenblick, bis er sich von dieser Überraschung erholt hatte. Er blickte ausdruckslos auf seine Schuhspitzen und hob schließlich an: »Ich erledige Botendienste.« Er wartete kurz und fügte schließlich hinzu: »Für die Bruderschaft.«

»Für wen genau erledigt Ihr diese Dienste?« Wernhart baute sich drohend vor Gilig auf. Dieser zuckte unmerklich zusammen.

»Für Reinhard Nolden«, erwiderte er unsicher.

»Und was genau verbirgt sich hinter diesen Botengängen? Schleppt Ihr wieder Münzen durch die Gegend?«

Gilig biss sich auf die Zunge. Was sollte er nur antworten? Er stotterte etwas Unverständliches.

»Sprecht gefälligst so, dass wir Euch verstehen können!« Wernhart packte Gilig grob am Kragen.

»Lasst ihn los!« Die Stimme klang zornig. Erstaunt drehten Bastian und Wernhart sich um.

Reinhard Nolden stand hinter ihnen und funkelte sie böse an. »Was fällt Euch ein, meinen Boten aufzuhalten? Ich gebe heute Abend ein Fest und brauche noch vier weitere Fässer Rotwein.« Reinhard blickte in den Himmel. »Die Sonne hat den Zenit lange überschritten und uns bleibt nicht mehr viel Zeit für die Vorbereitung. Wenn Ihr uns also entschuldigen wollt.« Mit diesen Worten schloss Reinhard das Lager auf. Gilig bemerkte verdutzt, dass er die linke Tür öffnete. Hinter der rechten Pforte verbarg sich das Metall.

Knarrend drückte Reinhard Nolden die schwere Holztür beiseite und ging voran. Bastian und Wernhart folgten ihm auf den Fuß. In diesem Teil des Lagers befand sich nichts außer übereinandergestapelte Holzfässer. Der saure Weingeruch, der ihnen entgegenschlug, ließ keinen Zweifel am Inhalt der Gefäße.

»Nun steht hier nicht so unnütz herum«, fauchte Reinhard den Buckligen an. »Jetzt nehmt schon das nächste Fass und sputet Euch!«

Mit der flachen Hand versetzte er Gilig einen Schlag auf den Hinterkopf. Verwirrt hob Gilig eines der schweren Weinfässer an und lud es auf seinen Rücken. Er zögerte noch einen Moment, weil er nicht so recht wusste, wo er den Wein hinbringen sollte. Doch als Reinhard ihn wütend anzischte, machte er sich hurtig auf den Weg in das Haus seines Auftraggebers.

Bastian und Wernhart blieben unverrichteter Dinge vor dem Lager stehen. Bastian konnte es nicht fassen.

Dieser arrogante Reinhard Nolden wollte ihnen einen Bären aufbinden. Er hatte schon Huppertz Helpenstein, den vorherigen Bruderältesten der St.-Sebastianus-Bruderschaft nicht ausstehen können, aber Reinhard übertraf alles. In seinem Innersten spürte Bastian genau, dass er an der Nase herumgeführt wurde. Irgendetwas hatte er übersehen! Doch bevor er seine Gedanken fortführen konnte, ließ eine aufgeregte Stimme ihn aufhorchen.

»Bastian Mühlenberg!«

Die Alte vom Krötschenturm streckte hektisch die Arme in die Luft. »Da seid Ihr ja. Ihr müsst sofort zum Feldtor kommen. Davor haben sie eine verbrannte Leiche gefunden.« Sie schnappte nach Luft. »Die alte Hütte vom Bauern Friedrichs ist abgebrannt. Er wollte die Reste wegschaffen, als ihm verkohlte Knochen in die Hände fielen.«

Bastian musterte die alte Frau zweifelnd. Sicher übertrieb sie ihre Entdeckung maßlos. Wahrscheinlich handelte es sich um Tierknochen. Er sah zu Wernhart hinüber. Dieser verdrehte die Augen. »Wir werden es uns wohl anschauen müssen.«

Lustlos trotteten sie der alten Jonata Heusenstamm hinterher.

* * *

Die Hütte war nur teilweise abgebrannt. Der Gestank nach verbranntem Fleisch hing in der Luft und verursachte ein flaues Gefühl in Bastians Magen. Der Anblick, welcher sich ihm im Inneren der Hütte bot, ließ Bastian den Geruch auf der Stelle vergessen. Eine halbverkohlte Leiche saß zusammengesunken an einem Holzbalken. Dieser war sichtlich verbrannt, aber offenbar war das Feuer nicht stark genug gewesen, um ihn zusammenbrechen zu lassen. Der untere Teil der Leiche war zu einem Haufen aus Knochen, Fleisch und Asche verschmolzen. Erst von der Hüfte an aufwärts konnte Bastian eine menschliche Gestalt erkennen. Sein Blick blieb auf der Brust der Leiche hängen. Es war eine Frau!

Haare und Gesicht waren bis zur Unkenntlichkeit verkohlt, aber die Wölbungen auf der Brust verrieten ihr Geschlecht deutlich. Statt Augen stierten ihn leere Höhlen an. Der Mund war zu einem letzten Schrei verzerrt. Fünf tote Hundewelpen lagen mit verdrehtem Genick um die Leiche verstreut. Auch ihre Körper waren nur teilweise vom Feuer verbrannt. Bastian hob ein verkohltes Holzbrett an und entdeckte darunter einen weiteren Kadaver, wahrscheinlich die Mutter dieser armen Welpen.

Wernhart, der gerade die Tote untersuchte, schüttelte den Kopf. »Ich kenne diese Frau nicht. Aus Zons wird doch zurzeit niemand vermisst?«

Bastian deutete ein Kopfschütteln an. Er kannte keine Frau aus Zons, die vermisst wurde. Das Städtchen war so klein, dass sich das Verschwinden eines Menschen wie ein Lauffeuer herumsprechen würde. Diese Frau hier war eine Fremde. Er betrachtete die Überreste ihrer Kleidung. Der Stoff wirkte einfach und derb. Wahrscheinlich eine Bettlerin, fuhr es Bastian durch den Kopf, die hier Unterschlupf gesucht hatte. Diese Tote hatte ihm gerade noch gefehlt.

Bei der Suche nach dem Mörder des Schmiedes Matthias Honrath war er keinen Schritt weitergekommen und jetzt tat sich schon das nächste Ungemach vor seinen Augen auf. Wenn er nicht völlig den Überblick verlieren wollte, mussten sie sich aufteilen. Zu Wernhart gewandt, sagte er: »Du solltest die Stadtwache befragen. Vielleicht kann sich jemand an ein Bettelweib erinnern, welches in den letzten Tagen in Zons um Almosen gebeten hat. Ich werde noch einmal in die Schmiede gehen. Wir haben irgendetwas übersehen.«

Er konnte sich kaum an dem Jungen sattsehen. Sein braunes Haar wehte im Wind und sein Gesicht strahlte eine solche jugendliche Schönheit aus, dass es ihm den Atem verschlug. Gebannt duckte er sich im Dickicht und zog seine Kapuze tiefer ins Gesicht. Die Lichtung lag in warmem Sonnenlicht. Ein kleiner Bachlauf plätscherte munter vor sich hin. Dieser Ort erschien Gilig fast wie das Paradies. Ein Ast knackte und er blickte in die andere Richtung. Da war der zweite Junge. Die Ähnlichkeit war umwerfend. Sie unterschieden sich kaum. Ihre schlanken, drahtigen Jungenkörper faszinierten ihn. Er sog jede Bewegung in sich auf und versuchte, sich diesen Augenblick fest ins Gedächtnis einzuprägen, damit er sich später auf seinem Strohbett daran erinnern konnte. Instinktiv legte er die Hand in den Schritt und bewegte sie hektisch auf und ab. Für einen Moment schloss er die Augen. Nein! Er ließ von sich ab. Später. Er musste wachsam sein. Wenn sie ihn entdeckten, wäre es für immer vorbei. Das würde sein Herz brechen. Also zog er sich weiter in das Dickicht zurück und genoss ihren Anblick, erregt von der Vorfreude über den nahenden Abend und die Nacht, in der er seine Fantasie ausleben konnte.

VII

GEGENWART

Er bekam kaum Luft, aber im Laufe der Jahre hatte er sich absolute Disziplin angeeignet. Jedes Mal, wenn er sich zwischen den Rohren der Lüftungsanlage hindurchquetschte, spürte er, wie seine Eingeweide zusammengepresst wurden. Fünfzehn Meter ohne einen einzigen Atemzug, nur mit der Kraft seiner Arme und Beine, musste er überwinden, um zum ersehnten Ausgang zu gelangen. Er schaffte es innerhalb weniger Minuten. Es war schwierig gewesen, an die nötigen Informationen zu kommen. Aber seit die Klimaanlage vor einiger Zeit erneuert worden war, konnte er sich frei im Haus bewegen. Niemand bemerkte sein Verschwinden und er verschaffte sich so ein nahezu perfektes Alibi.

Die Münze hatte entschieden. Ihm war es egal, wer zuerst starb. Wenn er ehrlich zu sich selbst war, hatte er gehofft, seinesgleichen anzutreffen. Aber er war bitter enttäuscht worden. Nicht nur, dass sein Opfer schon vor Beginn der ersten Fingeramputation in Ohnmacht gefallen war, es hatte nicht einmal gekämpft, nur bis zum Schluss jämmerlich um sein Leben gebettelt. Es war kein Widerstand, kein Aufbäumen zu spüren. Er fühlte sich wie ein Jäger, der um die Jagd betrogen worden war. Da war die kleine Nutte viel aufregender gewesen. Sie war zu stolz gewesen, um zu flehen, zumindest bis zum dritten Finger. Danach hatte sie begriffen, dass es kein Zurück mehr gab. Als das Licht in ihren Augen erlosch, hatte er ihre Lippen geküsst. Er konnte spüren, wie er ihren letzten Atemzug in sich aufsog. Sein Höhepunkt war grandios. Er seufzte. Die Kleine war richtig gut. Er hätte sie gerne ein weiteres Mal getötet.

Vielleicht hatte er bei seinem nächsten Opfer wieder mehr Glück. Nachdem er alle Spuren verwischt und die Gitter der Klimaanlage wieder verschraubt hatte, kehrte er in sein bescheidenes Reich zurück. Aus der Tasche an seinem Oberschenkel holte er seine Werkzeuge hervor. Er reinigte sie immer direkt. Das Blut würde sonst seine Kleidung ruinieren und außerdem mochte er den Geruch nicht. Er zog sein Lieblingsskalpell hervor und hielt es hoch. Der kalte Edelstahl blitzte im matten Licht seines Zimmers auf. Dieses glänzende kleine Messer verschaffte ihm Macht. Er kontrollierte den Schmerz, während er ihre Haut präparierte und den Blutfluss, wenn er in ihr Muskelfleisch schnitt. Er entschied, wann er den letzten Stoß mit seinem Skalpell führte und ihr Leben beendete. Doch heute hatte alles einen bitteren Nachgeschmack. Unbefriedigt betrachtete er das Foto des Professors. In seinen Gesichtszügen konnte er eine gewisse Hartnäckigkeit erkennen. Hoffentlich würde er mit ihm mehr Glück erleben.

Leise räumte er seine Instrumente weg und legte sich auf sein Bett. Erschöpft und enttäuscht schlief er auf der Stelle ein.

Petra Ludwig schwitzte. Eigentlich zählte sie sich zu den sogenannten »Vata-Typen«. Sie war ein Kind der Luft mit immer trockener Haut. Zumindest hatte ihr indischer Ayurveda-Coach sie in diese Kategorie einsortiert. Petra Ludwig litt unter dem Reizdarmsyndrom und die klassische Medizin hatte sie in den letzten Jahren keinen Schritt vorwärts gebracht. Sobald sie unter Stress geriet, meldete sich ihr Bauch zu Wort und quälte sie mit Blähungen und Krämpfen. Irgendwann war sie auf der Suche nach einer Lösung über die traditionelle indische Heilkunst Ayurveda gestolpert und hatte festgestellt, dass die Angebote in Deutschland geradezu explodierten. In diversen Internetforen war sie auf Erfahrungsberichte begeisterter Leidensgenossen gestoßen, die mittlerweile völlig geheilt waren.

Hoffnungsvoll hatte sie vor ihrem Coach, einem kleinen dicken Inder mit einem roten Flecken zwischen den Augenbrauen, ihren Leidensweg ausgebreitet. Der hatte daraufhin ihr Dosha bestimmt. In der Ayurveda-Lehre gab es drei Doshas, die sogenannten Lebensenergien. Wenn diese nicht im Gleichgewicht waren und bei Petra sah es wirklich schlimm aus, musste gegengesteuert werden. Ihr

Vata war erhöht, weswegen der Coach alle scharfen, bitteren oder auch kalten Gerichte von ihrem Speiseplan gestrichen hatte. Eigentlich liebte sie alle Arten von Salat, garniert mit deftig mariniertem Hähnchenfleisch. Stattdessen gab es jetzt nur noch gedünstetes Gemüse und leicht verdauliche Kost. Gegrilltes Fleisch gehörte der Vergangenheit an. Ihre trockene Haut behandelte Petra nun regelmäßig mit Sesamöl. Das war nicht besonders sexy und genau in diesem Moment, als sie mit Gummihandschuhen an den Händen eine männliche Leiche untersuchte, machten sich alle Nachteile der neuen Therapie auf einmal bemerkbar. Sie schwitzte erbärmlich. Nicht nur unter den Handschuhen, sondern am ganzen Körper.

Es war ihr erster großer Mordfall und dementsprechend aufgeregt war sie auch. Auf keinen Fall wollte sie etwas übersehen, doch der Anblick der verstümmelten Leiche machte es ihr schwer, sich zu konzentrieren. Ihr Bauch meldete sich mit leichten Krämpfen und sie wünschte sich, Oliver Bergmann würde nicht in Frankfurt an der Oder festsitzen. Petra wusste, dass er sie nicht besonders gut leiden konnte. Er hielt sie für eine überehrgeizige Karrierefrau, wie fast alle ihrer männlichen Kollegen. Doch sie mochte ihn. Auch wenn es falsch war, imponierte es ihr, wie er seinen Partner Klaus Gruber geschützt hatte. Für sie würde sicher niemand so etwas tun.

Der Tote lag auf einem großen Bett im Schlafzimmer seines Einfamilienhauses. Es lag etwas außerhalb der Stadtmauern von Zons in einer beliebten Wohngegend und unmittelbarer Nähe zum Rhein. Hans-Peter Mundscheit war leitender Biologe an der Universität zu Köln gewesen. Er war bekannt für die hohe Erfolgsquote seines IVF-Labors. Petra kannte eine Freundin, die mit seiner Hilfe nach jahrelangen erfolglosen Versuchen endlich schwanger geworden war. IVF oder In-vitro-Fertilisation hieß das Verfahren der künstlichen Befruchtung, mit dem Mundscheit kinderlosen Paaren zum ersehnten Nachwuchs verholfen hatte.

Es war seltsam, Hans-Peter Mundscheit tot zu sehen. Noch gestern hatte Petra sein Foto in der Zeitung gesehen und jetzt lag er verstümmelt vor ihr. Er blickte sie aus leeren Augen an. Acht seiner Finger waren amputiert worden. An seinen Oberschenkeln fanden sich ähnliche Verletzungen wie bei der ermordeten Sophia Koslow. Die fein säuberlich freigelegten Blutgefäße lagen schlaff auf dem blutgetränkten Muskelfleisch. Entweder war hier ein Nachahmungstäter am Werk gewesen oder sie hatten es mit einem Serienmörder zu tun. Petras Herz hämmerte bei diesem Gedanken wie wild gegen ihre Rippen. Alleine konnte sie das nicht schaffen. Hans Steuermark hatte ihr keinen Partner zur Seite gestellt. Mit massivem Personalmangel hatte er seine Entscheidung begründet, aber das würde sie nicht akzeptieren. Nicht unter diesen Umständen.

Hier war definitiv ein wahnsinniges Monster am Werk, und wenn es ein Serienkiller war, dann hatte er offensichtlich Geschmack an seinen Taten gefunden. Eine tickende Zeitbombe lief im Rhein-Kreis Neuss herum, und wenn sie nicht schnell entschärft würde, war das nächste Opfer schon so gut wie tot.

* * *

»Professor Morgenstern hat heute nicht viel Zeit.« Annas Mutter schüttelte bedauernd den Kopf. »Ein sehr enger Freund von ihm ist gerade verstorben und er hat alle Hände voll mit den Vorbereitungen für die Beerdigung zu tun.«

Sie schaute Emily ins Gesicht. Wer sie nicht kannte, dem wären ihre tränengeröteten Augen nicht aufgefallen. Doch Bettina Winterfeld ließ sich nicht täuschen. »Alles in Ordnung, Kleines?«

»Sie hat sich nur mit Ihrem Freund gestritten. Nichts Schlimmes, Mama«, warf Anna ein und legte fürsorglich den Arm um ihre beste Freundin. Typisch, dachte sie, meine Mutter hat wirklich einen Instinkt für Probleme. Vor ihr kann einfach niemand etwas verbergen.

»Wie lange können wir denn mit Professor Morgenstern sprechen?« Anna versuchte, ihre Mutter vom Thema abzulenken. Emily hatte sich gerade einigermaßen stabilisiert und Anna wollte unbedingt den nächsten Weinkrampf verhindern. Emily steigerte sich gerne in extreme Gefühlslagen hinein. Wenn Anna sie jetzt nicht ablenkte, würde sie den ganzen Tag nur an Oliver denken. Der Streit war aus Annas Sicht nicht so dramatisch, dass Emily sich deswegen die Augen aus dem Kopf weinen musste. Ganz im Gegenteil, je schneller sie sich beruhigte und wieder Kontakt mit ihm aufnahm, umso größer war die Chance, dass sie nicht mit ihrem Dickkopf durch die Wand ging und ihren Freund womöglich noch vor die Tür setzte. Ablenkung war die beste Medizin für Emilys italienisches

Temperament. Anna musste ihre Mutter also unbedingt davon abhalten, weitere peinliche Fragen zu stellen.

Sie blickte ihre Mutter flehend an und schüttelte dabei vielsagend den Kopf. Bettina Winterfeld runzelte die Stirn und öffnete den Mund. Dann stockte sie mitten in der Bewegung und kniff die Augen zusammen. »Wenn ihr wollt, zeige ich euch nachher noch die rote Etage.« Anna atmete dankbar auf. Ihre Mutter hatte sie verstanden.

Emilys Augen leuchteten interessiert auf. »Wenn das möglich ist, würde ich mich dort sehr gerne umsehen. Dürfte ich ein paar Fotos machen?«

»Oh, das kann ich nicht beantworten«, erwiderte Bettina Winterfeld. »Fragt doch am besten Professor Morgenstern danach.« Mit diesen Worten schob sie die beiden aus der winzigen Anmeldung hinaus.

Professor Morgenstern begrüßte Anna und Emily mit einem müden »Hallo«. Er sah ziemlich mitgenommen aus. Die Narbe in seinem Gesicht kam Emily viel tiefer vor, als bei ihrem letzten Besuch. Aber das lag vielleicht nur an der fahlen Blässe, die heute seine Haut überzog.

»Das mit Ihrem Freund tut mir sehr leid«, erwiderte sie und stellte ihm dabei gleichzeitig Anna vor.

»Es ist eine schreckliche Geschichte.« Professor Morgenstern ließ sich kraftlos in seinen Bürostuhl fallen. »Ich habe mit ihm zusammen an der Universität zu Köln studiert. Während er sich auf Reproduktionsbiologie spezialisierte, habe ich mich in meiner Facharztausbildung auf die Psychiatrie gestürzt.« Er schüttelte traurig den Kopf. »Ich kann mir wirklich nicht erklären, wie es dazu kommen konnte.«

Anna und Emily sahen sich erstaunt an. Was meinte Professor Morgenstern damit?

»Er wurde ermordet.« Seine Worte hallten wie ein dröhnendes Echo in Emilys Kopf wider. »Aber damit will ich Sie nicht weiter schrecken, meine Damen.« Er lächelte verkrampft.

»Wo waren wir beim letzten Mal stehengeblieben?« Professor Morgenstern blätterte in den Akten auf seinem Schreibtisch. Als sein Blick auf das Foto von Adrian Helmhold fiel, drehte er das Bild um. Erstaunt betrachtete Anna den jungen Mann, der sie vom Foto anstarrte. Er kam ihr seltsam bekannt vor.

»Adrian Helmhold befindet sich seit 19 Jahren in unserer Klinik. Er gehört zu den impulsiven Psychopathen. Er kann also sehr gefährlich werden.«

Annas Mundwinkel zuckten.

»Ich weiß, er sieht wirklich harmlos aus.« Professor Morgenstern musterte Anna aufmerksam. »Aber Sie müssen sich keine Sorgen machen. Wir haben ihn in der roten Etage untergebracht. Dort ist er sicher aufgehoben und kann niemanden etwas zu Leide tun.« Wenn man aufpasst, fügte er in Gedanken hinzu. Aber er wollte die Tochter seiner neuen Mitarbeiterin nicht verschrecken, indem er ihr von dem Vorfall vor ein paar Tagen erzählte.

»Dürfen wir die rote Etage besuchen und vielleicht ein paar Fotos machen?«, fragte Emily aufgeregt. Sie brannte darauf, endlich einen Blick in die besonders gesicherte Etage der Psychiatrie zu werfen.

Durfte er einer einfachen Reporterin Zugang zur geschlossenen Station gewähren? Professor Morgenstern überlegte einige Augenblicke. Er hatte sich von allen Patienten Einwilligungserklärungen für die Akteneinsicht unterschreiben lassen. Er forschte auf diesem Gebiet und benötigte diese Erlaubnis, um seine Ergebnisse auch veröffentlichen zu dürfen. Die Reportage über seine Patienten würde demnach kein Problem darstellen, sofern er Emily Richter nicht in Gefahr brachte.

Schließlich antwortete er mit einem Blick auf seine Uhr: »Sie dürfen die Station nicht direkt betreten, aber ich erlaube Ihnen, die Patienten durch verspiegeltes Sicherheitsglas zu beobachten. Frau Winterfeld kann Sie hinaufführen. Das Fotografieren ist leider streng verboten und ...«, er setzte plötzlich einen listigen Blick auf. »Seien Sie vorsichtig!«

Hans Steuermark tigerte in seinem Büro auf und ab. Dies tat er immer, wenn er sich in aussichtslosen Situationen befand. Zwei brutale Morde, zwei seiner besten Ermittler nicht mehr an Bord seines Teams, stattdessen eine Frau, die sich nicht zutraute, diese verdammten Ermittlungen alleine durchzuführen. Steuermark spürte, wie sich die Wut langsam den Weg durch seine Blutbahnen suchte. Seine Gesichtsfarbe erreichte einen bedenklichen Rotton, doch statt Petra Ludwig wieder ins Feld zu schicken, machte er ihr ein Angebot, welches er im selben Augenblick schon bereute.

»Ich unterstütze Sie bei den Ermittlungen.«

Petra Ludwig blickte ihn ungläubig an. »Aber Sie

haben seit Jahren nicht mehr vor Ort ermittelt. Weder Sie noch ich verfügen über genügend praktische Erfahrungen, um einen Serientäter zu fassen.«

Hans Steuermark funkelte Petra Ludwig aus wütenden Augen an. »Ich werde meine Meinung nicht mehr ändern!«, zischte er. »Ich war übrigens persönlich an der Festnahme des sogenannten Sichelmörders beteiligt.«

Petra Ludwig lenkte ein: »Das weiß ich. Ich zweifele auch wirklich nicht an ihren Fähigkeiten. Ich brauche einfach mehr Unterstützung.«

Hans Steuermark schüttelte genervt den Kopf. Diese Frau war wirklich hartnäckig. »Also gut«, antwortete er schließlich. »Das gesamte Recherche-Team steht Ihnen zur Verfügung. Morgen zur selben Zeit erwarte ich Ihren ersten Bericht.«

Petra Ludwig nickte. Das war zwar nicht ganz das, was sie erreichen wollte, aber immerhin besser als nichts.

Kommissar Oliver Bergmann fühlte sich wie jemand, der aus dem Paradies vertrieben worden war. Lustlos starrte er auf die renovierten Gebäude, die weniger schlimm aussahen, als er es sich ausgemalt hatte. Statt grauer Neubaublocks, die er so weit im Osten und direkt an der polnischen Grenze erwartet hatte, bot Frankfurt an der Oder eine gepflegte Altstadt, die idyllisch am Fluss lag. Er vermisste Emily so sehr, dass ihm die Worte fehlten, um seinen Kummer auszudrücken. Wenigstens hatten sie wieder Kontakt zueinander, wenn auch nur per Telefon.

Oliver sehnte das kommende Wochenende herbei, aber die Stunden zogen sich zäh wie vertrockneter Honig, der den Weg aus dem Glas nicht mehr schaffte und am Rand hängenblieb.

Sein neuer Job - obwohl er gerade erst zwei Tage dabei war - verhieß ebenfalls keine Highlights. Die meisten Fälle der Kriminalkommission drehten sich um Autoschieberbanden, die versuchten Autos mit gefälschten Dokumenten nach Polen zu schleusen. Die Anklagen lauteten dabei fast ausschließlich auf gewerbsmäßigen Bandendiebstahl und Urkundenfälschung. Das Spannendste, was seine Kollegen in Frankfurt in den letzten Monaten erlebt hatten, war eine Verfolgungsjagd durch die Stadt, die schließlich in der Oder endete. Lange würde Oliver es hier nicht aushalten!

Sein Handy klingelte und er erkannte die Nummer seines Partners Klaus im Display. Gelangweilt hob er ab.

»Es gibt eine neue Leiche in Zons.« Klaus' Stimme überschlug sich fast. »Stell Dir vor, die Leiche war genauso zugerichtet, wie die von Sophia. Ich kann es nicht fassen, aber wir haben schon wieder einen Serienkiller in Zons. Und diesmal ist es einer von der übelsten Sorte!«

Olivers Adrenalinspiegel hatte sich schlagartig verdoppelt. »Kannst du an den Bericht herankommen, Klaus?« Aufgeregt fuhr er sich mit den Fingern durchs Haar. »Hans Steuermark hatte mir nicht richtig zugehört. Sicher hat er Petra Ludwig nichts von der Überprüfung der amerikanischen und deutschen Mitarbeiter von US-Unternehmen in Neuss erzählt. Ich hatte drei Treffer.«

Olivers Magen zuckte nervös. Wenn er Steuermark

beweisen konnte, dass er ohne ihn und Klaus nicht auskam, würde er sie vielleicht zurückholen und das Untersuchungsverfahren beschleunigen. Die Tatsache, dass ein neuer Mord geschehen war, während er und Klaus am anderen Ende der Republik festsaßen, zeigte doch schließlich, dass die Entfernung der Visitenkarte vom Tatort letztendlich irrelevant war. Auch Klaus, der mit den gefundenen Drogen nichts zu tun hatte, konnte wegen seiner Affäre mit der Prostituierten Sophia Koslow dienstlich nicht weiter belangt werden. Dafür müssten sich konkrete Beweise für den Besitz von Kokain finden und Oliver bezweifelte dies. Die Hoffnung, die in diesem Moment in ihm aufkeimte, war so berauschend, dass er seinen Kugelschreiber mit Schwung auf die Schreibtischplatte fallen ließ.

»Ich habe Kopien von meinen bisherigen Ermittlungen in unserem Zimmer liegen. In zehn Minuten bin ich bei dir und wir gehen die Unterlagen durch. Klaus, bitte versuche, bis dahin den neuen Bericht aufs Fax zu bekommen!«

Mit diesen Worten stürmte Oliver Bergmann aus dem Büro des Frankfurter Kriminalkommissariats und ließ die Tür mit einem lauten Knall ins Schloss fallen.

* * *

»Sie wollten schon vor drei Stunden mit der Analyse fertig sein. Hören Sie, ich brauche diese Ergebnisse. Ich gebe Ihnen noch eine halbe Stunde.« Petra Ludwig schnaufte wütend und knallte den Hörer auf. Auf die Forensik war auch kein Verlass mehr. Dabei musste sie unbedingt wissen, ob es sich um ein und denselben Täter handelte.

Die Mordwaffe war ein Skalpell. Vermutlich ein 26 Zentimeter langes Langenbeck Amputationsmesser, welches seinen Namen dem deutschen Chirurgen Bernhard von Langenbeck verdankte. Da es sich hierbei um ein gängiges Instrument handelte, das sogar bei eBay ersteigert werden konnte, musste Petra wissen, ob die Einstichtiefe und die Winkel der Einschnitte an beiden Leichen identisch waren. Jeder Mörder hinterließ seine persönliche Handschrift auf seinem Opfer. Die Art und Weise, wie er mit einem Messer oder Skalpell zustach, verriet seine Identität.

Petra stöhnte verzweifelt. Keiner ihrer Kollegen schien die Dringlichkeit dieser Analyse zu verstehen. Die rechtsmedizinische Abteilung hatte offenbar andere Prioritäten und ihr Unterstützungsteam kam ebenfalls nicht voran. Es sollte herausfinden, ob zwischen der Prostituierten Sophia Koslow und dem Biologen Hans-Peter Mundscheit eine Verbindung existierte. Vielleicht war er einer ihrer Freier gewesen oder ihr Bekanntenkreis überschnitt sich oder sie gingen einfach nur im selben Supermarkt einkaufen. Es musste eine Verbindung zwischen diesen beiden Opfern geben,

Auch wenn Petra das forensische Ergebnis noch nicht offiziell bestätigt worden war, ging sie nicht von einem Nachahmungstäter aus. In der Öffentlichkeit waren keine Details zur Ermordung von Sophia Koslow genannt worden. Die offizielle Sprachregelung lautete: Tod infolge der Durchtrennung der Kehle. Die Misshandlungen und

vor allem die auf einer Nylonschnur aufgereihten ampu-
tierten Finger des Opfers unterlagen der strengsten
Verschwiegenheit. Der Kreis der Personen, die den
genauen Tathergang kannten, beschränkte sich auf wenige
zuverlässige Beamte im Rhein-Kreis Neuss.

Petra Ludwig studierte das Flipchart, welches mit
Fotos der verstümmelten Leichen gepflastert war. Unter
den Bildern hatte sie hastig die wichtigsten Eckdaten zu
den beiden Opfern zusammengefasst. Es schien, als hätten
sie in Paralleluniversen gelebt. Selbst die Postleitzahl
unterschied sich, obwohl die Wohnungen nur knapp fünf
Kilometer voneinander entfernt lagen. Die Liste mit
Sophias Freiern lieferte keinen Hinweis auf Hans-Peter
Mundscheit, obwohl tatsächlich zwei Männer namens
Peter aufgeführt waren. Aber dies war leider ein Name, der
häufig vorkam. Petra starrte aus dem Fenster. Wenn ihr
nicht bald etwas einfiel, würde sie in diesem Fall jämmerlich versagen.

In einer halben Stunde musste sie Hans Steuermark
ihre neuesten Erkenntnisse vorlegen und alles, was sie
hatte, war ein leeres Blatt Papier. Seit dem gestrigen Tag
gab es keinerlei Fortschritt. Ihr Bauch meldete sich mit
einer leichten Krampfwelle. Verdammt, das fehlte ihr
gerade noch! So schnell würde sie nicht aufgeben. Sie
spannte trotz der Schmerzen ihre Bauchmuskeln an, richtete den Oberkörper auf und verließ das Büro.

Nach wenigen Metern erreichte sie das Großraumbüro
des sogenannten Recherche-Teams. Für jeden Mordfall
stellte die Kriminalkommission eine Gruppe von Experten
mit speziellem Hintergrundwissen zusammen, die

gemeinsam den Leiter der Ermittlungen unterstützen sollten. Als Petra den Raum betrat, spürte sie eine Welle der Ablehnung, die ihr wie eine stickige Rauchwolke entgegenkam. Alle Gespräche verstummten und die Kollegen starrten scheinbar angestrengt auf ihre Computerbildschirme. Offenbar waren sie von Petras ständigen Nachfragen genervt, doch sie blendete diese Erkenntnis aus.

Ein jüngerer Kollege, der in einer Ecke am Fenster saß, telefonierte mit seinem Handy. Seine Stimme war gedämpft, dennoch konnte Petra seinen letzten Halbsatz verstehen. »Das mache ich, Klaus. Bis später!«

Ein Stich in die Magengrube begleitete Petras nächste Krampfwelle. Hinter »Klaus« konnte sich doch nur Klaus Gruber verbergen. Was lief da hinter ihrem Rücken? Petra atmete tief durch. Mit dünner Stimme fragte sie: »Gibt es neue Erkenntnisse? Sind Sie mit der Überprüfung der direkten Verwandten der beiden Opfer fertig?«

Ein älterer Polizist zuckte bedauernd mit den Achseln und speiste sie mit einem knappen »Nein, bisher nichts« ab. Ohne eine Miene zu verziehen, machte Petra kehrt und lief zurück in ihr Büro. Jetzt nur nicht heulen, du bist kein kleines Mädchen mehr, beschwor sie sich. Sie hielt kurz inne und blieb stehen. Ihr Blick fiel durch die offene Bürotür auf einen Stapel loser Blätter, die Oliver bei seinem überstürzten Aufbruch achtlos auf seinem Schreibtisch hatte liegen lassen.

Petra trat näher. Obenauf lag eine Namensliste. Angestrengt blätterte sie durch die Seiten und versuchte einen Zusammenhang herzustellen. Oliver Bergmann hatte die Namen von Mitarbeitern amerikanischer Unternehmen, die in Neuss ansässig waren, notiert. Mehrere Namen waren gelb markiert. Dahinter stand immer das gleiche Datum. Es kennzeichnete drei Wochen im August des letzten Jahres. Drei Namen waren mit roter Farbe eingekreist. Was hatte das zu bedeuten?

Sie las sich die drei Namen immer wieder durch. Auch ein Ronny war darunter. Irgendwie kam ihr dieser Name bekannt vor. Petra schloss die Augen und versuchte, sich zu erinnern. Wo war ihr der Name Ronny schon einmal begegnet? Ziemlich sicher hatte er mit den Ermittlungen der jüngsten Zeit zu tun.

Schlagartig öffnete die junge Kriminalistin die Augen wieder. Ein Ausdruck des Verstehens lag plötzlich auf ihrem Gesicht und sie lief eiligen Schrittes zurück ins Büro, Olivers Liste fest unter den Arm geklemmt. Jetzt wusste sie, wonach sie suchen musste.

* * *

Oliver Bergmann blätterte in seinen Unterlagen, während sein Partner Klaus ein leeres Blatt Papier bearbeitete. Sie saßen in dem winzigen Zimmer, das die Polizeibehörde Oliver zur Verfügung gestellt hatte. Der Raum war spartanisch eingerichtet. Ein kleiner Schrank aus hellen Spanplatten, der beim Öffnen der Türen fast auseinanderfiel, grenzte an einen einfachen Schreibtisch mit nur einer Schublade. Auf der anderen Seite des Zimmers stand das Bett, neben dem eine hässliche grüne Stehlampe aus den siebziger Jahren aufgebaut war. Klaus musste die Nächte auf einer Matratze verbringen. Das war zumindest eine kleine Rache für die missliche Lage, in die er Oliver gebrachte hatte.

Die Liste der Freier von Sophia Koslow führte neben anderen drei Männer auf, die bei amerikanischen Unternehmen in Neuss arbeiteten. Oliver hatte sie genau überprüft. Doch nur einer von ihnen war im letzten Jahr in St. Paul im US-Bundesstaat Minnesota aufgetaucht, und zwar genau zu dem Zeitpunkt, als dort ein ähnlich brutaler Mord an einer Prostituierten begangen wurde.

Der einzig sichtbare Unterschied zwischen diesen beiden Morden war, dass der Killer die Finger der Prostituierten aus St. Paul zwar amputiert, aber nicht auf eine Nylonschnur aufgefädelt hatte. Stattdessen nähte er die Finger auf eine unnatürliche Art zusammen und drapierte sie auf einer silbernen Platte. Ein weiterer Mord dieser Couleur war seitdem in den USA nicht mehr vorgekommen und Oliver glaubte, den Grund dafür zu kennen. Ronny Hammerschmidt, sein Hauptverdächtiger, war ein deutscher Angestellter der Firma UPS. Dienstreisen standen für ihn auf der Tagesordnung. Er hatte sich in der Hierarchie des Unternehmens relativ weit nach oben gearbeitet und akquirierte Kunden für UPS in ganz Europa. Er flog regelmäßig in das Hauptquartier, welches in St. Paul, Minnesota, ansässig war.

Leider hatte Oliver keine Gelegenheit mehr gefunden, ihn zu verhören und seine Dienstreisen zu überprüfen. Es würde ihn nicht wundern, wenn weitere Leichen an den Orten auftauchten, an denen er unterwegs war.

Klaus malte dicke Linien zwischen den Tatorten, verdächtigen Personen und den beiden Opfern. »Wir haben immer noch keinen Zusammenhang zwischen Hans-Peter Mundscheit und Sophia Koslow.« Oliver runzelte die Stirn. Wählte der Mörder seine Opfer zufällig aus oder gab es eine Verbindung zwischen ihnen?

»Wie viele Kinder hat Ronny Hammerschmidt mit seiner Frau?«

Klaus sah ihn verständnislos an, blätterte jedoch in den Unterlagen.

»Zwei, sie haben Zwillinge.«

Oliver nickte. Seine Gedanken ratterten. Zwillingsgeburten kamen in Deutschland nicht so häufig vor. Erst vor kurzem hatte er einen Bericht des Statistischen Bundesamtes gelesen, nachdem jedes 29. Baby ein Mehrlingskind war. Vor 20 Jahren traf dies gerade einmal auf jedes 42. Kind zu. Ein Grund für den rasanten Anstieg von Zwillingsgeburten war die Reproduktionsmedizin, die Methode der künstlichen Befruchtung.

Plötzlich machte es in Olivers Hirn, seit Jahren geschult im Erkennen von Mustern und Zusammenhängen, ganz leise klick: Hans-Peter Mundscheit war Biologe an der Universität zu Köln gewesen und Leiter des IVF-Labors, das die künstlichen Befruchtungen durchführte. Er war bekannt für seine hohe Erfolgsquote. Das musste die Verbindung sein.

»Wir müssen herausfinden, ob die Frau von Ronny Hammerschmidt ihre Zwillinge mit Hilfe von Mundscheit bekommen hat.« Oliver machte eine ausschweifende Geste. »Wenn ja, dann haben wir einen ersten Zusammenhang.«

Klaus hob fragend eine Augenbraue. »Aber warum

sollte er den Mann umbringen, der ihm zur Vaterschaft verholfen hat?«

Oliver zuckte mit den Schultern. »Keine Ahnung, vielleicht ist irgendetwas schiefgegangen.«

Plötzlich sah er Schlagzeilen über vertauschte Kinder vor sich. »Wir müssen es herausfinden!«

»Du meine Güte, es ist kaum zu glauben«, flüsterte Anna. Ihr Herz pochte aufgeregt. Emily nickte mechanisch, ohne ihren Blick von dem jungen Mann abzuwenden, der friedlich in einer Tageszeitung blätterte, während er hin und wieder einen kleinen Schluck Kaffee aus seiner Tasse schlürfte. Die dunkelbraunen Haare waren kurzgeschoren und die blasse Hautfarbe verlieh seinem Gesicht einen solch unschuldigen Ausdruck, dass ihr Verstand wild durcheinanderwirbelte. Der Mann blickte auf. Augenblicklich zuckte sie zusammen. Sie hatte das Gefühl, dass er sie durch die Spiegelwand sehen konnte.

»Keine Angst«, flüsterte Bettina Winterfeld. »Sie können uns nicht sehen.«

»Bist du dir sicher, Mama?« Der Zweifel in Annas Stimme war nicht zu überhören.

»Ich habe das Gefühl, dass er uns direkt ansieht.« Emily flüsterte heiser. So hatte sie sich einen gefährlichen Psychopathen nicht vorgestellt.

Bettina Winterfeld hatte sie in die rote Etage geführt. Aus Sicherheitsgründen durften sie sich nur hinter den Spiegelwänden aufhalten. Professor Morgenstern nutzte diese Spiegelwände für seine psychologischen Studien. Er hatte es geschafft, Einwilligungserklärungen von allen seinen Patienten zu Forschungszwecken zu erlangen. Die Patienten fühlten sich durch die Spiegelwände, die nur für das Personal durchsichtig waren, unbeobachtet und konnten sich frei bewegen. Der Gemeinschaftsraum war um diese Uhrzeit voll belegt, doch Emily hatte nur Augen für Adrian Helmhold. Sie wusste selbst nicht, warum er sie so faszinierte. Seine graugrünen Augen blickten sie immer noch durch die Spiegelwand an. Sein Gesicht wirkte ausdruckslos, vielleicht ein wenig verträumt. Sein Körper war schmächtig und ließ ihn eher wie einen knapp Zwanzigjährigen erscheinen. Dabei war er bereits 28 Jahre alt und damit älter als Emily.

»Dort drüben sitzt Hans Dieter Wellenbrink.« Bettina Winterfeld zeigte mit dem Finger auf einen Mann mit graumelierten Schläfen.

»Seht doch, wie sympathisch und unauffällig er wirkt. Das müsste doch das richtige Profil für Emilys Reportage sein!«

Aus ihren Gedanken gerissen, betrachtete Emily den Mann. Er hatte mehrere Frauen auf dem Gewissen, die er entführt, sexuell missbraucht und anschließend kaltblütig ermordet hatte. In der Presse war er als der Frauenwürger bekannt geworden. Hans Dieter Wellenbrink war in der Tat ein Mensch, der als böse bezeichnet werden konnte. Außerdem könnte Emily für ihre Reportage seine Fotos verwenden. Im Gegensatz zu Adrian Helmhold war er in der Öffentlichkeit bekannt. Unauffälliger und beliebter Direktor eines großen Versicherungskonzerns ermordete fünf Frauen, während seine ahnungslose Familie ein sorgenfreies Leben an seiner Seite führte. Die Schlagzeile stand ganz deutlich vor Emilys Augen.

»Nimm die Pfoten von meinem Teller!« Eine wütende Stimme kreischte plötzlich laut auf. Ein breitschultriger Mann mit blondem Zopf attackierte einen kahlköpfigen Patienten. Geschirr und Essensreste flogen wild durcheinander. Offenbar hatte der Kahlköpfige versucht, ein Stück Brot vom Teller des anderen zu ergaunern. Wütend fuchtelte der Schreihals mit einem Stuhlbein herum. Ein Pfleger war sofort eingeschritten, aber er hatte sichtlich Mühe, den aufgebrachten Patienten unter Kontrolle zu bringen.

»Wer ist das?«, flüsterte Anna erschrocken.

»Das ist Henri Tiedemann, ein Vergewaltiger!« Bettina Winterfelds Stimme nahm einen herabwürdigenden Ton an. Sie konnte Männer, die Gewalt auf Frauen ausübten, nicht ausstehen.

»Er ist der dritte hochgradige Psychopath in dieser Klinik«, stellte Emily nüchtern fest. »Er hat schon mit zwölf Jahren seine eigene Schwester vergewaltigt. Sie war gerade einmal acht Jahre alt. Ich habe seine Akte bei meinem letzten Besuch gelesen.« Emily spürte, wie bei der Erinnerung daran eine Gänsehaut ihren ganzen Körper überzog.

Henri Tiedemann war ein impulsiver Psychopath, schwer unter Kontrolle zu bringen. Er hatte seine Schwester jahrelang vergewaltigt und sie so unter Druck gesetzt, dass sie erst nach eingehender psychologischer Behandlung ihr Schweigen brach. Zu diesem Zeitpunkt hatte Tiedemann fast ein Dutzend Frauen vergewaltigt und die Hälfte von ihnen im Rhein bei Köln ertränkt. Bis heute waren nicht alle Leichen gefunden worden. Vermutlich hatte der Rhein die toten Körper mittlerweile bis ins Meer gespült, wo sie als Fischfutter endeten und nie wieder auftauchen würden. Diese Vorstellung war grausam.

Auch Tiedemann war aus Emilys Sicht ein wirklich böser Mensch. Während der Versicherungsdirektor zu den Manipulatoren gehörte, denen die Opfer mehr oder weniger freiwillig in die Falle gingen, trug Tiedemann keine freundliche Maske. Seine groben Gesichtszüge und die nach unten gezogenen Mundwinkel verrieten seine Brutalität auf den ersten Blick. Nur Adrian Helmhold passte aus Emilys Sicht irgendwie nicht in das Schema für psychopathische Persönlichkeitsstörungen. Er strömte weder Charme aus, noch trug er brutale Züge.

»Wie viele Punkte erreicht Adrian Helmhold auf der Hare Skala?« Diese Frage war an Annas Mutter gerichtet.

Bettina Winterfeld wich alle Farbe aus dem Gesicht. »Er hat die höchste Punktzahl!«

»Wie kann das sein? Er wirkt so harmlos? Er ist nicht besonders kräftig und sieht jung aus. In seinen Gesichtszügen spiegeln sich keine negativen Gefühle wider.«

»Er hat mich vor ein paar Tagen attackiert.« Bettina Winterfeld musste sich setzen.

»Was? Warum hast du mir nichts davon erzählt?«, fragte Anna entsetzt und legte tröstend einen Arm um ihre Mutter.

Diese schüttelte fassungslos den Kopf. »Er hat so merkwürdig in seinem Zimmer gesprochen. Ich glaube, er hat gezählt. Seine Stimme hatte so einen flehenden Unterton und da habe ich die Tür geöffnet.« Bettina Winterfelds Stimme wurde lauter. »Ich weiß selbst nicht, wie ich so dumm und unverantwortlich sein konnte.« Ihre Augen füllten sich mit Tränen. »Er ist der Schlimmste von allen, weil niemand das Ungeheuer in ihm erkennen kann. Er ist wie ein Wolf im Schafspelz!«

VIII

VOR FÜNFHUNDERT JAHREN

August schlich um den Krötschenturm. Verhüllt in einen schwarzen Kapuzenumhang und geduckt, verbarg er sich im Schatten der Nacht. Der Mond glich einer schmalen silbernen Sichel. Dunkle Wolken schwebten unablässig an ihm vorüber und verdeckten sein fahles Licht. Der Nachtwind war kühl und brachte den Geruch von Herbst mit sich. Würzige und ein wenig vermoderte Luft kräuselte Augusts Nase. Der Winter war nicht weit und das machte August traurig. Die Menschen würden dann wieder Zeit am Feuer in ihren Hütten verbringen und niemand würde in seine Fallen tappen. Er würde seine Wut nicht mehr so intensiv ausleben können wie jetzt und musste seine Grausamkeit zügeln, damit Martha keinen Verdacht schöpfte.

August lächelte. Martha, seine Stiefmutter, glaubte wirklich, dass er wie Christan war. In ihrer Welt glichen sie sich nicht nur äußerlich, sondern waren aus demselben Holz geschnitzt. In ihren Herzen wohnte dieselbe gute

Seele. Manchmal wunderte sich August, wie leicht es war, die Menschen zu täuschen. Erst heute Morgen beim Gottesdienst hatte Pfarrer Johannes ihn gelobt und ihm dabei sanft übers Haupt gestreichelt. Dabei hatte er selbst dem kleinen Bauernmädchen einen Stoß gegeben. Sie fiel, schlug ihre Knie dabei blutig und August hatte ihr aufgeholfen. Eigentlich nur, weil sie im Weg lag - nicht, weil es ihn gekümmert hätte. Aber Pfarrer Johannes hatte ihn wohlwollend angelächelt und selbst Bastian Mühlenberg hatte ihm zugenickt, als er die Kleine vom Kirchenboden hochzerrte.

Die Tür des Krötschenturms knarrte und öffnete sich zögerlich. August verkroch sich weiter im Schatten. Da kamen sie heraus, die dürren und kranken Gestalten. Eigentlich sollten sie hinter den verschlossenen Türen verrotten und ihre Krankheiten nicht in der Stadt verteilen, doch man hatte ihnen gestattet, sich in der Nacht für einige Meter unter freiem Himmel zu bewegen. Um Mitternacht wurde die Tür für eine Stunde geöffnet. Dicke, aneinandergereihte Holzpfosten und die wachsamen Augen der Stadtwache sorgten dafür, dass keiner von ihnen fliehen konnte. Einige Bewohner von Zons legten regelmäßig Speisen an den Zaun, in manchen Nächten war sogar ein Krug Wein dabei.

Gierig stürzten sich die Kranken mit ihren ausgemergelten Leibern darauf und August beobachtete fasziniert, wie sie sich gegenseitig wegschubsten und keinerlei Rücksicht auf ihre Mitgefangenen nahmen. Der Überlebenstrieb ließ sie jegliche Menschlichkeit vergessen. Wer zu schwach war, wurde von den Stärkeren niedergetrampelt und nicht selten kam es vor, dass ein kranker Körper zusammenbrach und dann einfach leblos liegenblieb.

Früher hatte August es in unbeobachteten Momenten geschafft, den einen oder anderen Gebrechlichen heranzulocken, um dann sogleich mit einem scharfen Messer in seine Eingeweide zu stechen. Doch seit die alte Jonata Heusenstamm fast jede Nacht hier herumschlich, um diesen Bucklichen zu erwischen, hatte sich August zurückgenommen. Einmal, als er Tierreste vor dem Zaun fallenließ, hätte sie ihn fast erwischt. Nur gut, dass er seinen schwarzen Mantel trug, denn sie schrie den Namen des Bucklichen hinter ihm her und hatte ihn tatsächlich verwechselt. Seitdem begnügte sich August damit, das nächtliche Treiben still zu beobachten.

»Tilmann, du hast doch gesagt, dass du sein Gesicht gesehen hast.« Bastian versuchte mit ruhiger Stimme, den Jungen zum Reden zu bringen. Tilmann starrte auf seine linke Hand, an der drei Finger fehlten. Der Arzt hatte gute Arbeit geleistet. Zwar litt der Knabe nach der Amputation ein paar Tage unter heftigem Fieber, aber jetzt sahen die Fingerstümpfe gut aus. Die Haut hatte sich gleichmäßig über die abgesägten Knochen verteilt und immerhin waren der Daumen und der Zeigefinger vollkommen intakt. Tilmann würde kaum behindert sein.

»Es war der Bucklige. Ich habe es Euch doch schon so oft gesagt.« Tilmann bestand auf seinen ungenauen Beobachtungen.

»Du hast mir gesagt, dass du sein Gesicht gesehen hast, als er sich im Wald auf dich gestürzt hat. Versuche, mir sein Gesicht zu beschreiben. Welche Augenfarbe hatte er?« Bastian behielt weiterhin die Geduld, obwohl er Tilmann am liebsten geschüttelt hätte. Wie konnte er nur so stur auf dem Buckligen beharren, wenn er ihn noch nicht einmal richtig beschreiben konnte?

Tilmann schüttelte den Kopf. »Ehrlich, Bastian Mühlenberg, es ging alles so schnell. An die Augenfarbe kann ich mich nicht erinnern. Sein Gesicht war auch eher wie ein Schatten.« Der Junge machte eine kurze Pause. Er spürte, dass Bastian Mühlenberg verärgert war.

»Ich kann mich nur an seine Gestalt erinnern. Es war ein kleiner Mann mit einer schwarzen Kutte. Die Kapuze hing tief in seinem Gesicht, sodass ich auch seine Haare nicht erkennen konnte.«

»Also gut, Tilmann«, Bastian seufzte, »ich kann leider mit deiner Beschreibung nicht viel anfangen. Sie ist zu allgemein, um sie eindeutig zuzuordnen. Willst du wirklich, dass ich aufhöre, nach dem richtigen Unhold zu suchen und womöglich der Falsche im Juddeturm landet?«

Tilmann schüttelte den Kopf. »Aber es war doch Gilig. So werft ihn doch endlich in den Juddeturm!« Die Stimme des Jungen brach und ein Weinkrampf erfasste ihn.

Bastian legte tröstend eine Hand auf seine Schulter. »Ich brauche eindeutige Beweise, Tilmann. Mein Amt verbietet es mir, einen womöglich Unschuldigen zu bestrafen und du bist doch selbst nicht sicher, ob es Gilig war.«

Tilmann schluchzte laut. »Aber meine Mutter ist sich sicher! Sie hat gesagt, ich sollte seinen Namen nennen. Die alte Jonata hat ihn doch auch gesehen!«

»Tilmann, du bist der einzige Zeuge und nur das, was du gesehen hast, zählt.« Bastian sah dem Jungen tief in die Augen. »Du musst bei der Wahrheit bleiben! Stell dir nur vor, jemand beschuldigt dich und du landest für immer im Juddeturm, obwohl du unschuldig bist. Möchtest du das?«

Tilmann schüttelte den Kopf. Bastian Mühlenberg hatte recht. Er wusste nicht genau, wer der Mann in der schwarzen Kutte war. Er war viel zu schockiert und vor Schmerzen fast ohnmächtig gewesen, um sich an irgendetwas genau erinnern zu können. Selbst die Bäume im Wald, die er bei seiner Flucht gestreift hatte, kamen ihm mittlerweile unwirklich vor. »Ich weiß nicht, wer es war. Ihr habt recht, Bastian Mühlenberg. Ich bin nicht sicher, ob Gilig in der schwarzen Kutte steckte.« Eine Träne lief über Tilmanns Wange. Hastig wischte er sie weg.

»Du tust das Richtige. Du bist ein guter Junge!« Bastian gab Tilmann einen Klaps und schickte ihn fort.

Oh nein, dachte er, jetzt bin ich genauso schlau wie vorher! In seinen Gedanken ging Bastian noch einmal die Geschehnisse der letzten Wochen durch. Angefangen hatte alles mit der alten verbitterten Jonata Heusenstamm, die in einer kleinen Lehmhütte am Krötschenturm hauste. Sie hatte den Mann in der schwarzen Kutte zuerst gesehen. Zwar gab es zu diesem Zeitpunkt noch keinen Mord, aber der Mann mit dem schwarzen Umhang war hier zum ersten Mal aufgetaucht. Bastian überlegte. Schwarze Kutten waren weit verbreitet in Zons. Es konnte durchaus ein reiner Zufall sein. Das Ziehen in seiner Magengrube sprach jedoch für das Gegenteil. Die Überreste der Tierkadaver zeugten von Blutrünstigkeit. Bastian erinnerte sich an die Worte von Pfarrer Johannes, als er über das Böse predigte. Das Böse nährt sich aus dem Bösen selbst und wächst zu immer größerem Unheil heran, wenn man es nicht mit dem Guten bekämpft. Ruft man Böses hinein, so schallt Böses heraus und deshalb soll auch Böses niemals mit Bösem vergolten werden.

Was, wenn wir den Teufel persönlich unter uns haben?, fragte sich Bastian. Wenn er erst seinen Blutrausch an Tieren stillte und dann immer mehr wollte? Zunächst Federvieh, dann Vierbeiner und anschließend ein Knabe, der entkam. Oder war sein Blutdurst danach so groß, dass er den Schmied Matthias Honrath überwältigte. Vielleicht war das Bettelweib zusammen mit den toten Hunden nur ein weiterer Beweis für die Blutgier, die diesen Teufel antrieb?

Möglicherweise gab es einen logischen Zusammenhang zwischen Tilmanns abgetrennten Fingern, dem toten Schmied und dem verbrannten Weibsbild? Nur der Schmied trug eine Goldmünze bei sich. Andererseits hatte er Gilig mit Münzen an der Stadtmauer erwischt und der Bucklige trug ständig eine schwarze Kutte. War Bastian doch zu gutmütig und übersah das Offensichtliche? War Gilig der Teufel, der anderen nach dem Leben trachtete und sich selbst mit falschen Goldmünzen bereicherte? Nahm Bastian ihn nur in Schutz, weil er äußerlich zu den Schwachen zählte, die er beschützen musste? Hatte dieser Teufel ihn gar verblendet?

Verzweifelt fuhr Bastian sich mit den Händen durch die blonden Haare. Nein, er musste dieses Wirrwarr in seinem Kopf beenden. Die vielen Gedanken, die durch sein Gehirn rasten, brachten ihn um den Verstand. Er sprang auf und lief los.

Bastian stürmte über die Schloßstraße und näherte sich schnellen Schrittes dem Schloss Friedestrom. Ohne weiter nachzudenken, bog er nach rechts ab und gelangte über einen kleinen Vorplatz zum Zonser Hafen, der sich am südlichsten Zipfel der Ostseite befand. Das Wasser plätscherte in kleinen abgehackten Wellen gegen die Felssteine und wiegte die Schiffe, die hier vor Anker lagen, in kleinen Bewegungen auf und ab. Die groben Seile, die zum Treideln der Schiffe verwendet wurden, hatten bereits tiefe Furchen in das Gestein des Hafenbeckens gezeichnet. Für zehn Tonnen benötigte man mindestens sieben kräftige Männer, auch Treidelknechte genannt, die mit Hilfe ihrer Muskelkraft die schwer beladenen Schiffe mit Seilen vom Rhein - um den Eckturm herum - in den Schlosshafen zogen. Der Hafen von Zons war sehr belebt, denn alle Waren, die ein Schiff bei seiner Fahrt rheinaufwärts oder rheinabwärts in Zons ein- oder auslud, waren zollfrei.

Bastian lief zum Rand des Hafenbeckens und blieb abrupt stehen. Gilig Ückerhoven, der Bucklige, schleppte einen großen Sack auf seinem Rücken. Schnell duckte Bastian sich hinter einem Mauervorsprung. Er wollte wissen, was Gilig diesmal für Botengänge verrichtete. Beim letzten Mal war ihm der Bruderälteste, Reinhard Nolden, zuvorgekommen und hatte den Buckligen geschickt vor weiteren Befragungen durch die Stadtwache bewahrt. Diesmal würde Bastian sich nicht so einfach abschütteln lassen. Für einen Moment bedauerte er, dass Wernhart nicht an seiner Seite war. Er war ein treuer und zuverlässiger Freund, mit dem Bastian schon einige brenzlige Situationen überstanden hatte.

Schwer atmend setzte der Bucklige den Sack auf dem flachen Schiffsdeck ab. Ein kräftiger Schiffsjunge zog die Last weiter und ließ sie durch eine Luke unter Deck fallen. Gilig wechselte ein paar Worte mit dem Schiffsjungen und tätschelte dabei auf eine merkwürdige Art seine Schulter. Der Junge grinste und nahm etwas, das wie eine Münze aussah, aus Giligs Hand. Dann blickte er sich prüfend um und verließ gemeinsam mit Gilig das Schiff.

Sicher sind die beiden auf dem Weg in die nächste Hafenkneipe, dachte Bastian. Das war seine Gelegenheit. Bastian beobachtete das Schiff noch einige Minuten lang, um sich zu überzeugen, dass niemand mehr an Bord war. Als er sich dessen sicher war, lief er zum Schiff hinüber und sprang mit einem einzigen Satz auf das Deck. Der Kahn schwankte leicht von seinem Gewicht, doch Bastian ließ sich nicht beirren. Schnell verschwand er in der Luke, durch die der Schiffsjunge den Sack geworfen hatte.

Unten angekommen, stieg ihm der Geruch von Metall und Ruß in die Nase. Es stank nicht nach Fisch oder Seetang, wie Bastian es von einem Schiff erwartet hätte; es roch wie in einer Schmiede. Bastian blickte sich um. Er hatte sich durch die obere Öffnung in den Schiffsrumpf fallen lassen und kniete genau auf dem Sack, den Gilig vor ein paar Minuten noch auf seinem Buckel getragen hatte.

Mindestens zehn weitere Säcke konnte Bastian zählen. Der Lagerraum war nicht besonders groß. Zwei weitere Türen zur rechten und linken Seite ließen ihn auf weitere Laderäume schließen. Hastig zog Bastian ein kleines Messer unter seinem Wams hervor und schnitt den Sack an der Naht auf. Er war vorsichtig und beließ es bei einem unauffälligen kleinen Loch. Bastian zwängte seine Finger hindurch und tastete blind hinein. Er fühlte kaltes Metall. Das mussten Münzen sein. Zügig ließ er eine Münze zwischen seine Finger gleiten und zog sie vorsichtig heraus. Er traute seinen Augen nicht.

Es war eine Goldmünze. Der stehende Petrus entsprach genau dem Abbild, welches Bastian auf der Münze des ermordeten Schmiedes gesehen hatte. Abermals langte er in den Sack und holte noch weitere Geldstücke heraus. Sie waren alle aus Gold und hatten dieselbe unleserliche Inschrift. Bastian verstaute die Münzen in einem Lederbeutel unter seinem Wams und wollte sich gerade an der Luke nach oben ziehen, als er Schritte vernahm. Konnte der Schiffsjunge schon zurück sein? Nein, instinktiv schüttelte Bastian den Kopf. In so kurzer Zeit hätte er unmöglich eine Schenke besuchen können. Bastians Herz begann zu rasen. Dort oben liefen mehrere Männer auf dem Deck herum. Wenn er nicht entdeckt werden wollte, musste er sich schnell etwas einfallen lassen.

* * *

August kniff die Augen zu engen Schlitzen zusammen. Die Schenke war randvoll. Seine Stiefmutter Martha schuftete schon seit Stunden in der Küche und kam mit dem Essen kaum hinterher. Dicke Rauchschwaden machten das Atmen schwer und trieben August die Schweißperlen auf die Stirn. Sein Bruder Christan bediente gerade zwei betrunkene Treidelknechte, die heute ihren Lohn bekommen hatten. Sie hatten nichts Besseres zu tun, als das magere Einkommen direkt zu versaufen. August kannte die beiden, denn sie kamen jede Woche hierher. Einer von ihnen hatte es einmal gewagt, Martha schöne Augen zu machen, doch nachdem August ihn zur Rede gestellt hatte, war ihm das Schäkern vergangen. Trotzdem hatte August ein Auge auf ihn.

In der hinteren Ecke der Hafenschenke saß Gilig mit einem kräftigen jungen Burschen. Christan brachte den beiden frisches Met. Als er die beiden Krüge auf der hölzernen Tischplatte absetzte, tätschelte Gilig ihm den Hintern. August nahm diese Geste aus den Augenwinkeln wahr. Ihm stockte der Atem. Was fiel diesem Buckligen ein! Christan sprang entsetzt einen Schritt zurück, stolperte über ein Stuhlbein und fiel krachend zu Boden. Gilig war auf der Stelle über ihm und wollte ihm aufhelfen. Dabei fuhr sein lüsterner Blick einmal von oben bis unten über Christans Körper.

Rasende Wut stieg in August auf. Mit einem Satz war er bei seinem Bruder und stieß Gilig brutal zur Seite. Er half Christan auf und schickte ihn zurück in die Küche, dann drehte er sich mit starrem Gesicht zu Gilig herum. Dieser sah ihn aus angsterfüllten Augen an, die immer größer zu werden schienen, als August mit aller Kraft die Kehle des Bucklingen zuzudrücken begann. Verzweifelt schlug Gilig um sich. Speichel troff aus dem aufgerissenen Mund und die Augäpfel drohten aus den Höhlen zu quellen, doch August ließ nicht von ihm ab. Eine unbändige Wut loderte in seinem Inneren. Er wollte diesen geifernden Kerl ein für alle Mal tot sehen.

»August!« Ein schriller Schrei holte August in die Gegenwart zurück. Martha trommelte mit beiden Fäusten auf den Rücken ihres Stiefsohnes ein.

»Lass ihn los oder willst du dich unglücklich machen?«

August ließ von Gilig ab und zischte: »Wenn Ihr Euch noch einmal an meinen Bruder heranmacht, töte ich Euch! Verstanden?«

Gilig, der aus Mund und Nase blutete, nickte apathisch. Ohne ein weiteres Wort warf er ein paar Weißpfennige auf den Tisch und humpelte aus der Schenke.

Aufgebracht blickte August ihm nach. Ein einziger Gedanke spukte in seinem Kopf herum. Mit dir bin ich noch nicht fertig, Gilig Ückerhoven! Warte ab!

* * *

Bastian lauschte angestrengt. Die Schritte, die er gerade noch über sich an Deck des Schiffes gehört hatte, waren verhallt. Wo waren die Männer hin? Ein kratzendes Geräusch gab ihm die Antwort. Ein schwerer Gegenstand wurde über die Holzplanken geschoben. Bastian blickte nach oben durch die Luke und konnte den Rand einer großen Truhe erkennen.

»Wie viele Säcke sind es?«, fragte eine raue Männerstimme.

»Drei von jeder Sorte. Hast du die vereinbarten Weißpfennige bekommen?« Bastian konnte keine Antwort hören, stattdessen fragte die Stimme weiter: »Was ist mit dem Sohn des Schmiedes? Macht er jetzt mit oder muss ich einen neuen Münzmeister besorgen?«

»Er denkt noch nach und hat sich bis Ende dieser Woche Zeit für eine Antwort erbeten.«

»Er muss schneller nachdenken, wir legen morgen früh ab. Lasst uns zu ihm gehen. Der Kerl ist ein Mann, kein Weib! Er sollte sich entscheiden können.«

Die Stimmen entfernten sich. Bastian atmete tief durch. Sie wollten also zu Jakob Honrath. Bastian blickte sich im Lagerraum um. Zuerst wollte er einen Sack mit der anderen Sorte von Münzen finden. Pfarrer Johannes kannte einen münzkundigen Mönch aus dem Kloster Brauweiler, der ihm sicher weiterhelfen konnte. Abermals holte er sein Messer unter dem Wams hervor und schnitt wahllos in einen der übrigen Säcke. Er enthielt weitere Goldmünzen. Der nächste Sack brachte Silbermünzen zutage. Bastian steckte ein paar davon in seinen Lederbeutel.

Dann zog Bastian sich an der Luke nach oben und lief über das Schiffsdeck zurück zum Schlossplatz. Jakob Honrath wohnte direkt neben der Schmiede. Die beiden Männer konnten demnach nicht weit sein. Bastian blieb vor dem Wohnhaus stehen und lauschte. Stille. Er klopfte an die Tür und wartete. Nichts.

Nachdenklich kratzte er sich am Kopf. Hatte er sich

verhört? Sie sprachen doch von Jakob Honrath, dem Sohn des Schmiedes. Bastian klopfte erneut, doch niemand öffnete. Er versuchte es in der Schmiede, die direkt an das Wohnhaus angrenzte und seit dem Tod von Matthias Honrath stillstand. Die Werkstatt war menschenleer, nur der Geruch von kaltem Ruß lag in der Luft und zeugte von früherer Betriebsamkeit in diesem Haus. Nachdenklich verließ Bastian die Schmiede und fragte das Nachbarsweib nach Jakob. Weder Jakob Honrath noch andere Männer seien in der letzten Stunde vor der Schmiede oder im Wohnhaus gewesen, gab die Frau Auskunft. Seit dem Tod des alten Schmiedes läge eine unheimliche Stille über dieser Stätte, klagte sie.

Bastian spürte, dass es sinnlos war, noch weiter nach den Männern zu suchen. Dennoch ging er in die nächste Schenke und hielt nach den Männern Ausschau. Er fragte den Wirt und ein paar Trunkenbolde, doch niemand hatte etwas gesehen. Der Wirt behauptete sogar, dass der Sohn des Schmiedes seit dem Tod seines Vaters spurlos verschwunden sei.

Bastian ließ es bei seiner Suche bewenden und lenkte seine Schritte in Richtung der St. Martinus Kirche. Um Jakob Honrath und die Männer vom Schiff würde er sich später kümmern. Notfalls hatte er immer noch Gilig, den er befragen konnte. Diesmal würde er die Wahrheit aus ihm herausquetschen. Doch erst einmal wollte Bastian wissen, ob die gefundenen Münzen tatsächlich eine Fälschung waren. Pfarrer Johannes konnte ihm bestimmt weiterhelfen. Seit jeher kamen alle Pfarrer der St. Martinus Kirche aus dem Kloster Brauweiler. Dies galt auch für Johannes. Ein alter Freund von ihm, der nach wie vor in diesem Kloster lebte, war ein bekannter Gelehrter, der insbesondere in der Münzkunde bewandert war. Schon als junger Mann hatte er für die Kölner Kaufmannschaft die umlaufenden Münzen auf ihre Echtheit geprüft. Hierzu musste nicht nur die Güte der Prägung bewertet werden, sondern auch die Beschaffenheit des Metalls. Seit Erzbischof Dietrich von Moers im Jahre 1458 seine berüchtigten Münzfälschungen unter das Volk gebracht hatte, wurde ein verstärktes Augenmerk auf die Echtheit von Münzen gelegt. Der Umlauf von minderwertigen Münzen war ein betrügerischer Akt, welcher der Wirtschaft erheblichen Schaden zufügte und der die Glaubwürdigkeit der echten Münzen infrage stellte.

Bastian betrat die Kirche. Pfarrer Johannes war gerade dabei, die Kerzen vom Altar zu löschen. Der alte Mann hatte mittlerweile schwer an seiner Körperfülle zu tragen. Sein Umhang saß straff um Brust und Bauch, seine Füße waren allerdings immer noch flink. Bastian liebte den Pfarrer wie seinen eigenen Vater. Pfarrer Johannes hatte ihn früh Lesen und Schreiben gelehrt und Bastian war dankbar für diese Fähigkeiten. Als sechster und jüngster Sohn des Zonser Müllers wäre er womöglich im Kloster gelandet, wenn Pfarrer Johannes ihn nicht davor bewahrt hätte.

»Pfarrer Johannes, seid gegrüßt!«

Der Geistliche drehte sich lächelnd zu Bastian um. Er war unglaublich stolz auf diesen jungen Mann. Von Anfang an hatte er gewusst, dass Bastian ein kluger und aufrichtiger Junge war. Er begrüßte Bastian mit einer liebevollen Umarmung.

Bastian kramte seinen Lederbeutel mit den Münzen hervor.

»Wo habt Ihr die her, Bastian?« Der Pfarrer runzelte die Stirn und betrachtete die Gold- und Silbermünzen. »Die Prägung der Silbermünzen gleicht jener der Goldmünzen aufs Haar«, stellte er mit rauer Stimme fest. Johannes hielt die Silbermünze ins Licht. »Nun, die Prägung mag gleich sein, aber seht selbst, Bastian. Die Inschrift der Silbermünzen ist tiefer.«

Bastian biss sich auf die Unterlippe und legte eine Silbermünze flach auf seine Hand. »Ihr habt recht, Pfarrer Johannes. Woran kann das liegen? Wurden die Münzen in zwei verschiedenen Münzstätten geprägt?«

»Das ist eine gute Frage. Ich weiß es nicht. Eigentlich ist Silber härter als Gold. Die Prägung müsste demnach flacher sein, als die der Goldgulden.« Pfarrer Johannes schüttelte den Kopf. »Lasst uns meinen alten Freund im Kloster Brauweiler befragen. Es ist weniger als einen halben Tagesritt entfernt und ich bin mir sicher, dass Bruder Anselmus auf den ersten Blick erkennt, ob hier Münzfälscher am Werk waren.«

* * *

Lautlos wie eine Katze bewegte sich August hinter der Steinmauer. Er verfolgte den buckligen Gilig nun schon den ganzen Tag und konnte sich auf seine Machenschaften keinen Reim machen. Ständig schleppte Gilig schwere Säcke durch Zons. Manche landeten im Hafen auf einem Schiff, andere wiederum im Haus des Bruderältesten. August knirschte mit den Zähnen. Er spürte unbändigen Hass auf Gilig, der es gewagt hatte, sein eigen Fleisch und Blut unsittlich zu berühren. Am liebsten hätte er ihm bei Nacht in seinem Haus aufgelauert und ihm die Kehle durchgeschnitten. Doch irgendetwas hielt August von seinem Vorhaben ab. Eine innere Stimme gebot ihm Einhalt und beruhigte das Ungeheuer in ihm. Töten konnte er ihn immer noch. Hin und wieder flackerte die Ungeduld wie ein sterbendes Feuer in ihm auf und wollte die Sache zu Ende bringen, doch August ließ sich nicht beirren.

Er verfolgte Gilig zurück zum Krötschenturm. Dabei achtete er darauf, die Parallelgassen zu nutzen, damit der Bucklige ihn nicht entdeckte. Während Gilig entlang der westlichen Stadtmauer durch die Wendelstraße lief, schlich August durch die Hubertusstraße. Sein Tempo hatte er genau an Giligs Schritte angepasst, sodass er ihn in regelmäßigen Abständen durch die kleinen Quergassen, die alle fünfzig Meter kreuzten, beobachten konnte.

Vor einem großen Holzverschlag blieb Gilig stehen und holte abermals einen schweren Leinensack heraus. August musste unbedingt herausfinden, was sich in diesen Säcken befand. Er gab seine Deckung auf und schlich sich bis auf zehn Meter an den Buckligen heran. Dabei duckte er sich in die Hauseingänge der kleinen Lehmhütten, die rund um den Krötschenturm gebaut waren.

Plötzlich legte sich eine alte, knochige Hand auf seinen Arm. Verwirrt über die Berührung, jedoch ohne Furcht, drehte August sich um. Die alte Jonata Heusenstamm blickte ihn aus trüben Augen an und wollte gerade zu einem lauten Schrei ansetzen, doch August legte ihr in einer blitzschnellen Reaktion seine Hand auf den Mund und drängte die Alte mit aller Kraft in ihre Stube hinein.

»Seid still, alte Hexe!«, zischte er wütend. Die Alte störte seinen Plan. Sie hielt ihn davon ab, Gilig zu beobachten. Er überlegte, was er mit ihr anstellen sollte. Sie hatte ihn erkannt und sie war eine Klatschbase. Es gab nur einen Ausweg. Jonata Heusenstamm bäumte sich auf, als sie erkannte, was August vorhatte. Doch es war zwecklos. Seine starken Hände drückten ihren Kehlkopf unbarmherzig zusammen. Ihr Gesicht lief blau an und innerhalb weniger Augenblicke begann ihr Körper unkontrolliert zu zucken.

August wartete ab, bis Jonata schlaff in sich zusammensank. Dann ließ er sie achtlos liegen und begab sich erneut nach draußen, doch Gilig hatte das Lager längst wieder verlassen. Eine Welle des Zorns durchströmte August. Diese alte Hexe hatte alles verdorben! Doch dann hatte August eine neue Idee. Er schlich hinüber zu dem Holzlager und machte sich an der Tür zu schaffen. Geschickt öffnete er das schwere Schloss und trat ein.

IX

GEGENWART

Hans Steuermark saß ungewöhnlich ruhig an seinem Schreibtisch. Er hielt den Kopf gesenkt, stützte sich mit den Ellenbogen auf dem Schreibtisch ab und massierte dabei seine Schläfen. Die Bilanz der letzten Wochen sah katastrophal aus. Seine beiden besten Ermittler musste er wegen groben Fehlverhaltens suspendieren oder versetzen. Seine neue Ermittlerin hatte im Team fast keine Akzeptanz und seit heute Morgen hatte er einen neuen Leichenfund auf dem Tisch. Steuermark spürte ein dumpfes Ziehen im Kopf, das den Druck auf seine Schläfen noch erhöhte. Kopfschmerzen konnte er jetzt gar nicht gebrauchen. Er wusste, dass Petra Ludwig eine hervorragende Ermittlerin war. Seine Mannschaft tat sich einfach schwer damit, eine Frau als leitende Kriminalbeamtin zu akzeptieren. Die Tatsache, dass sie ohne Partner ermittelte, erschwerte die Lage weiter. Dies entsprach nicht Steuermarks Vorstellungen von guter Polizeiarbeit.

Der neue Mord wies ganz klar auf einen Serientäter hin. Die Abstände zwischen den Morden wurden immer kürzer und Steuermark konnte den Blutdurst des Täters regelrecht spüren. Er würde nicht aufhören.

Erneut nahm sich Steuermark das Blatt Papier mit dem vorläufigen Untersuchungsergebnis des Ermittlungsverfahrens gegen die beiden Kriminalbeamten Oliver Bergmann und Klaus Gruber vor. Eigentlich ging Steuermark lieber auf Nummer sicher, aber diesmal würde das wohl nicht funktionieren. Mit einem Seufzer wählte er eine Telefonnummer und wartete. Der leitende Polizeidirektor hob sofort ab.

»Steuermark! Auf Ihren Anruf habe ich schon gewartet.« Die Stimme des Polizeidirektors schnurrte nervös am anderen Ende der Leitung. »Bitte sagen Sie mir, dass Sie kurz davor sind, dieses Monster zu verhaften!«

Hans Steuermark ließ zwei Sekunden verstreichen, ehe er antwortete: »Ich brauche Bergmann und Gruber zurück. Dringend!«

Kevin blickte auf die Uhr und sprang auf sein Mountainbike. Er war verdammt spät dran. In fünfzehn Minuten fuhr seine Bahn vom Dormagener Hauptbahnhof in Richtung Köln ab. Seine Mutter hatte ihn den ganzen Morgen mit ihren Sorgen genervt. Warum nur konnte er nicht einfach ausziehen und das Studentenleben in Köln genießen. Stattdessen lebte er in diesem mittelalterlichen Städtchen Zons, welches für seine Generation wenig zu bieten hatte. Mit hoher Geschwindigkeit bretterte Kevin über die Schloßstraße, die ihn auf direktem Weg am früheren Feldtor vorbei auf die Aldenhovenstraße führte. Der Hauptbahnhof Dormagen war eine einzige Baustelle. Seit Monaten wurde hier gebaggert und abgerissen. Natürlich gab es Verzögerungen beim Bau des neuen Bahnhofsgebäudes und Kevin musste einen großen Bogen fahren, um auf den Bahnsteig zu gelangen.

Er musste heute zu einem Seminar mit Anwesenheitspflicht. Molekularbiologie interessierte ihn zwar überhaupt nicht, aber ohne die Teilnahme an diesem Kurs würde Kevin seinen Schein nicht bekommen und ein ganzes Semester seines Medizinstudiums verlieren. Glücklicherweise hatte Kevin sich eine Methode erarbeitet, wie er seiner Anwesenheitspflicht nachkommen konnte, ohne wirklich anwesend zu sein. Der Hörsaal befand sich im Erdgeschoss des Universitätsgebäudes. Er besaß zwar nur einen Ausgang, der sich in Sichtweite und damit unter voller Kontrolle des Professors befand, aber es gab am Ende des Hörsaals einen Zugang zu einer kleinen Toilette, der sich hinter einer Nische verbarg. Kevin grinste schelmisch und tastete nach dem Schraubenzieher in seiner Hosentasche. Seine Mutter hatte ihn heute Morgen genervt, aber der Professor für Molekularbiologie würde das ganz gewiss nicht mehr tun.

* * *

Petra Ludwig betrat zum ersten Mal in ihrem Leben die medizinische Fakultät der Universität zu Köln. Im Gebäude selbst roch es fast wie in einem Krankenhaus. Petra merkte, wie sich ihr Bauch meldete. Sie hasste Krankenhäuser. Dies war der Grund, warum sie letztendlich mit ihrem Reizdarmsyndrom bei der indischen Heilkunst Ayurveda gelandet war. Der Stress in den letzten Tagen bekam ihr gar nicht gut. Obwohl sie sich akribisch an ihren neuen Ernährungsplan hielt, machten ihre männlichen Kollegen und diese Mordserie ihr wahnsinnig zu schaffen. Sie fühlte sich alleine gelassen. Ihr Recherche-Team arbeitete ihre Vorgaben zwar ab, aber sie spürte die Ablehnung, die sie ihr entgegengebrachten, fast körperlich.

Ingrid Scholten, die Leiterin der Spurensicherung, war da schon eine größere Hilfe. Zwar hatte das Labor alle Hände voll zu tun und für Petra ging alles viel zu langsam voran, aber man behandelte sie freundlich und hilfsbereit. Petra musste an ihren Chef Hans Steuermark denken. Eigentlich war er ein herzensguter Mensch, aber eben auch ein ziemlicher Sturkopf. Petra war sich recht sicher, dass er seine Entscheidung, Oliver Bergmann nach Frankfurt an der Oder zu versetzen, längst bereut hatte. Aber irgendwie standen seine felsenfesten Prinzipien ihm im Weg.

Petra hatte extra nachgeforscht und wusste, dass der vorläufige Untersuchungsbericht Bergmann und Gruber im Wesentlichen entlastete. Aber Steuermark hatte ihr unmissverständlich klar gemacht, dass er vor Abschluss der Untersuchungen und Vorliegen des finalen Ergebnisses nicht aktiv werden würde.

Petra spürte, dass die ganze Last dieser Ermittlungen auf ihren Schultern lag. Sie fühlte sich dieser Situation nicht gewachsen. Natürlich ließ sie sich das nach außen hin nicht anmerken, aber es kostete sie viel Kraft und ihr Darm fuhr mittlerweile Achterbahn mit ihr. Heute Morgen hatte sie sich nur mit Hilfe von Schmerztabletten dazu überwinden können, aus dem Bett zu steigen.

Petra Ludwig lief durch einen langen, mit hellgrünem Linoleum ausgelegten Flur zum Vorlesungssaal. Sie lief schnellen Schrittes hindurch in das Hinterzimmer, das Professor Neuhaus als Büro diente. Obwohl er nicht, wie der Biologe Hans-Peter Mundscheit, in seinen privaten Wohnräumen ermordet wurde, kam ihr dieser Tatort vollkommen gleich vor. Er spiegelte dieselbe Brutalität und Kaltblütigkeit wider.

Sie brauchte gar nicht genau hinzuschauen. Petra wusste auch so, was sie vorfinden würde. Die Finger waren amputiert und diesmal vor dem Fenster auf einer Nylonschnur aufgehängt worden. Das Opfer lag auf dem Boden. Die Blutgefäße am Oberschenkel waren freigelegt und hingen schlaf herunter. Das Büro ähnelte einem Schlachtfeld. Die weißen Wände waren mit Blutspritzern übersät und unter der Leiche staute sich die rote Flüssigkeit zu einem See.

Professor Neuhaus war 65 Jahre alt gewesen und hatte kurz vor seiner Pensionierung gestanden. Er wirkte selbst im Tod noch gefasst. Zwar war sein Mund zu einem Schrei geöffnet, aber dieser glich eher einem erschrockenen »Oh«

als einem panischen Schmerzenslaut. Petra sah genauer hin. Diesmal hatte der Mörder alle Finger amputiert. Das war merkwürdig.

Beim letzten Mal war sie davon ausgegangen, dass er die Lust an der Amputation verloren hatte. Sie dachte, es wäre für ihn wie ein Vorspiel, welches ihn vom eigentlichen Ziel abhielt. Demnach hätte er diesmal noch schneller vorgehen müssen. Nach Petras Lesart sollten weniger als acht Finger amputiert sein.

»Er hat es genossen. Es erinnert mich an den Mord an Sophia Koslow.« Ingrid Scholten stand im Türrahmen und brachte ihre Gummihandschuhe in die richtige Position. Petra versuchte, ihre Worte nachzuvollziehen. »Warum hat er es beim letzten Mal nicht genossen?«

»Wenn wir es hier mit einem eiskalten Mörder zu tun haben, der Spaß daran hat, seine Opfer leiden zu sehen, dann ist es für ihn eine größere Herausforderung, wenn sie nicht so schnell aufgeben.«

Petra nickte. Vielleicht hatte Ingrid Scholten recht. Sophia Koslow war eine Prostituierte, das Leben hatte sie mit Sicherheit hart gemacht. Professor Neuhaus' Leiche wirkte wie die eines Indianers, der mit Würde durch die Folter und in den Tod gegangen war. Petra versuchte, sich an das Gesicht des zweiten Opfers, Hans-Peter Mundscheit, zu erinnern. Es war zu einem grauenvollen Schrei verzerrt gewesen.

Petra betrachtete die präparierte Haut auf dem Oberschenkel der Leiche. Es war präzise Arbeit.

»Wenn ich mich richtig erinnere, wurden die Schnitte bei Hans-Peter Mundscheit nicht mit dieser Sorgfältigkeit ausgeführt. Ich werde im Labor prüfen, ob es sich immer noch um denselben Täter handelt. Aber ich gehe davon aus.« Ingrid Scholten klappte ihren silbernen Koffer auf und machte sich mit einem kleinen Pinsel am Schreibtisch des Opfers zu schaffen.

»Ich glaube nicht, dass ich irgendwelche Spuren vom Täter finde. Aber man weiß ja nie.«

Petra machte sich keine Hoffnungen darauf. Der Täter war kontrolliert und gefühlskalt, da war sie sich sicher. Bisher hatte sie immer noch keinen Zusammenhang zwischen den ersten beiden Opfern entdeckt. Aber der Biologe und das neue Opfer waren beide an der Universität zu Köln tätig. Vielleicht hatten sie einmal zusammengearbeitet. Das musste Petra unbedingt herausfinden. Sie lief zurück auf den Flur und sprach eine junge Ärztin in einem weißen Kittel an, die erschrocken einen Schritt zurückwich. »Wo finde ich die Klinikverwaltung?«

Anna Winterfeld kramte auf dem Dachboden ihrer Mutter in einem Karton. Emily saß direkt neben ihr.

»Schade, dass wir nicht einfach zu diesem gruseligen Alten ins Stadtarchiv nach Zons fahren können.« Emilys Stimme klang genervt. Sie mochte es nicht, wenn sich die Dinge in die Länge zogen. Ihre Reportage hatte zwar schon ein ordentliches Ausmaß angenommen, aber ihr fehlten weitere Praxisfälle.

Annas Mutter, die als Krankenschwester bereits in mehreren psychiatrischen Kliniken tätig gewesen war, hatte diverse Berichte über deren Insassen gesammelt. Teilweise waren die Zeitungsartikel über zwanzig Jahre alt und das Material war thematisch sortiert. Eigentlich sollten sie schnell vorankommen, aber Emily hatte das Gefühl, dass ihr immer noch das Salz in der Suppe fehlte.

»Im Mittelalter gab es das Wort Psychopathen noch gar nicht. Wir könnten höchstens weitere Mordfälle heraussuchen und analysieren, ob der Mörder ein psychopathisches Persönlichkeitsprofil hatte.« Annas Stimme klang vor Anstrengung heiser. Sie hatte mittlerweile einen riesigen Stapel alter Zeitungsausschnitte durchgeblättert.

»Ich weiß«, seufzte Emily. »Aber wir können im Nachhinein ja keinen Hare-Test mehr anwenden und ich will nicht, dass meine Reportage wie ein Bericht aus den Klatschspalten wirkt.«

Anna nickte. Sie hatte sowie keine Lust, ins Stadtarchiv zu gehen. Der Kreisarchivar Dietrich Hellenbruch war ihr suspekt. Mehr als einmal hatte sie sich wie ein kleines Mädchen vor ihm gefürchtet. Ein Gedanke an Bastian Mühlenberg blitzte plötzlich in ihrem Kopf auf. Dort im Stadtarchiv hatte sie ein Porträt von ihm entdeckt, welches heute in ihrer Nachttischschublade lag. Manchmal betrachtete sie es, bevor sie einschlief. Vielleicht konnte sie noch mehr über Bastian Mühlenberg herausfinden, wenn sie wieder im Stadtarchiv recherchierten. Lautes Klimpern unterbrach Annas Traumwelt. Goldene und silberne Münzen purzelten aus einem alten ledernen Buch und verteilten sich klirrend über dem Boden.

»Die sind ja alt. Wo hat deine Mutter die her?«

Anna zuckte mit den Achseln. »Keine Ahnung. Ich

wusste nicht einmal, dass sie sich überhaupt für Münzen interessiert, geschweige denn welche besitzt.«

Sie nahm eine helle Goldmünze in die Hand. Ein Mann, wahrscheinlich ein Heiliger mit einem Schlüssel und einem Buch in der Hand, war auf der einen Seite der Münze zu erkennen. Anna versuchte die Inschrift zu entziffern, aber sie war viel zu undeutlich. Sie hielt die Münze vor Emilys Nase. »Hier, du kannst doch alte Schriften entziffern. Was steht dort?«

Emily starrte angestrengt auf die Inschrift. »Keine Ahnung. Die Münze sieht jedenfalls uralt aus und ist völlig abgenutzt.« Achtlos steckte sie die Münze in das Lederbuch zurück.

»Vielleicht hast du recht. Wir sollten dem kauzigen Archivar noch einen Besuch abstatten. Wenn wir einen interessanten Mordfall entdecken, könnte ich Professor Morgenstern bitten, den Täter für uns zu analysieren. Das ersetzt zwar keinen echten Hare-Test, aber immerhin ist das Urteil eines bekannten deutschen Klinikleiters so etwas wie ein wissenschaftlicher Ansatz.«

* * *

Das Kreisarchiv lag in der Schloßstraße 1 mitten in Zons und hatte sich seit ihrem letzten Besuch nicht verändert. Dietrich Hellenbruch stand hinter seinem Tisch und schob seine dicke Hornbrille den Nasenrücken hinauf. Eine graue, fettige Haarsträhne fiel ihm dabei ins Gesicht und er strich sie hastig nach hinten.

»Guten Morgen, meine Damen. Sind Sie mal wieder

auf der Suche nach Unholden aus der Vergangenheit?«
Seine Stimme klang freundlich.

Emily trat einen Schritt vor und begrüßte den schrulligen Alten. »Wir wollten herausfinden, ob es weitere Morde in Zons gab, die sich im fünfzehnten Jahrhundert ereignet haben. Wir sind auf der Suche nach psychopathischen Täterprofilen.«

Der Kreisarchivar schluckte. »Sie sind auf der Suche nach was?« Er blickte Emily durchdringend an. Dieses junge hübsche Ding hatte offensichtlich eine enorm dunkle Seite. Alle paar Monate stand sie hier bei ihm, in seinem Archiv, und wollte neue Gruselgeschichten hören. Dietrich Hellenbruch hatte nicht die geringste Ahnung, was sie mit einem psychopathischen Täterprofil meinte. »Sie bekommen wohl einfach nicht genug, junge Dame. Ich habe Ihnen alles über den Puzzlemörder erzählt und auch über den Missetäter, der seine Opfer mit einer goldenen Sichel tötete. Ihretwegen bin ich mehr als einmal in Schwierigkeiten geraten!« Wehmütig dachte Dietrich an das Porträt von Marie Mühlenberg, dem Weib des Soldaten der Zonser Stadtwache und daran, wie die Kriminalpolizei dieses Bild für ihre Ermittlungen beschlagnahmt hatte. Es hatte ihn Monate gekostet, es zurückzubekommen. Viel schlimmer war jedoch die Tatsache, dass er seine lebende Marie nicht mehr sehen durfte. Bevor Emily Richter mit ihrer Freundin hier aufgetaucht war, war er jeden Tag zu McDonalds gefahren, nur um dieses wundervolle Mädchen - welches der mittelalterlichen Marie bis aufs Haar glich - zu betrachten. Doch dann war alles schiefgelaufen. Seine Marie, oder Sandra

Schwanengel - so lautete ihr richtiger Name - hatte ihn wegen Belästigung anzeigen wollen. Jetzt konnte er sie nur noch durch ein Fernrohr betrachten. Das hatte ihn eine Stange Geld gekostet und es war nicht dasselbe. Er blickte Emily ins Gesicht. Dieses junge Ding hier brachte ihm immer nur Ärger! Eigentlich sollte er ihr diesmal nicht helfen.

»Das sind besonders gefühlskalte Täter. Sie können keine Angst, keine Reue und keine Liebe spüren.« Emily lächelte den Archivar aufmunternd an.

Dietrich Hellenbruch seufzte. Wenn dieses junge Ding ihn mit feurigen Augen anlächelte, konnte er nicht widerstehen.

»Also gut, dann lassen Sie uns nachschauen.«

Der Kreisarchivar verschwand in einem kleinen Hinterzimmer und kam nach einer Weile mit einem dicken alten Buch wieder heraus. Abermals schob er seine Brille nach oben und blätterte dann angestrengt in den staubigen Seiten.

»Lassen Sie mich mal schauen«, murmelte er, während seine Finger langsam über die abgenutzten Seiten fuhren. »Hier habe ich etwas.« Sein Finger hielt inne. »Im Herbst des Jahres 1496 wurde der Zonser Schmied ermordet in einem kleinen Wäldchen vor den Stadtmauern aufgefunden. Dem Knaben Tilmann wurden drei Finger von einem Unbekannten in einer schwarzen Kutte abgerissen. Eine verbrannte Frauenleiche wurde vor den Stadttoren entdeckt.«

Der Kreisarchivar fuhr mit seinem Finger weiter nach unten. »Und Bastian Mühlenberg hat eine Bande von

Münzfälschern dingfest gemacht. Ist davon etwas interessant für Sie?« Dietrich Hellenbruch klappte das Buch zu und betrachtete Emily mit lüsternem Blick.

Emily sah ihm nicht in die Augen. »Gibt es denn Beschreibungen zu den Tätern? Vielleicht wurde ein Verhör aufgezeichnet.«

Dietrich Hellenbruch schüttelte missmutig den Kopf. »Das sind uralte Mordfälle. Die Befragungen, die meist im Juddeturm stattfanden, wurden nicht protokolliert. Die Stadtwache war früher viel zu sehr mit ihren Foltermethoden beschäftigt. Niemand hätte freiwillig den Protokollführer gespielt.« Der Kreisarchivar setzte ein teuflisches Grinsen auf. Er hatte sich so in Rage geredet, dass dabei ein paar große Speicheltropfen durch die Luft sausten. Emily sprang angewidert einen Schritt zurück.

Der Archivar ließ sich nicht beirren. Er wischte sich mit einer hastigen Geste die Lippen trocken und fuhr fort: »Es könnte sein, dass Bastian Mühlenberg bestimmte Auffälligkeiten in seinen Notizbüchern vermerkt hat, aber das ist in meiner Übersicht nicht dokumentiert.« Emilys enttäuschter Blick ließ Dietrich Hellenbruch in seinem Redeschwall stocken. Seine Augen wanderten von ihren großen rehbraunen Augen hinab zu ihrem schlanken weißen Hals. Die Begierde ließ seinen Mund feucht werden. »Also gut. Sie erinnern sich doch noch an den Karteikasten hinten bei den großen Archivregalen? Schauen Sie dort nach. Die Notizbücher von Bastian Mühlenberg liegen alle im Regal B80.« Mit diesen Worten humpelte Dietrich Hellenbruch in Richtung der Toilette davon und ließ Anna und Emily alleine im Vorraum des Kreisarchivs stehen.

* * *

Petra Ludwig spürte, wie sich langsam Blasen unter ihrem großen Zeh bildeten. Verflucht, in der Eile hatte sie vergessen, Socken anzuziehen. Sie hatte nicht damit gerechnet, dass die Klinikverwaltung der Universität zu Köln sich am anderen Ende des Campus befand. Noch weniger war ihr im Vorfeld klar gewesen, wie groß dieses Gelände eigentlich war. Petra biss die Zähne zusammen. Es konnte nicht mehr weit sein und nach der Befragung würde sie sich in der nächsten Apotheke Pflaster besorgen. Ihr Handy klingelte und lenkte sie augenblicklich von ihren Schmerzen ab. Im Display erkannte sie die Nummer von Ingrid Scholten. Schnell hob sie ab.

»Der Täter muss durch den Lüftungsschacht in das Büro von Professor Neuhaus eingedrungen sein. Ich habe relativ frische Blutspuren am Gitter entdeckt. Meine Mannschaft führt zurzeit genauere Untersuchungen durch. Wir wollen herausfinden, welchen Weg der Täter genommen hat und wo er eingestiegen ist.«

»Das ist ja interessant.« Petra Ludwig wunderte sich, warum er nicht einfach durch die Vordertür hineingegangen war. Die Antwort kam, bevor sie fragen konnte.

»Der Mörder ist intelligent. Der Flur sowie der Vorlesungssaal sind mit Überwachungskameras ausgestattet. Wir hätten also zumindest seine Statur auf dem Video sehen können. Jetzt haben wir keine weiteren Hinweise zu ihm.«

»Wie groß ist der Lüftungsschacht?«, fragte Petra einem plötzlichen Impuls folgend. Dabei fuhr sie sich durch die glatten braunen Haare, die sie normalerweise zu einem Pferdeschwanz zusammengebunden trug. Heute Morgen war sie wirklich nicht Herrin ihrer Sinne gewesen, dachte sie, als sie den fehlenden Haargummi bemerkte. Ein Umstand, der ihr bisher nicht einmal aufgefallen war.

Am anderen Ende der Leitung war es für einen Moment still. »Daran habe ich noch gar nicht gedacht!« Die Stimme von Ingrid Scholten klang mit einem Mal aufgeregt. »Es ist ein schmaler Schacht. Unser Täter ist ein zierlicher Mann. Oh mein Gott ...«, ihre Stimme nahm einen fast hysterischen Tonfall an, »es könnte genauso gut eine Frau sein!«

Petra Ludwig blieb auf der Stelle stehen und bemerkte, wie das Brennen unter ihrem Fußballen schlagartig verschwand. »Daran habe ich noch gar nicht gedacht.« Sie spürte, wie ihr Blutdruck in die Höhe schnellte. Das war ein typischer Anfängerfehler! Sie hatte den Täterkreis von vorneherein auf einen Mann beschränkt. Vielleicht hatte sie deshalb bisher noch keinen eindeutigen Zusammenhang entdecken können. »Danke«, sagte sie kurzangebunden und legte auf. Den Rest des Weges schaffte sie, ohne ein einziges Mal ihre Füße zu spüren.

Der Leiter der Klinikverwaltung, Manfred Kullmann, erinnerte sie an einen Finanzbeamten. Er sah unscheinbar aus, trug eine randlose Brille und hatte graues Haar, welches von einem strengen Seitenscheitel aus zu beiden

Seiten am Kopf klebte. Sein kariertes Hemd war mindestens zwei Nummern zu groß und beulte sich über die viel zu weit hochgezogene Hose. Entweder hatte er seinen Modestil in den letzten zwanzig Jahren nicht geändert oder seine Kleidung nie ausgetauscht. Petra Ludwig nahm auf dem harten Bürostuhl Platz.

»Vielen Dank, dass ich so kurzfristig vorbeischauen durfte. Ich habe ein paar Fragen zu Ihren beiden Mitarbeitern Hans-Peter Mundscheit und Professor Hermann Neuhaus.«

Der Leiter der Klinikverwaltung blickte betroffen auf seine Fußspitzen. »Ja, ich bin bereits über die schrecklichen Vorfälle unterrichtet worden.« Er atmete tief durch. »Ich kann es gar nicht fassen, dass unsere Klinik in so kurzer Zeit mit zwei derart großen Verlusten umgehen muss. Haben Sie denn schon eine Spur?«

»Nun, darüber kann ich Ihnen zum derzeitigen Stand der Ermittlungen leider keine Auskunft geben. Ich hoffe, dass verstehen Sie?«

Manfred Kullmann nickte. »Natürlich, das verstehe ich.« Mit schlanken, blassen Fingern tippte er auf der Tastatur seines Computers herum. Ein lautes Surren ertönte. Das Geräusch verriet Petra, dass er gerade eine Suchanfrage gestartet hatte und der PC arbeitete.

»Ich suche die Lebensläufe der beiden Kollegen heraus. Dann wissen Sie genau, wann sie in unserer Klinik angefangen haben und zu welchen Zeiträumen sie auf den verschiedenen Stationen eingesetzt waren.«

»Mich interessiert, ob sie eine Zeitlang zusammengearbeitet haben.«

Das Surren hörte plötzlich auf. »Da haben wir es.« Zufrieden drückte der Verwaltungsleiter auf eine Taste und der Drucker, der auf einem Sideboard unter dem Fenster stand, begann zu quietschen, während er Seite um Seite einzog und anschließend in die Papierablage schob. Manfred Kullmann drückte Petra die Blätter in die Hand. »Sie haben fast fünf Jahre lang zusammengearbeitet«, verkündete er stolz. »Allerdings ist das mittlerweile über 25 Jahre her.«

Petra überflog die Lebensläufe. Endlich hatte sie einen Zusammenhang entdeckt. Die beiden letzten Opfer kannten sich.

»Sie haben etliche gesunde Babys in die Welt gesetzt, als sie zusammen die Kinderwunschklinik führten. Professor Neuhaus hat sich nach ein paar Jahren aus der Praxis zurückgezogen, weil er sich auf die Forschung und die Ausbildung seiner Studenten konzentrieren wollte«, ergänzte Manfred Kullmann »Kann ich Ihnen sonst noch irgendwie weiterhelfen?«

Petra Ludwig schüttelte den Kopf. Nein, fürs Erste hatte sie genug. Sie musste sich heute noch um Ronny Hammerschmidt kümmern. Vielleicht konnte sie eine Verbindung zwischen ihm und den beiden Medizinern herstellen.

»Hören Sie, ich habe Ihnen doch schon gestern am Telefon gesagt, dass ich Ihnen keine Auskunft geben kann.« Die junge Frau im weißen Schwesternkittel schüttelte streng den Kopf. »Sie können gerne mit dem Arzt sprechen, aber hier unterliegt alles der ärztlichen Schweigepflicht und ohne richterlichen Beschluss wird er Ihnen keine Auskunft geben!«

Oliver Bergmann blickte sie bettelnd aus blauen Augen an und versuchte, die Schwester mit seiner Polizeimarke zu beeindrucken. Er hatte es nicht abwarten können. Ohne weiter nachzudenken, war er in den nächsten Zug gesprungen. In Frankfurt an der Oder konnte ihn nichts mehr halten. Er war sich sicher, auf einer vielversprechenden Spur zu sein und nur per Telefon konnte er wenig ausrichten. Er musste wissen, ob Ronny Hammerschmidt gemeinsam mit seiner Frau in der Kinderwunschklinik Köln behandelt worden war.

Sein Handy klingelte. Es war Klaus. »Oliver, es gibt schon wieder einen Toten. Diesmal hat es einen gewissen Professor Neuhaus erwischt. Und jetzt rate einmal, an welcher Universität er tätig war.«

Oliver hielt den Atem an. »Universität zu Köln«, brachte er knapp hervor. Die Schwester horchte auf und blickte ihn böse an.

»Richtig. So viele Zufälle kann es doch gar nicht geben, oder? Hast du schon etwas herausgefunden?«

Oliver warf der Schwester einen ebenso bösen Blick zu und antwortete: »Nein. Ich habe eine Schwester gebeten, mir Auskunft zu erteilen, aber ihr ist es offensichtlich egal, ob sie die Polizeiarbeit behindert!« Entrüstet plusterte sich die junge Frau vor ihm auf. »Sie können sich doch nicht über alle Regeln hinwegsetzen!«

Oliver Bergmann baute sich vor dem Tresen auf. »Kennen Sie Professor Neuhaus?«

»Was geht hier vor?« Die Stimme kam von hinten und Oliver drehte sich um. Ein Arzt mit rundem Gesicht und Nickelbrille stand vor ihm. Oliver holte seine Polizeimarke hervor und hielt sie ihm direkt vor die Nase. »Ich habe Fragen zu Professor Neuhaus und zu einem möglichen Patienten.«

Die Augen des Arztes weiteten sich für einen kurzen Moment, dann sagte er: »Kommen Sie mit. Hier entlang.«

Oliver folgte ihm ins Sprechzimmer und nahm auf dem Stuhl vor dem Schreibtisch Platz.

»Warum interessieren Sie sich für Professor Neuhaus?«, fragte der Arzt ohne Umschweife.

»Nun, Sie kennen ihn ja offensichtlich und anhand ihrer Reaktion muss ich wohl keine weiteren Erklärungen geben.«

Der Arzt fuhr sich nervös mit der Hand über seinen kahlgeschorenen Schädel. »Ich habe es heute Morgen erfahren. Es ist eine schreckliche Tragödie.« Er schluckte, sichtlich betroffen. »Wissen Sie, Frau Hartweg von der Anmeldung weiß noch nicht Bescheid. Die Klinikverwaltung hat vorerst nur die leitenden Oberärzte informiert und um absolute Diskretion gebeten, bis wir Näheres erfahren.«

Oliver nickte verständnisvoll. »Woher kannten Sie Professor Neuhaus?«

»Er war mein Mentor. Er hat die Kinderwunschklinik gemeinsam mit dem Biologen Hans-Peter Mundscheit aufgebaut.«

»Die beiden haben zusammengearbeitet?« Oliver spürte, dass er auf der richtigen Fährte war. »Wie lange?«

»Oh, das ist schon über zwanzig Jahre her. Es war lange vor meiner Zeit. Aber es müssen einige Jahre gewesen sein.«

Oliver Bergmann lehnte sich über den Schreibtisch. »Ich brauche ihre Hilfe. Es ist sehr wichtig, um mit den Morduntersuchungen voranzukommen. War ein gewisser Ronny Hammerschmidt mit seiner Frau in Ihrer Klinik zur Behandlung?«

Der Arzt zuckte zurück. »Das unterliegt der ärztlichen Schweigepflicht.«

Oliver Bergmann nickte. »Ich weiß, aber mir läuft langsam die Zeit davon.«

Der Arzt zögerte einen Moment. Dann begann er, die Tastatur seines Computers zu bearbeiten. »Sie versprechen mir, dass Sie mit einem richterlichen Beschluss zu mir zurückkommen?«

»Darauf können Sie sich verlassen. Alles was Sie mir jetzt sagen, betrachte ich als vorläufig. Es bleibt unter uns, bis Sie mir das Ergebnis offiziell mitteilen können.«

Der Arzt holte tief Luft. Es war ihm deutlich anzusehen, dass er sich in seiner Haut nicht wohlfühlte und zwischen Pflichtbewusstsein und Hilfsbereitschaft hin- und hergerissen war. Oliver konnte dieses Gefühl nur allzu gut nachvollziehen.

»Sie waren beide hier in Behandlung. Das ist mittlerweile dreizehn Jahre her. Die Behandlung dauerte fast zwei Jahre, war am Ende jedoch erfolgreich. Frau Hammerschmidt hat Zwillinge zur Welt gebracht.«

»Wissen Sie, ob die Kinder gesund sind?«

Der Arzt runzelte die Stirn. »Nein, das kann ich Ihnen nicht sagen. Wir beenden unsere Aufzeichnungen mit der erfolgreichen Geburt des Kindes. Alles Weitere erfolgt dann bei den Kinderärzten.«

Diese Information genügte Oliver fürs Erste. Er bedankte sich bei dem Arzt und verließ hastig die Klinik.

X

VOR FÜNFHUNDERT JAHREN

Das Kloster Brauweiler erhob sich anmutig vor ihren Augen. Bastian Mühlenberg und Pfarrer Johannes zügelten die Pferde und genossen den Anblick. Die Herbstsonne gab dem kalten Stein eine übernatürliche Wärme und die von buntem Laub verfärbten Bäume vor der Abtei verliehen diesem Ort einen Zauber, der nur von Gott selbst kommen konnte. Zwei mächtige Türme ragten rechts und links des Haupthauses empor und ließen keinen Zweifel an der Bestimmung dieses Gemäuers. Das Kloster Brauweiler stellte seit mehr als 100 Jahren den Pfarrer für Zons. Auch Johannes war hier aufgewachsen und hatte in diesen Mauern zu Gott gefunden. Mühsam hievte er sich jetzt vom Pferd. Wie lange war er nicht mehr hier gewesen? Es mussten Jahre sein.

Das schwere Holztor öffnete sich knarrend. Es schien eine Ewigkeit zu dauern, bis die Flügel endlich einen Spalt in der Mitte freigaben. Ein rundlicher Mönch erschien in der Toröffnung und musterte die Besucher prüfend. Als er Pfarrer Johannes erkannte, erhellte sich seine Miene.

»Da seid Ihr ja endlich! Ich habe Eure Nachricht bekommen und konnte es kaum erwarten, Euch zu sehen.« Der Mönch stürzte Pfarrer Johannes zu. Beide umarmten sich heftig.

Johannes war sichtlich gerührt. »Bruder Anselmus, Ihr habt Euch nicht verändert.« Johannes lachte und deutete auf den Bauch des Mönches. »Die Klosterküche scheint Euch immer noch zu schmecken!«

»Richtig, aber Euch scheint es auch nicht schlecht zu ergehen. Obwohl ich den Eindruck habe, dass die Zonser Köche noch nachlegen könnten!« Die beiden brachen in schallendes Gelächter aus und Bastian fühlte sich schon fast unsichtbar.

»Bruder Anselmus«, Johannes legte einen Arm um Bastians Schulter, »dies hier ist mein junger Freund, Bastian Mühlenberg. Ein sehr gelehriger Bursche und schlauer Kopf.«

Anselmus begrüßte Bastian mit einer festen Umarmung und führte seine Gäste in das Klosterinnere. Ein gepflegter, kreuzartig angelegter Garten gab dem Innenhof eine lebendige Atmosphäre. Es duftete nach frischen Kräutern und aus der Kapelle drang Mönchsgesang. Bruder Anselmus durchquerte mit schnellen Schritten den Hof und führte sie durch eine mit aufwändigen Schnitzereien verzierte Pforte. Durch schmale und verwinkelte Gänge gelangten alle drei schließlich in eine große Halle. Dampf waberte durch den Raum. Mehrere Öfen glühten, darauf standen Kessel mit brodelnder Flüssigkeit.

Bastian hielt die Luft an. Der stechende Geruch war kaum zu ertragen und trieb ihm Tränen in die Augen.

»Willkommen in meinen Arbeitsgemächern.« Bruder Anselmus schien der Qualm nichts auszumachen. Seine Augen leuchteten freudig. Er stellte drei Becher auf einen Holztisch und goss purpurroten Wein ein. »Zur Stärkung! Bevor wir uns mit den Münzen beschäftigen.« Er hob den Becher an und trank gierig mit großen Schlucken.

Bastian nippte an seinem Wein, während er sich umschaute. Überall standen eigentümlich geformte Gefäße aus Holz oder Glas herum. Zangen und Eisenstäbe hingen an den Wänden und erweckten den Anschein einer Folterkammer. Dies musste die Werkstatt eines Alchemisten sein, durchfuhr es Bastian. Warum war er nicht sofort darauf gekommen. Er holte den Lederbeutel mit den Münzen unter seinem Wams hervor und ließ die goldenen und silbernen Geldstücke über den Holztisch rollen. Bruder Anselmus griff nach einem Goldgulden und inspizierte ihn kritisch.

»Die Prägung ist nicht gut ausgeführt«, stellte er nüchtern fest. »Lasst uns sehen, was alles in dieser Münze steckt.« Er drehte sich um und nahm ein gläsernes Gefäß mit Flüssigkeit aus einem hölzernen Regal. »Dies hier ist Trennwasser«, erklärte er, während er sich an verschiedenen Apparaturen zu schaffen machte. »Es trennt das Gold aus der Münze heraus.«

Bastian runzelte erstaunt die Stirn. Wie sollte das funktionieren? Er kannte die Arbeit des Schmiedes und wusste, dass Bronze, Eisen, Gold oder Silber bei verschiedenen Temperaturen schmolzen und dann bearbeitet werden konnten. Er hatte allerdings noch nie gesehen, wie miteinander verschmolzene Metalle wieder getrennt wurden.

»Seid vorsichtig!«, warnte der Mönch. »In diesem Gefäß ist Säure. Ihr dürft die Flüssigkeit nicht in Eure Augen oder auf die Haut bekommen. Dann werdet Ihr auf der Stelle blind und Eure Gesichter sind entstellt.«

Unbewusst nahm Bastian Abstand vom Tisch und blickte zu Pfarrer Johannes. Dieser betrachtete entspannt, wie Bruder Anselmus die Goldmünze erhitzte.

»Da haben wir es!« Der Stolz in der Stimme des Mönches war nicht zu überhören. Mit geübten Handgriffen stellte Anselmus mehrere Gefäße nebeneinander und nahm eine Eisenzange zu Hilfe. Heißes Metall ergoss sich zischend in kühle Flüssigkeit. Der Mönch wischte sich mit einem Leinentuch die Schweißperlen von der Stirn. Ohne aufzusehen, ergriff er eiserne Gewichte und begann, die einzelnen Gefäße zu wiegen.

»Die Münzen haben einen Kupferkern. Sie sind nicht aus reinem Gold.« Er winkte Bastian und Pfarrer Johannes näher zu sich heran. »Seht. Diese Münze besteht aus nicht einmal halb so viel Gold wie ein echter Gulden.«

Pfarrer Johannes pfiff durch die Zähne. »Dachte ich es mir doch. Wir haben es also tatsächlich mit Münzfälschern zu tun! Ich wusste gar nicht, dass wir in Zons einen Münzmeister haben.«

Eine Silbermünze rollte über den Rand des Holztisches und Bastian bückte sich flink, um sie aufzufangen, bevor sie auf dem Boden aufschlug. Plötzlich schoss ein Pfeil über seinen Kopf hinweg durch den Raum und versenkte sich im Hals des Mönches. Der Angriff kam wie aus dem Nichts.

»Stellt Euch!« Die Stimme klang rau und wütend. Bastian zog sein Kurzschwert und wandte sich mit einer blitzschnellen Drehung dem Angreifer zu. Im Augenwinkel nahm er wahr, wie Bruder Anselmus zu Boden fiel und Pfarrer Johannes zu ihm stürzte. Eine Gestalt in einer schwarzen Kutte stand ihm gegenüber und holte eben zum Schlag mit dem Schwert aus. Tonkrüge fielen scheppernd zu Boden, als Bastian sich in Stellung brachte. Er war ein geübter Kämpfer und wich dem Hieb seines Gegners mühelos aus. Das Schwert schlug hart auf dem Steinboden auf und brachte die schwarze Gestalt aus dem Gleichgewicht. Bastian stürzte sich auf die Kutte, doch er verschätzte sich. Sein hageres Gegenüber war schneller und sprang mit einer Drehung rückwärts. Die scharfe Klinge sauste durch die Luft und traf Bastian am Oberarm. Ein brennender Schmerz betäubte kurz seine Sinne, doch Bastian behielt die Nerven und stürzte dem jetzt fliehenden Angreifer hinterher.

Sie rannten durch die engen Klostergänge, Bastian dicht auf den Fersen des Unbekannten. Plötzlich endete der Gang und sie gelangten ins Freie. Der hagere Mann in der schwarzen Kutte lief über eine Holzhängebrücke und gerade als Bastian den schwarzen Stoff zu Greifen bekam, schwang er sich über das Geländer hinab in die Tiefe. Von unterhalb der Brücke war der Donner von Pferdehufen zu vernehmen, der alsbald verklang. Bastian rang nach Luft und beugte sich über die Brüstung der Brücke, die über den Wassergraben führte, der das Kloster umgab. Sie hing nur etwa drei Fuß breit über der Wasseroberfläche.

Der Angreifer war offenbar direkt auf den Rücken eines Pferdes gesprungen und geflohen. Jede weitere Verfolgung war zwecklos.

Bastian hieb mit der Faust auf das hölzerne Brückengeländer. Verflucht, er war zu langsam gewesen. Er hätte diesen Unhold dingfest machen müssen! Verärgert warf er die dunkle Kutte zu Boden. Er musste nachdenken! Wer war dieser Fremde und warum hatte er es auf sie abgesehen?

August befand sich im Paradies. Er war umgeben von einem Reichtum, der ihm bisher völlig fremd war. Innerlich beglückwünschte er sich selbst zu der Geduld, die er bei der Verfolgung des Buckligen aufgebracht hatte. Ohne diese Hartnäckigkeit wäre er nie Zeuge geworden, wie Gilig die rechte Tür des Lagers öffnete. Sie war viel unscheinbarer, als der linke Eingang, nahezu unsichtbar. Im dahinterliegenden Holzverschlag jedoch stapelten sich die mit Gold- und Silbergulden gefüllten Säcke.

Schlagartig erkannte August, was der Schmied damals mitten in der Nacht im Wald getrieben hatte. August hätte ihn nie bezwingen können, wenn er nicht in einem Loch unter der alten Kastanie gegraben hätte. Stundenlang war er in dieser Nacht auf der Jagd nach einem Lebewesen umhergeirrt. Unbefriedigt und lustlos durch die Dunkelheit des kleinen Wäldchens geschlichen, bis er die

Geräusche hörte und wenig später den Schmied erblickte.

Matthias Honrath hatte sich vollkommen unbeobachtet und sicher gefühlt. Eine kleine Laterne spendete ihm schwaches Licht. August konnte sich genau daran erinnern, wie sein Herz einen Satz gemacht hatte, als er begriff, dass er den ihm körperlich weit überlegenen Mann in dieser gebückten Haltung überwältigen könnte. Zu diesem Zeitpunkt hatte er noch nie einen Menschen getötet.

Der Schmied war ein Hüne, eigentlich viel zu groß für den ersten Versuch. In seiner Fantasie hatte August sich ausgemalt, ein Kind oder eine Frau zu töten - an einen ausgewachsenen Mann hatte er nie gedacht. Doch der Schmied kniete in Gedanken versunken vor dem Loch und wühlte mit den Händen im Dreck. August konnte sich diese Gelegenheit auf keinen Fall entgehen lassen.

Es war erschreckend leicht gewesen, ihm die Schlinge um den Hals zu legen. Nicht, dass August Angst verspürt hätte, nur hatte er bis zu jener Nacht geglaubt, dass jeder Mensch über einen lebensrettenden Instinkt verfügte. Doch Matthias Honrath besaß ganz offenbar keinerlei innere Stimme, die ihn warnen konnte. Erst als der Strick ihm die Luft abschnürte, begann er, sich zu wehren. August spürte die Erregung bei der Erinnerung in sich aufsteigen. Er war so sehr mit seiner Blutgier beschäftigt gewesen, dass ihm bisher nie der Gedanke gekommen war, was der Schmied eigentlich mitten in der Nacht im Wald gesucht hatte.

Nachdem das Leben aus Matthias Honraths Körper

gewichen war und seine Augen stumpf ins Leere blickten, hatte August minutenlang neben der Leiche gesessen und sie angestarrt. Dann hatte er sie mit Mühe auf den Holzkarren gehievt, auf welchem der Schmied seine Werkzeuge transportierte, und wenige Meter entfernt unter einer anderen Kastanie abgelegt.

August hatte überlegt, den toten Körper weiter wegzuschaffen, vielleicht sogar bis nach Stürzelberg, doch die Leiche war unglaublich schwer. Ihm war schnell klar geworden, dass er körperlich nicht in der Lage war, den mächtigen Schmied über große Entfernungen über den holprigen Waldboden zu karren. Also hatte er ihn einfach abgelegt, auf die Seite gedreht und war zu dem Baum zurückgekehrt, unter welchem er ihm das Leben genommen hatte. Völlig verschwitzt und außer Atem hatte er die Werkzeuge verscharrt und das große Loch im Boden zugeschüttet, das Matthias Honrath mit bloßen Händen ausgehoben hatte.

Erst jetzt, als August im Holzverschlag am Krötschenturm inmitten von Goldgulden saß, begann er zu verstehen. Im Wald musste es noch mehr von diesen Münzen geben!

* * *

Pfarrer Johannes betrachtete den wertvollen Umhang. Der Stoff war aus kostbarem Garn gewoben und kunstvoll mit Kreuzen verziert. »Die Männer des Erzbischofs tragen solche Kutten.« Johannes mochte sich die Folgen dieser Erkenntnis gar nicht ausmalen. Das dunkle Kellergewölbe des Klosters Brauweiler, in dem sie sich noch immer befanden, verstärkte seine düstere Stimmung. Die Schmiedeöfen zischten und der Dampf, der aus ihren Rohren aufstieg, erinnerte Johannes plötzlich an den Vorhof zur Hölle.

Bastian fuhr mit den Händen über den feinen Stoff. Er glitt fast so leicht wie Seide durch seine Finger. Kein einfacher Bauer oder Handwerker könnte sich ein solches Gewand leisten.

»Ihr glaubt, der Erzbischof Hermann von Hessen hat diesen Gauner geschickt?«

Bruder Anselmus griff sich an den duftenden Kräuterverband, der mittlerweile heilend über seiner Halswunde lag, und holte tief Luft. »Freunde, lasst uns nicht übertreiben. Warum sollte der Erzbischof seine Häscher auf uns hetzen?« Seine Stimme klang schwach, aber immerhin hatte er die Attacke mit dem Pfeil überlebt. Das Gift, welches an der Pfeilspitze klebte, war nicht stark genug gewesen, um ihn zu töten und so war Bruder Anselmus nach kurzer Ohnmacht wieder zu sich gekommen. Der Heilkundige des Klosters hatte sich seiner sofort angenommen und ihn versorgt.

»Weil er hinter diesen Münzfälschungen steckt.« Johannes hatte keine andere Erklärung. Doch Anselmus widersprach ihm: »Habt Ihr mir nicht selbst erzählt, dass die Bruderschaft dahinterstecken könnte?«

Bastian nickte. »Reinhold Nolden, der Bruderälteste, hat sich uns in den Weg gestellt, als wir den buckligen Gilig verfolgt haben.«

»Warum habt Ihr ihn nicht befragt?«

»Wir hatten noch keinen Anlass. Erst durch Euch wissen wir von den Münzfälschungen und außerdem waren wir auf der Suche nach einem Mörder«, erwiderte Bastian. Insgeheim ärgerte er sich. Die Fragen von Bruder Anselmus waren berechtigt. Wäre die alte Jonata damals nicht mit der Nachricht über den Tod des Bettelweibes dazwischengeplatzt, hätte er Reinhold Nolden nicht so einfach davonkommen lassen. Er sah den Holzverschlag vor sich, aus dem der bucklige Gilig die schweren Säcke geholt hatte. Schon damals war es Bastian vorgekommen, als hätte er etwas Offensichtliches übersehen. Aber das innere Bild verschwamm, bevor er es greifen konnte. Er klopfte Bruder Anselmus auf die Schulter. »Ihr habt recht. Die St.-Sebastianus-Bruderschaft beauftragt den Buckligen mit Botendiensten. Ich bin bisher allerdings davon ausgegangen, dass es sich um Zutaten für die Herstellung von Wein handelt. Zumindest roch der Holzverschlag, vor dem wir Gilig gestellt haben, stark danach.« Bastian biss sich nachdenklich auf die Lippen. »Auf der anderen Seite habe ich Gilig selbst bei der Verschiffung der Münzen beobachtet. Ich kann nicht ausschließen, dass Reinhard Nolden sein Auftraggeber war.«

Pfarrer Johannes erhob sich. »Wir müssen zurück nach Zons! Dort werden wir die Lösung finden. Alle Fragen, die wir Bruder Anselmus gestellt haben, sind fürs Erste beantwortet.«

Bastian nickte. Johannes hatte recht. Er musste noch einmal mit Gilig sprechen. Den Bruderältesten würde er von Wernhart beschatten lassen und er musste herausfinden, wem das Schiff mit den Münzen gehörte. Der Kapitän könnte ihm sicherlich den Bestimmungsort der gefälschten Goldgulden und vielleicht sogar den Namen des Abnehmers verraten. Der Schmied war sicher in die Münzfälschung verstrickt gewesen. Wahrscheinlich war dies auch der Grund für seine Ermordung. Er wusste einfach zu viel.

Sie verabschiedeten sich herzlich von Bruder Anselmus und trugen ihm auf, sich zu schonen. Kurz vor Mitternacht erreichten sie Zons. Der Vollmond schien hell über dem friedlichen Städtchen. Am Ende der Schloßstraße konnte Bastian den Nachtwächter sehen. Er war eine mächtige Erscheinung, die mit ihrer Laterne fast einem Dämon glich, der durch die Gassen schwebte. Bastian merkte, wie die Müdigkeit in seine Knochen kroch. Für einen winzigen Moment fielen ihm die Augenlider zu. Er hörte nur noch den Hufschlag der Pferde und den schweren Atem von Pfarrer Johannes. Gerade als er die Augen wieder öffnete, huschte ein Schatten vor dem Nachtwächter vorüber. Dieser bog im selben Augenblick in die Grünewaldstraße ab, sodass der Schatten nur schemenhaft und für einen Wimpernschlag von der Laterne angestrahlt wurde. Bastian hätte ihn fast übersehen. Instinktiv gab er seinem Pferd die Sporen und ließ den verwirrten Johannes hinter sich.

Tatsächlich! Eine humpelnde Gestalt versuchte eilig, sich im Schatten der Häuserwände zu verbergen. In Windeseile ritt Bastian auf den Umriss zu und verstellte ihm den Weg. Er zog sein Schwert und sprang vom Pferd.

»Wer seid Ihr und wo wollt Ihr zu so später Stunde hin?« Die Antwort musste Bastian gar nicht abwarten.

Giligs verkümmerter Wuchs war auch in der Dunkelheit unverkennbar. Der Bucklige stotterte Unverständliches. Offensichtlich war er erschrocken und hatte Angst, doch Bastian kümmerte das wenig. Diesmal würde er sich nicht so einfach abweisen lassen. Mit seinen kräftigen Armen drückte er Gilig gegen die Häuserwand.

»Sagt mir die Wahrheit. Habt Ihr den Schmied Matthias Honrath auf dem Gewissen?«

Der Bucklige schüttelte panisch den Kopf. Bastian drückte die flache Seite seines Schwertes gegen Giligs Kehle und schnürte ihm so die Luft ab. »Überlegt Euch die Antwort gut. Ich bin heute Nacht nicht zum Scherzen aufgelegt.« Er drückte noch weiter zu. Der faulige Atem aus Giligs Mund schlug Bastian übel ins Gesicht, doch er rückte keinen Zentimeter ab.

»Nein, nein ...«, stotterte der Bucklige hilflos. »Ich war es nicht.«

Bastians Geduld war am Ende. Er griff dem stammelnden Mann in die Haare und riss seinen Kopf in den Nacken. Die Klinge seines Schwertes blitzte kurz auf, bevor er sie diesmal mit der scharfen Seite an Giligs Kehle ansetzte. »Ich töte Euch noch heute Nacht, wenn Ihr mich belügt. Wo habt Ihr die Münzen versteckt?«

Wieder murmelte der Bucklige etwas Unverständliches. Bastian lockerte seinen Griff, um ihn besser zu verstehen.

»Haltet ein, mein Junge!« Pfarrer Johannes hievte sich völlig außer Atem vom Pferd. »Ihr könnt ihm nicht einfach die Kehle durchschneiden.«

Johannes' Appell prallte an Bastian ab. »Gilig wollte uns gerade etwas verraten«, stieß er mühsam hervor.

»Die Münzen sind im Lager. Ich zeige sie Euch, aber bitte tut mir nichts!« Giligs verzweifeltes Kreischen brachte Bastian zur Vernunft. Ohne Vorwarnung lockerte er seinen Griff und der Bucklige taumelte benommen zur Seite.

»Hier entlang, mein Freund!« Bastian ließ Gilig passieren und blieb ihm dicht auf den Fersen. Pfarrer Johannes folgte ihnen. Sie liefen durch die Vollmondnacht in Richtung Norden, denn das Lager des Schmiedes befand sich am Krötschenturm, der nordwestlichsten Ecke von Zons.

»Öffnet die Pforte!« Bastians Tonfall ließ keinen Zweifel an seiner Entschlossenheit. Der Bucklige fummelte nervös in seiner Hose herum und zog schließlich mit zitternden Fingern einen Schlüssel hervor. Dann ging er auf den Holzverschlag zu und öffnete die Tür auf der linken Seite. Bastian stockte. Das also hatte er die ganze Zeit im Hinterkopf gehabt. Das Lager hatte zwei Türen. Hinter der kleinen, unscheinbaren Öffnung hätte Bastian niemals etwas vermutet. Er schob Gilig beiseite und betrat den Verschlag. Der Raum war so niedrig, dass Bastian sich ducken musste. Gilig holte eine Kerze hervor und zündete sie an. Der flackernde Lichtschein tanzte auf den kahlen Wänden und huschte über den Lehmboden. Der Bucklige senkte abrupt das Haupt, den Blick starr auf den Boden gerichtet. Pfarrer Johannes bekreuzigte sich. Bastian holte tief Luft und schüttelte ungläubig den Kopf.

Das Lager war leer.

* * *

Tränen standen in den Augen des jungen Mannes, der vor einer hageren Gestalt mit einem Dolch in der Hand kniete. Trotzig reckte Jakob Honrath, der Sohn des ermordeten Schmiedes, das Kinn in die Höhe und zerrte an den Fesseln, die seine Hände auf dem Rücken zusammenhielten. Eine Faust landete in seinem Gesicht und Bluttropfen rannen aus der aufgesprungenen Lippe über sein Kinn.

»Es fehlt ein halber Sack Goldgulden. Wo hat Euer Vater ihn versteckt?«

Wütend zischte Jakob: »Hättet Ihr ihm nicht das Leben genommen, könnte er Euch jetzt eine Antwort geben!«

Ein erneuter Fausthieb traf Jakobs Nase. Der Knochen knirschte und Blut spritzte durch den Raum.

»Wo ist das Gold?«

Jakob schwieg. Erneut sauste die Faust auf ihn nieder.

»Sagt mir, wo die Gulden sind oder Ihr folgt Eurem Vater in die Hölle!«

»Ich weiß es nicht! Aber ich werde Bastian Mühlenberg von der Münzfälschung berichten. Darauf steht die Todesstrafe.«

Diesmal traf ihn ein Tritt in den Unterleib. Jakob Honrath krümmte sich vor Schmerzen.

»Ihr meint den großen Blonden von der Stadtwache?«

Jakob nickte.

»Der hat vor ein paar Tagen auf unserem Schiff herumgeschnüffelt.« Die Stimme kam aus dem Hintergrund.

»Ich weiß«, zischte der hagere Mann. Er hatte bereits

versucht, den großen Blondschopf von der Stadtwache aus dem Weg zu räumen, war ihm dafür extra einen halben Tagesritt bis ins Kloster Brauweiler gefolgt. Doch der Bursche hatte wohl einen Schutzengel bei sich gehabt. Der für ihn bestimmte Giftpfeil war im Hals eines dicken Mönchs gelandet, weil Bastian sich im entscheidenden Moment zufällig gebückt hatte.

Der hagere Mann schüttelte wütend den Kopf. Nur um ein Haar war er Bastian Mühlenberg entkommen! Der Bursche war flink wie ein Wiesel und hatte es geschafft, ihm im letzten Augenblick die Kutte vom Leib zu reißen. Um Mühlenberg würde er sich noch kümmern müssen, aber erst einmal musste er das Problem mit dem aufsässigen Sohn des Schmiedes regeln. Zum Münzmeister taugte er nicht und er hatte offensichtlich auch keine Ahnung, wohin das Gold verschwunden war. Wenn er schon seine Gulden nicht wiederbekam, würde er sich von Jakob nicht in Schwierigkeiten bringen lassen. Auch er selbst war nur ein Glied in einer langen Kette aus Verschwörungen und sein Leben hing davon ab, die Goldgulden zu liefern und die Mitwisser zum Schweigen zu bringen.

»Könnt Ihr schreiben?« Jakob verneinte.

Der hagere Mann riss seinen Kopf nach hinten und griff mit einem groben Leinentuch tief in den Hals des jungen Mannes. Dieser wehrte sich mit aller Kraft und stieß in Panik unverständliche, kaum mehr menschliche Laute aus. Der hagere Mann zückte seinen Dolch und schnitt ihm brutal die Zunge aus dem Hals. Der würde nicht mehr reden! Schon gar nicht mit Bastian Mühlenberg.

»Schafft ihn hier raus, bevor ich es mir anders überlege und ihm auch noch die Kehle durchschneide!«

* * *

Bastian starrte immer noch ungläubig in das leere Lager. Der bucklige Gilig wollte ihn tatsächlich an der Nase herumführen. Am liebsten hätte er Gilig sofort in den Juddeturm geworfen. Nur die Anwesenheit von Pfarrer Johannes hielt ihn zurück.

»Wo sind die Münzen?« Bastians Stimme hatte einen drohenden Unterton.

Der Bucklige war immer noch starr vor Schreck. Offensichtlich war er genauso überrascht wie Bastian und Pfarrer Johannes. Hilflos zuckte er mit den Schultern. »Ich schwöre Euch, dass das Lager gestern noch voll war. Die Säcke waren bis unters Dach gestapelt.«

»Ich glaube Euch kein Wort, Gilig Ückerhoven! Sagt mir die Wahrheit oder Ihr landet auf der Stelle im Juddeturm!«

Der Bucklige fiel vor Bastian auf die Knie und wimmerte. »Ich schwöre bei Gott. Ich weiß es nicht. Reinhard Nolden ist mein Auftraggeber. Für ihn schaffe ich die Münzen aufs Schiff. Vielleicht hat er die Säcke wegbringen lassen. Bitte tut mir nichts!«

Reinhard Nolden, der Bruderälteste der St.-Sebastianus-Schützenbruderschaft, steckte also doch hinter den Münzfälschungen. Bastian fühlte eine eisige Kälte in sich aufsteigen. Er würde ihn in den Juddeturm werfen und anschließend dem Henker übergeben. Bastian überlegte fieberhaft, wie er am geschicktesten vorgehen könnte. Um den Bruderältesten zu stellen, brauchte er die Münzen. Sie waren sein Beweismittel, ohne das Reinhard Nolden einfach alles abstreiten konnte. Gilig würde keinen tauglichen Zeugen vor dem Schöffengericht abgeben.

Einem ersten Impuls folgend, wollte Bastian den Buckligen für die Nacht in den Juddeturm sperren. Doch dann überlegte er es sich anders.

»Ihr könnt gehen! Aber vergesst unsere Begegnung und benehmt Euch wie immer. Wenn Ihr Reinhard Nolden auch nur ein Sterbenswörtchen verratet, landet Ihr im Juddeturm und ich werde persönlich dafür Sorgen, dass Euer Kopf in der Schlinge des Henkers endet.« Bastian stieß Gilig unsanft von sich und bedeutete ihm zu verschwinden.

Der Bucklige ließ sich das nicht zweimal sagen und rannte in Windeseile davon. Er lief, ohne ein einziges Mal zu humpeln. Ohne sie bewusst wahrzunehmen, speicherte Bastians Gehirn diese Szene ab.

»Warum habt Ihr ihn gehen lassen?« Pfarrer Johannes wirkte verstört.

»Ich brauche die Goldgulden. Ohne sie wird Reinhard Nolden sich herausreden. Wir haben nichts außer diesem leeren Lager und der Aussage eines Buckligen.« Der Pfarrer lächelte. »Ihr seid ein schlauer Junge! Aber versprecht mir eines: Lasst die Männer des Erzbischofs nicht aus den Augen! Ich möchte Euch nicht unnötig in Gefahr wissen. Seine Häscher sind gefährlich.«

* * *

Die Nacht verbrachte Bastian unruhig in seinem Bett. Er träumte von gefälschten Münzen, mit der die St.-Sebastianus-Bruderschaft neuen Ruhm erlangte und er träumte vom Erzbischof, der in kostbare Gewänder gekleidet eine Predigt hielt und ihn ermahnte, nicht weiter nach der Lösung des Rätsels zu suchen. Gottes Wege seien unergründlich.

Im nächsten Moment tauchte die Leiche des Schmiedes auf. Bastian ging näher heran und plötzlich öffnete der Tote die Augen. Er schreckte zurück und lief in den Wald hinein. Erst auf einer Lichtung, die wunderschön von der Herbstsonne angestrahlt wurde, machte er halt. Die bunten Blätter rauschten im Wind und Bastian fühlte, wie sein Herzschlag sich beruhigte. Er setzte sich unter einen Baum. Die Zwillinge August und Christan erschienen in seinem Blickfeld. Sie tollten mit einem jungen Hundewelpen herum. Bevor er sich versah, zerfiel der Hund zu einer einzigen Fleischmasse. Wie aus heiterem Himmel verwandelte er sich in ein blutiges Bündel aus stinkendem Fleisch und zerzaustem Fell. Bastian schreckte hoch.

Einer der Zwillinge stand jetzt direkt vor ihm. Bastian wusste nicht, ob es Christan oder August war. Er wirkte blass und schmächtig. Aus seinen Augen strahlte so viel jugendliche Unschuld, dass Bastian den Blick nicht abwenden konnte. Währenddessen verschwanden plötzlich die Lichtung und der tote Hundewelpe. Der Zwilling und er befanden sich jetzt an einem anderen Ort. Bastian war schon einmal dort gewesen. Der Traum verschwamm. Unruhig wälzte er sich im Bett umher. Dann erkannte er den Ort wieder.

Er schritt mit dem Zwilling jenen Gang entlang, in dem er Annas Mutter bereits gesehen hatte. Abermals bewunderte er die herausragende Handwerkskunst, die es schaffte, so glatte weiße Wände und einen Boden aus dunklem Wasser zu bauen. Der Zwilling legte eine Hand auf seine Schulter. Bastian drehte sich um und blickte in seine grünen Augen. Der Zwilling war gealtert. Mindestens um zehn Jahre, doch Bastian konnte ihn zweifelsfrei erkennen. Eine weitere Hand legte sich auf seine Schulter. Bastian erstarrte, es war die Hand einer Frau. Er drehte sich um und ein weiteres Paar grüner Augen blickte ihn an. Anna!

XI

GEGENWART

Grüne Augen in einem blassen Gesicht bannten Emilys Blick, während sie versuchte, sich auf die Worte des Professors zu konzentrieren. Ein großer Stapel von Kopien lag auf seinem Schreibtisch. Anna hatte gemeinsam mit Emily das halbe Stadtarchiv auf den Kopf gestellt. Bastian Mühlenberg war vor über fünfhundert Jahren, bei der Suche nach dem Mörder des Zonser Schmiedes, auf eine Münzfälscherbande gestoßen. Er hatte, wie bei jedem Mord, den er analysierte, Notizen angefertigt. Leider waren sie diesmal nicht ganz so umfangreich wie bei vorangegangenen Serienmorden. Erstaunlicherweise hatte er große Teile seiner Aufzeichnungen unkenntlich gemacht. Dicke Tintenkleckse und Linien verwehrten dem Leser den Blick auf seine Gedanken. Es war, als wollte er im Nachhinein seine Geschichte geheim halten. Selbst Emilys Freundin Anna konnte sich diesmal keinen Reim darauf machen. Wenigstens waren die Taten selbst und die aufgefundenen Opfer relativ detailliert beschrieben. Emily war gespannt, ob Professor Morgenstern damit etwas anfangen konnte.

»Hören Sie mir überhaupt zu?«

Der Satz drang nur langsam zu ihr durch. Emily brauchte einige Sekunden, um den Sinn zu verstehen und ihre Gedanken zu ordnen. »Ja, natürlich.« Sie zwinkerte ein paar Mal. »Ich muss mich entschuldigen. Ich kann einfach nicht glauben, dass Adrian Helmhold so gefährlich ist, wie Sie ihn geschildert haben.«

Professor Morgenstern zog das Foto zu sich heran und betrachtete es. »Sein Äußeres scheint Sie ja sehr zu faszinieren.« Er blickte sie durchdringend an. Emily schlug die Augen nieder. Der Professor machte sie auf eine unheimliche Art nervös. Hinter seinen Augen verbargen sich Geheimnisse. Dessen war sie sich plötzlich ganz sicher.

»Ich finde, er sieht so unschuldig aus. In seinem Gesicht kann man keine Falten erkennen, die sich sonst in die Haut eingraben. Ich denke da an die Zornesfalte zwischen den Augenbrauen oder heruntergezogene Mundwinkel.«

Professor Morgenstern grinste sie an und legte eine Hand auf ihren Unterarm. Kaum merklich zuckte Emily zusammen. Seine Berührung war wie ein Stromschlag. Er löste die rote Alarmlampe in ihrem Inneren aus. Sie wünschte sich, dass Anna bei ihr wäre. Doch die musste heute arbeiten.

»Worüber wollen wir uns unterhalten? Über Adrian Helmhold oder über einen historischen Psychopathen?« Professor Morgenstern machte eine Pause und nahm seine Hand betont langsam von ihrem Unterarm. Emily kam sich vor wie in einem Verhör. Ihre Gefühle schwankten zwischen Unbehagen und Neugier.

»Ich sollte mich wirklich mehr konzentrieren, nicht wahr?« Sie versuchte, dem Blick des Professors standzuhalten. »Denken Sie, dass der Schmied, Matthias Honrath, von einem Psychopathen ermordet wurde?«

Professor Morgenstern blätterte durch die Unterlagen. »Ich denke, dass zumindest zwei der hier beschriebenen Fälle von ein und demselben Täter ausgeführt wurden.«

Emilys ganzer Körper spannte sich merklich an. »Sie meinen das verbrannte Bettelweib und den Schmied?«

Der Professor schüttelte den Kopf. »Nein, ich meine die abgetrennten Finger des Knaben Tilmann und den Schmied.« Er breitete die Blätter vor ihr aus.

»Sehen Sie hier. Unser Täter beginnt mit Kleinigkeiten. Vor dem Krötschenturm wurden immer wieder Tierreste gefunden. Kurze Zeit darauf passierte das Unglück mit den Fingern des Knaben und dann haben wir unsere erste Leiche. Das ist ein typisches Muster. Der Täter entwickelt seine grausamen Fantasien und die Methoden, um diese zu befriedigen, immer weiter. Ein Psychopath liebt Kontrolle und Macht. Er tötet seine Opfer meist nicht sofort, weil er sie kontrollieren will. Er fügt ihnen Verletzungen zu, die zunächst nur Schmerzen bereiten, jedoch nicht lebensgefährlich sind. Die abgetrennten Finger sind für mich ein typisches Zeichen. Auch die Leiche des Schmiedes wies verschiedene Verletzungen auf. Er hatte Würgemale am Körper, war zur besseren Kontrolle gefesselt und die Leiche wies diverse Schnittwunden auf.«

Er blätterte weiter in den Unterlagen. »Ob das

verbrannte Bettelweib demselben Täter zum Opfer fiel, weiß ich nicht. Das Einzige, was darauf hindeutet, sind die vielen Hundewelpen, die in der verbrannten Hütte gefunden wurden. Dies spricht wiederum für ein psychopathisches Profil. Ich könnte schwören, dass er die Tiere zuerst getötet hat, um seinem Opfer die größtmögliche Angst einzujagen und um ihm zu zeigen, dass er die Situation vollständig unter Kontrolle hat. Je länger ich nachdenke, desto sicherer bin ich mir, dass es sich um einen einzigen Täter gehandelt hat. Wissen Sie denn, wer es war?«

Emily schüttelte bedauernd den Kopf. »Leider nein, diese Unterlagen hier sind alles, was ich gefunden habe. Aus ihnen geht nur hervor, dass ein Buckliger namens Gilig Ückerhoven im Juddeturm gelandet ist.«

Professor Morgenstern blätterte weiter. »Nun, der Name ist letztendlich unwichtig. Ich denke, Sie können diese Morde als Beleg für das Vorkommen von psychopathischen Mördern im Mittelalter ruhig verwenden und auf mein Gutachten verweisen.« Er lächelte einnehmend. »Oh, was sind das hier für Münzen?«

Er hielt Emily eine farbige Kopie mit Gold- und Silbergulden vor die Nase. Sie winkte ab. »Das sind die Fälschungen, die damals in Zons angefertigt wurden. Der Schmied war daran beteiligt.«

Professor Morgenstern war fasziniert. »Sehr interessante Arbeiten. Sie dürften heute viel Geld wert sein. Diese hier kommt mir bekannt vor.« Er rieb sich das Kinn. Irgendwo hatte er diese Goldmünze schon einmal gesehen. Er konnte sich nicht mehr erinnern, wo das war und schüttelte nachdenklich den Kopf. »Nun gut, ich hoffe, ich habe Ihnen fürs Erste weitergeholfen. Wenn Sie noch Fragen haben, kommen Sie gerne wieder!« Er grinste und begleitete Emily, die rasch die Unterlagen zu einem Haufen stapelte und anschließend in ihrem Rucksack verschwinden ließ, zu seiner Bürotür.

* * *

Das Handy von Kommissar Oliver Bergmann klingelte schrill. Er hatte gerade die Kinderwunschklinik der Universität zu Köln verlassen und war auf dem Weg zu seinem Partner Klaus. Der Name im Display ließ ihn erstarren. Hans Steuermark. Der hatte ihm gerade noch gefehlt. Es konnte nichts Gutes bedeuten, wenn sein Chef ihn um diese Tageszeit anrief. Sicher war sein Fehlen in Frankfurt an der Oder schon aufgefallen und jetzt wollte Steuermark ihn endgültig suspendieren. Olivers Herz raste, während das Telefon immer weiter klingelte. Dann gab er sich einen Ruck und nahm ab.

»Bergmann! Gott sei Dank! Ich dachte schon, Sie stecken im Funkloch. Ich habe gute Neuigkeiten für Sie. Ab morgen beginnt Ihr Dienst wieder bei mir in Neuss.«

Oliver schluckte ungläubig. »Sind Sie sich sicher?«

»Sie haben Mist gebaut, das ist gar keine Frage. Und wenn Sie das noch einmal tun, dann versetze ich Sie zurück in den Streifendienst. Aber wir haben es hier mit einem gefährlichen Serientäter zu tun und ich kann Ihre Kollegin Petra Ludwig nicht ganz alleine auf diesen Fall ansetzen. Der Polizeidirektor persönlich hat mir grünes

Licht gegeben. Das Untersuchungsverfahren wird vermutlich eingestellt. Also packen Sie und kommen Sie auf dem schnellsten Weg zurück ins Revier!«

»Und was ist mit meinem Partner?«

»Den bringen Sie mit. Für ihn gilt das Gleiche!«

Oliver traute seinen Ohren nicht. Sie waren gerettet. Alles würde wieder gut werden. Emily würde sich wahnsinnig freuen. Er holte tief Luft und sagte: »Um ganz offen zu Ihnen zu sein, ich befinde mich gerade in Köln und könnte bereits in einer Stunde wieder in Neuss sein.« Steuermark schien sich über Olivers plötzlichen Ortswechsel nicht zu wundern. Zumindest fragte er nicht weiter nach. »Also gut, Bergmann. Dann in einer Stunde in meinem Büro!« Es klickte in der Leitung und das Gespräch war beendet.

Oliver setzte sich auf die nächste Parkbank. Diese unerwartete Wendung musste er erst einmal verkraften. Er spürte, wie die Endorphine durch seine Blutbahn rasten und ihm fast schwarz vor Augen wurde. Eine riesige Last fiel von seinen Schultern. Er musste unbedingt Emily anrufen. Er hatte sie so vermisst! Seine Finger drückten auf die Kurzwahltaste seines Handys. Die Mailbox meldete sich und Oliver legte ohne eine Nachricht zu hinterlassen auf. Er wollte unbedingt mit ihr direkt sprechen. Sie war so wütend über seine Versetzung gewesen, dass Oliver sich echte Sorgen über den Fortbestand ihrer Beziehung gemacht hatte. Doch jetzt würde alles wieder in Ordnung kommen. Er probierte es noch einmal, hatte aber keinen Erfolg.

* * *

Er war nicht ihr Mann! Das hatte sie im Urin. Petra Ludwig beäugte ihr Gegenüber. Ronny Hammerschmidt war ein spießiger Langweiler. Er sprach durch die Nase und hatte eine unnatürlich hohe Stimme. Für einen Moment kam ihr der Gedanke, ob er und seine Frau eine künstliche Befruchtung hatten vornehmen lassen, weil er keinen Sex mit ihr wollte.

Petra ärgerte sich innerlich über die vermutlich verschwendete Zeit. Sie hatte Stunden damit zugebracht, seine Aufenthaltsorte der letzten Jahre mit Fundorten von Leichen abzugleichen. Ihre Suche ergab keinen Treffer. Bis auf seinen Aufenthalt in St. Paul vor einem Jahr gab es keinen weiteren Vorfall, mit dem man Ronny Hammerschmidt in Verbindung bringen konnte. Jetzt, wo er leibhaftig vor ihr saß, wusste sie auch warum. Dieser Mann war kein Mörder!

Er erzählte ihr jetzt seit über einer Stunde, wie glücklich er mit seiner Frau und den Zwillingen war. Jeden seiner Auslandsaufenthalte führte er bis ins kleinste Detail aus. Dabei vergaß er nicht einmal, den Trennungsschmerz zu erwähnen, der ihn jedes Mal heimsuchte, wenn er ohne seine Frau unterwegs war. Gelangweilt starrte Petra auf ihr Vernehmungsprotokoll. Noch zwei Fragen, dann war sie erlöst.

Die Tür zum Vernehmungsraum öffnete sich. Verdutzt drehte sich Petra um. Im Türrahmen stand Oliver Bergmann. Sie zwinkerte zweimal, um sicherzugehen, dass sie keine Halluzinationen hatte - aber er war es leibhaftig.

»Entschuldigen Sie mich für einen Moment«, unterbrach sie Ronny Hammerschmidt, der gerade ausführlich von seinem letzten USA-Besuch berichtete. Sie drückte Oliver aus der Tür hinaus in den Flur. »Wie sind Sie so schnell hierhergekommen?« Erstaunt beobachtete sie, wie er rot anlief. Sie hatte ihn cooler in Erinnerung.

»Ich war schon längst zurück, als der Anruf von Steuermark mich erreichte.« Er verdrehte die Augen und zuckte mit den Schultern.

Petra grinste. Also war er doch immer noch der Alte, stellte sie beruhigt fest.

»Hören Sie, ich weiß, dass Sie mich für eine überkandidelte Zicke halten, die unaufhörlich an Ihrem Stuhl sägt und Ihren Partner auf dem Gewissen hat. Aber es würde mich wirklich sehr freuen, wenn wir zusammen an diesem Fall arbeiten könnten.«

Oliver schüttelte sichtlich bestürzt den Kopf. »Nein, das tue ich nicht! Wirklich nicht!« Zur Bekräftigung hielt er ihr seine Hand hin. »Als Erstes sollten wir uns auf das Du einigen! Ich bin Oliver.«

Petra schlug ein. Ihr fiel ein Stein vom Herzen. In den letzten Tagen fühlte sie sich so überfordert und von ihren männlichen Kollegen ignoriert, dass sie wirklich froh war, in die ehrlichen Augen von Kommissar Oliver Bergmann zu blicken. Es gab doch jemanden, der freiwillig mit ihr zusammenarbeiten wollte.

»Wie weit bist du mit dem Verhör?«, fragte Oliver, um diese peinliche Situation zu beenden. Er hatte Petra immer für knallhart gehalten. Dass sie sich so freute, mit ihm zusammenzuarbeiten, berührte ihn und gleichzeitig war es ihm irgendwie unangenehm.

»Mein Bauchgefühl sagt mir, dass er es nicht war.«

»Aber er war der letzte Freier von Sophia Koslow. Hast du schon mal nach seinen Besuchen bei ihr gefragt?«

Petra lief rot an. »Nein, das hatte ich ganz vergessen.«

»Macht nichts, das habe ich herausgefunden, bevor du den Fall übernommen hast. Vielleicht hat er einfach nur ausgefallene Sexfantasien, die er bloß bei einer Prostituierten ausleben konnte.«

Petra schürzte die Lippen. »Er kommt mir jedenfalls merkwürdig vor. Dass er bei Sophia Koslow war, spricht für sexuelle Sonderwünsche, aber ich halte ihn trotzdem nicht für unseren Mann.« Petra machte eine Pause und fügte dann hinzu. »Obwohl er von seiner körperlichen Statur her schon durch einen Lüftungsschacht passen würde.«

Oliver zog erstaunt die Augenbrauen hoch. Petra erklärte ihm, dass der Mörder von Professor Neuhaus durch den Lüftungsschacht in das Büro eingedrungen war, um den Überwachungskameras zu entgehen. Es musste sich bei dem Täter also um eine sehr schlanke Person, vielleicht sogar eine Frau handeln.

»Wusstest du, dass Ronny Hammerschmidt seine Kinder mit Hilfe künstlicher Befruchtung gezeugt hat?« Oliver wollte nachlegen, doch erstaunt stellte er fest, dass Petra nickte.

»Ja, Herr Kullmann von der Klinikverwaltung hat es mir gesagt. Er hat mir direkt einen Computerausdruck der Behandlungen mitgegeben. Ich habe mich auch erkundigt, ob die Kinder gesund sind. Das wäre ja ein echtes Tatmotiv, wenn etwas schief gegangen wäre. Aber die Zwillinge sind wohlauf. Das habe ich extra recherchiert. Die Behandlung verlief bestens und nach heutigem Kenntnisstand wurde auch niemand vertauscht. Uns fehlt daher immer noch das Motiv.«

Oliver war schwer beeindruckt. Wie mühsam hatte er diese Information recherchieren müssen, die sie da einfach so herausplapperte. Er lächelte.

»In Ordnung, dann fragen wir Ronny Hammerschmidt jetzt einfach, was er bei der Prostituierten Sophia Koslow zu suchen hatte.«

* * *

Kevin war fasziniert. In der Pathologie hatte er gelernt, wie einfach es war, Blutgefäße abzuklemmen. Obwohl die weiße Maus vor ihm nur noch zwei Beine und keinen Schwanz mehr hatte, lebte sie weiter. In der freien Natur wäre sie verblutet, aber Kevin war in der Lage, sie am Leben zu erhalten. Er fragte sich, ob sie Schmerzen litt. Seine Augen wanderten zum Futternapf. Er war leer. An Appetitlosigkeit schien die Maus jedenfalls nicht zu leiden. Er zog ein dünnes Stromkabel hervor und schaltete ein. Vorsichtig tippte er mit seinen Fingerkuppen an das offene Ende, aus dem die kupfernen Drähte heraushingen. Ein leichtes Kribbeln fuhr durch seine Hand. Er regelte den Strom herunter und prüfte die Stärke des Stromschlages erneut. Das Kribbeln war kaum mehr als ein sanfter Lufthauch. Diese Stärke sollte für die weiße Maus genau richtig sein. Ein teuflisches Grinsen erschien auf Kevins Gesicht. Nervös leckte er sich die Lippen, während er den Draht immer dichter an das Tier heranführte.

Die Nase der Maus bewegte sich hektisch und ihre Kulleraugen platzten fast, als der Stromschlag sie erwischte. Kevin genoss diesen Anblick. Er wartete einige Sekunden, bevor er sie erneut berührte. Panisch versuchte die Maus, auf ihren zwei Beinen zu entkommen. Sie vollführte krampfende Bewegungen auf dem zerknitterten Zeitungspapier in ihrem Käfig und kroch bäuchlings mit den Gliedmaßen rudernd vorwärts. Peng! Abermals ging ein Stromschlag durch ihren Körper. Kevin lachte erregt und drehte den Strom ein kleines bisschen mehr auf. Das sollte das Biest verkraften, dachte er und leckte sich wiederholt über die trockenen Lippen. Er ließ sie noch ein paar Zentimeter weiter vorwärts kriechen und hielt den Draht direkt vor ihre Nase. Sie sollte den Schmerz kommen sehen. Peng! Ihr Körper zuckte erneut und Kevin fühlte sich wie Gott.

Dann lag sie plötzlich still da, die Augen weit aufgerissen. Verdammt, sie war tot. Er hatte es übertrieben. Wütend warf er den Draht weg. Mist! Er hatte die Maus so gut präpariert, jetzt würde er eine Neue vorbereiten müssen.

* * *

Bettina Winterfeld schlüpfte aus ihrem weißen Schwesternkittel und hängte ihn in einem grauen Spind auf. Der Duschraum für die Schwestern war nicht besonders schön, aber wenigstens sauber. Bettina duschte gerne nach der Arbeit, insbesondere dann, wenn sie eine anstrengende Nachtschicht hinter sich hatte.

Sie warf das Handtuch über einen Plastikhocker und drehte die Dusche auf. Ein angenehm warmer Wasserstrahl prasselte auf die weißen Kacheln und mit einem wohligen Seufzer ließ sie sich ihren verspannten Nacken vom Wasser massieren. Sie schloss die Augen. Es war jetzt fünf Uhr morgens und sie sehnte sich nach ihrem Bett.

Die Nachtschicht hatte sie heute zum ersten Mal wieder in der roten Etage verbringen müssen. Seit dem Vorfall mit Adrian Helmhold war die Angst vor einer erneuten Unvorsichtigkeit ihr ständiger Begleiter. Das Wasser lief warm über ihr Gesicht und Bettina fühlte, wie sie sich langsam entspannte. In dieser Nacht war ihre Schicht ruhig verlaufen.

Alle zwei Stunden lief sie ihre Runden und kontrollierte die Patienten. Sie war mit einer Taschenlampe und einem Schlüsselbund ausgerüstet. Die Taschenlampen waren vor zwei Jahren eingeführt worden, weil sich die Patienten über die ständigen Störungen ihrer Nachtruhe während der Rundgänge beschwert hatten. Seitdem öffnete die Nachtschicht die Türen leise und verzichtete darauf, das Deckenlicht in den Zimmern einzuschalten. Nur mit dem schwachen Lichtstrahl der Taschenlampe kontrollierten sie, ob der Patient im Bett lag und schlief.

Die Türen waren von außen durch eine Kette gesichert, damit niemand hinter der Tür lauern und diese von innen aufreißen konnte. Da diese Sicherheitsvorkehrung lästig war, wurde sie nur allzu oft vergessen, weshalb die

Kontrollen immer zu zweit durchgeführt wurden. Heute Nacht begleitete sie Nils Wengler, der Pfleger, der ihr bei dem Überfall geholfen hatte. In seiner Gegenwart fühlte sie sich seitdem sicherer als mit anderen Kollegen.

Bettina drehte sich um und griff nach der Seife. Ein kalter Luftzug fuhr plötzlich durch den Raum und zauberte eine Gänsehaut auf ihre nackte Haut. Verwundert öffnete sie die Augen. Hatte sie vergessen, die Tür zu schließen? Der Luftzug verschwand und Bettina überließ sich wieder den wärmenden Wasserstrahlen, die gleichmäßig über ihren Körper flossen. Das Gitter des Lüftungsschachtes, welches auf der anderen Seite des Raumes angebracht war, vibrierte. Doch Bettina hatte die Augen längst wieder geschlossen und nahm nichts außer der Wärme des Wassers wahr.

Zehn Minuten später stand sie vollständig bekleidet im Umkleideraum des Schwesternzimmers und wollte gerade die Tür zum Flur öffnen, als sie ein Geräusch hörte. Ob das Nils Wengler war, der sich im Nebenraum ebenfalls duschen wollte? Sie öffnete die Tür einen Spaltbreit und lauschte. Der Flur war dunkel. Um diese Uhrzeit spendete nur eine energiesparende Notbeleuchtung Licht für die Angestellten der psychiatrischen Klinik. Da Bettina nichts hören konnte, schlich sie auf Zehenspitzen zum Nachbarraum und klopfte leise. »Nils? Sind Sie noch da?«

Keine Antwort. Bettina drückte die Klinke herunter. Die Tür war verschlossen. Nils war schon weg. Sie hatte lange geduscht, wahrscheinlich lag er längst im Bett und schlief. Bettina drehte sich um und wollte in Richtung Ausgang laufen, als sie erneut ein Geräusch hörte. Es war eine Stimme. Ob der Psychopath aus der roten Etage wieder zählte? Bettina blickte durch ein Fenster nach draußen. Es regnete nicht. Mittlerweile hatte sie herausgefunden, dass Adrian Helmhold immer dann laut zählte, wenn es regnete. Offenbar hatte er ein Problem mit den Regentropfen, die auf sein Dachfenster prasselten. Er konnte dieses Geräusch nicht ertragen. Bettina wunderte sich. Sie befand sich im Erdgeschoss der Klinik und die rote Etage war fünf Geschosse über ihr. So weit entfernt würde sie seine Stimme sicher nicht hören können. Und es regnete ja nicht einmal.

Wieder drangen undeutlich Worte an ihr Ohr. Sie kamen aus der ersten Etage. Dort waren die Büros untergebracht. Aber wer sollte um diese Uhrzeit arbeiten? Bettina ging vorsichtig die Treppe hinauf und betrat den Flur. Sofort fiel ihr ein schmaler Lichtstrahl ins Auge. Er kam aus dem Büro von Professor Morgenstern, dessen Tür nur angelehnt war. Aus dem Raum war jetzt ganz deutlich eine Männerstimme zu vernehmen.

»Das hättest du nicht tun sollen! Kannst du nicht aufpassen?« Die Stimme klang scheidend, bösartig.

Bettina setzte ängstlich einen Fuß vor den anderen. Sie wollte wissen, wer dort in diesem Büro war. Eine innere Stimme riet ihr, auf der Stelle zu verschwinden, doch ihre Neugier trieb sie direkt auf das Licht zu. Mit rasendem Herzen neigte sie den Kopf und warf einen Blick in das Büro.

Professor Morgenstern stand mit nacktem Oberkörper vor einem Spiegel und schnitt sich mit einem Messer die Haut auf. Blut lief in mehreren Rinnsalen über seinen

Oberarm und tropfte auf die graue Anzughose, die er immer noch trug. Bettina unterdrückte einen Schrei und drehte sich auf der Stelle um.

»Ist dort jemand?« Professor Morgensterns Stimme klang jetzt drohend. Doch Bettina war schon am unteren Ende der Treppe angekommen und lief barfuß auf den Ausgang zu. Ihre Schuhe hatte sie in die Hand genommen, damit er ihre Schritte nicht hören konnte. Bettinas Herz beruhigte sich erst, als sie in ihrem Wagen saß und den Motor anließ. Sie verriegelte die Türen von innen und fuhr ohne Licht los, um nicht gesehen zu werden. Erst als der Wagen in die Landstraße einbog, schaltete sie die Scheinwerfer ein. Bettina zitterte. Wie in einer Endlosschleife kreiste eine einzige Frage durch ihr Gehirn: War das wirklich Professor Morgenstern, den sie gerade beobachtet hatte?

Klaus Gruber malte sorgfältig Linien auf das Whiteboard, das in seinem Büro an der Wand hing. Er schaute auf die Uhr. Oliver Bergmann musste jede Sekunde hier eintreffen und bis dahin wollte er die wichtigsten Eckdaten der Ermittlung notiert haben. Sie hatten einen Hauptverdächtigen, der gerade verhört wurde: Ronny Hammerschmidt. Klaus umrandete den Namen mit einer roten Linie. Er hatte eindeutige Verbindungen zu allen drei Opfern. Er war Stammkunde bei Sophia Koslow und er hatte seine Kinder durch künstliche Befruchtung mit Hilfe von Professor Neuhaus und Hans-Peter Mundscheit zeugen lassen. Des Weiteren war er genau zu jenem Zeitpunkt vor gut einem Jahr in St. Paul in den USA gewesen, als dort ein ähnlich brutaler Mord an einer Prostituierten begangen wurde. Am Ende dieser logischen Kette fehlte jedoch etwas ganz Entscheidendes: Für keinen der drei Morde hatte Hammerschmidt ein Motiv. Klaus malte eine dicke Wellenlinie mit einem Blitz auf das Whiteboard. Sie waren nicht auf der richtigen Fährte.

Die Bürotür öffnete sich und Oliver Bergmann trat gemeinsam mit Petra Ludwig ein. Klaus biss sich auf die Zunge. Er konnte dieses Karrierebiest eigentlich nicht ausstehen, aber die Vertrautheit, die zwischen ihr und Oliver zu herrschen schien, ließ ihn schweigen.

»Klaus!«, Oliver strahlte über das ganze Gesicht. »Mensch ist das schön, dich in diesen farblosen Gemäuern wieder zu sehen.« Sein Blick wanderte zum Whiteboard und er grinste. »Ohne diese Tafel wäre dein Leben nicht perfekt, richtig?« Oliver erinnerte sich noch genau, wie Klaus dieses Whiteboard angeschleppt hatte. Er hatte die Kommunikation zwischen ihnen verbessern wollen. Oliver hasste diese Dinger eigentlich und machte sich lieber Notizen in einem Buch, aber heute hatte er nichts daran auszusetzen. Er war einfach nur froh, wieder hier zu sein.

Petra Ludwig begrüßte Klaus mit einem kurzen Kopfnicken und stellte sich vor die weiße Tafel. Sie nahm einen Stift zur Hand und schrieb zehn weitere Namen auf.

»Was bedeuten diese Namen?«, fragte Klaus.

Petra antwortete nicht sofort. In fetten Buchstaben schrieb sie »Analverkehr« über die Linie, die die Verbindung zwischen Ronny Hammerschmidt und Sophia

Koslow kennzeichnete. Klaus riss die Augen auf und blickte unsicher zu Oliver hinüber. Dieser grinste. »Das ist der Grund, warum Ronny Hammerschmidt regelmäßig in den Puff ging. Er hat uns erzählt, dass seine Frau keine Lust darauf hatte.« Er tippte mit dem Finger auf das Wort, welches Petra Ludwig gerade auf die Tafel geschrieben hatte.

»Die zehn Namen an der Wand gehören zu Studenten, die am Tag der Ermordung von Professor Neuhaus an einer Leichensektion teilgenommen haben. Es war der einzige Kurs an diesem Tag, da alle anderen Hörsäle wegen Renovierungsarbeiten geschlossen waren.«

Die Tür ging auf und ein älterer Polizist trat ein. Petra spürte, wie sich ihr Magen zusammenkrampfte. Dieser Mann gehörte zu ihrem Recherche-Team und hatte ihr in den letzten Wochen besonders zu schaffen gemacht. Doch diesmal blickte er sie freundlich an und drückte ihr einen Stapel Papier in die Hand. Erstaunt registrierte Petra, dass er ihre Aufträge bereits erledigt hatte. Sie lächelte dankbar.

»Hier sind die Stammdaten zu allen zehn Studenten. Am besten teilen wir uns auf.« Mit diesen Worten drückte Petra ihren beiden Kollegen mehrere Blätter in die Hand.

* * *

Anna wälzte sich in ihrem Bett hin und her. Bis zum Schlafengehen hatte sie Emilys Reportage Korrektur gelesen und war mit dem Gedanken an die Münzfälscherbande eingeschlafen, die vor über fünfhundert Jahren in Zons ihre Geschäfte gemacht hatte.

Anna träumte von Bastian Mühlenberg. Sie traf ihn am Rhein, ganz in der Nähe des Zollturms. Er saß da und ließ Kieselsteine übers Wasser hüpfen. Sie setzten mehrfach auf der Oberfläche auf und hörten sich an wie dicke Regentropfen, die auf ein Fenster prallten. Anna mochte das Geräusch nicht. Trotzdem lächelte sie, als Bastian sich zur ihr umdrehte und sie mit großen tiefbraunen Augen ansah. Ihr Herz pochte aufgeregt.

Plötzlich saßen sie nicht mehr gemeinsam am Rhein, sondern standen in einer alten Schmiede. Bastian nahm sie an die Hand, während sie zusahen, wie der Schmied mit einem schweren Hammer den Prägestempel in die noch nicht abgekühlten Münzen schlug. Ein stehender Petrus mit einem Buch in der einen und dem Himmels-schlüssel in der anderen Hand war deutlich auf den Gulden zu erkennen. Bastian drückte ihr eine fertige Münze in die Hand und küsste sie dabei auf die Lippen. Dann verschwand er und Anna blieb alleine mit dem Schmied in der heißen, stickigen Werkstatt zurück.

Sie rief Bastians Namen und fand ihn auf einer herbst-lichen Lichtung im Wald wieder. Sie wunderte sich kurz, wie sie dort hingekommen war, doch dann hockte sie sich zu Bastian ins Dickicht und sah zu, wie zwei junge Burschen mit einem Hundewelpen herumtollen. Beide glichen sich bis aufs Haar. Es waren Zwillinge.

Einer von ihnen lief plötzlich auf sie zu und Anna stellte erschrocken fest, dass er aussah wie jemand, den sie kannte. Verzweifelt kramte sie in ihrem Gedächtnis. Wo hatte sie diese grünen Augen und das blasse Gesicht schon einmal gesehen? Bastian legte einen Arm um sie und führte sie von dem Burschen weg.

Plötzlich waren sie auf der roten Etage der psychiatrischen Klinik. Bastian versuchte, eine Frau davon abzuhalten, die letzte Tür auf dem Gang zu öffnen. Die Frau drehte sich um und mit Erschrecken bemerkte Anna, dass es ihre Mutter war. Die Tür flog auf und eine Gestalt stürzte sich auf sie. Anna schrie. Im letzten Moment zerrte Bastian ihre Mutter beiseite, sodass der Schlag des Verrückten ins Leere ging. Grüne Augen in einem blassen Gesicht blickten sie an und musterten sie ausgiebig.

Schweißgebadet wachte Anna auf. Sie richtete sich in ihrem Bett auf, atmete schwer und begriff erst einen Moment später, dass sie sich in der Sicherheit ihres eigenen Schlafzimmers befand. In diesem Moment fiel ihr der Name wieder ein: Adrian Helmhold. Verstört fragte sie sich, wieso sie von ihm träumte.

XII

VOR FÜNFHUNDERT JAHREN

Bastian Mühlenberg träumte von Anna. Es war derselbe Traum, den er bereits vor einigen Tage durchlitten hatte. Immer wieder öffnete sich jene Tür in einem Gang mit weißen Wänden und dem Boden, der wie dunkles Wasser wirkte. Anna war diesmal hinter ihm. Das beruhigte ihn, denn so wusste er sie in Sicherheit. Die Tür öffnete sich und ein lautes Klopfen schreckte ihn aus dem Schlaf. Verwirrt blickte Bastian sich um. Marie schlief fest neben ihm. Die Morgendämmerung hatte bereits eingesetzt. Jemand hämmerte ohne Unterlass gegen die Haustür. Schnell schlüpfte er in seine Kleider und nahm in einem Satz die Treppenstufen ins Erdgeschoss. Wernhart stand vor der Tür.

»Die alte Jonata ist tot.«

»Was?«, Bastian war schlagartig wach.

»Jemand hat sie erwürgt. Ein Nachbar hat die Alte tot in ihrer Hütte gefunden. Er wunderte sich, warum seit

Tagen kein Gezeter mehr zu hören war und dann hat er nachgeschaut.«

Bastian lief sofort los. Er musste einfach nur die Wendelstraße entlanglaufen, am Feldtor vorbei in Richtung Norden. Kurz vor dem Krötschenturm erblickte er auf der anderen Seite der Gasse einen der beiden Zwillinge. Er überlegte kurz, ob er August oder Christan vor sich hatte, verwarf diese Frage jedoch sofort, als er sich Jonatas Hütte näherte.

Bereits am Eingang kam ihm ein widerlich süßer Verwesungsgeruch entgegen. Wernhart, der dicht hinter ihm war, fluchte und wich zurück. Bastian hielt sich ein Leinentuch vor das Gesicht, doch der Gestank kroch immer noch in seine Nase, wie ein Insekt auf der Suche nach Nahrung. Er betrat die Hütte und sah den Leichnam, der verdreht auf dem Rücken lag. Bastian spürte die Übelkeit in sich aufsteigen, als ihm klar wurde, dass Jonata schon länger tot sein musste. Da sie keine Angehörigen mehr hatte, wurde sie nicht sofort vermisst. Der Tierfraß war nicht zu übersehen. Teile des Gesichtes fehlten bereits und er musste näher herangehen, um die deutlichen Würgemale an Jonatas Hals zu erkennen. Bastian suchte den Boden nach Blutspuren ab, doch das Stroh war sauber.

»Meinst du, das war der Bucklige?«, fragte Wernhart mit gepresster Stimme aus dem Hintergrund. Offenbar hatte auch seine Nase sich immer noch nicht an den Gestank gewöhnt.

Bastian zuckte mit den Schultern. »Jonata hat ihn mehrfach beschuldigt. Angeblich ist er nachts um den

Krötschenturm geschlichen und hat Tierkadaver abgelegt. Einen Grund, sie zum Schweigen zu bringen, hatte er sicherlich.«

Bastian dachte nach. Der Name Gilig Ückerhoven kam immer wieder ins Spiel, egal, ob es um Mord oder die Münzfälschungen ging. Pfarrer Johannes hatte schon in der Nacht, als sie aus dem Kloster Brauweiler zurückkehrten, damit gerechnet, dass Bastian Gilig in den Juddeturm werfen würde. Er erinnerte sich nur allzu gut an den verständnislosen Blick von Johannes, als er den Buckligen hatte laufen lassen.

»Hast du eigentlich ein Auge auf den Bruderältesten Reinhard Nolden?«

Wernhart nickte. »Ja, aber er hat sich völlig unauffällig verhalten. Nicht ein einziges Mal habe ich ihn im Hafen gesehen und Säcke voller Münzen hatte er auch nie bei sich.«

Bastian kratzte sich am Kopf. »Ich werde den Arzt Josef Hesemann bitten, sich Jonata noch einmal anzusehen. Vielleicht entdeckt er irgendetwas, das wir übersehen haben. Wir sollten uns derweil in Giligs Haus umsehen. Möglicherweise finden wir etwas, das ihn des Mordes überführt.«

Das Haus von Gilig war viel zu groß für einen einzigen Bewohner. Sie sperrten den Buckligen in der Speisekammer ein, damit er ihnen bei der Durchsuchung nicht in die Quere kam. Giligs Heim war arg in die Jahre gekommen und der Herbstwind blies durch die zugigen Ritzen. Offensichtlich hatte er sich mit dem Erhalt seiner Hütte keine besondere Mühe gegeben. Auf der Feuerstelle häufte sich die Asche des letzten Winters. Es roch muffig und überall lag Dreck. Nachdem sie den oberen Teil des Hauses abgesucht hatten, nahmen sie sich den feuchten Keller vor. Die Fackel spendete nur spärliches Licht. Mitten im Raum stießen sie auf die Säcke mit den Gold- und Silbergulden. Bastian konnte es nicht fassen. Gilig hatte sie tatsächlich an der Nase herumgeführt. Wie hatte er sich nur so in ihm täuschen können!

Direkt neben den Säcken lag ein blutverschmierter Hammer. Wernhart hob ihn auf und ging nach oben, um ihn bei Tageslicht betrachten zu können.

»Der Hammer ist voller Blut und ein Büschel schwarzer Haare klebt am Schaft.«

»Der Schmied hatte schwarze Haare.« Bastian stieg die Stufen vom Keller empor und hielt Wernhart einen verbrannten Stoffrest unter die Nase. »Das stammt vom alten Bettelweib! Ich erinnere mich genau an den groben Stoff, den sie auf dem Leib trug.«

Wernhart stieg die Zornesröte ins Gesicht. »Der Bucklige hat uns belogen!« Er riss die Tür der Speisekammer auf und zerrte Gilig grob heraus.

»Ihr gesteht jetzt auf der Stelle!« Drohend hielt Wernhart ihm eine Klinge an die Kehle. Der Bucklige wand sich wie ein Wurm.

»Ich weiß nicht, wo die Dinge herkommen. Ich war das nicht!«

Irgendetwas an Giligs Tonfall ließ Bastian aufhorchen:

Seine Beteuerungen klangen ehrlich. Außerdem erkannte Bastian kein Motiv. Die Münzen hätte Gilig jederzeit entwenden können. Warum sollte er den Schmied erschlagen? Oder hatte der Bucklige es auf etwas ganz anderes abgesehen? Er war schon immer ein merkwürdiger Einzelgänger gewesen. In seinem Gesicht konnte Bastian sehen, dass seine Gedanken oft quer saßen. Vielleicht war er einfach verrückt!

Die Beweislast jedenfalls war erdrückend.

»Gilig Überkerhoven, ich sperre Euch in den Juddeturm. Ihr seid des Mordes an zwei Menschen verdächtig und seid in die Münzfälscherei verwickelt. Das Schöffengericht wird über Eure Schuld urteilen!« Bastian packte Gilig an den Schultern und zog ihn auf die Straße hinaus. Vor dem Haus hatte sich bereits eine Menschentraube gebildet, die mit neugierigen Blicken das Geschehen verfolgte.

Wernhart lief voran in Richtung Juddeturm und teilte die Menschenmenge, die immer größer wurde. Einige beschimpften Gilig und spuckten ihn an.

»Beruhigt Euch!«, rief Wernhart in die Menschenmasse hinein. Doch das Gedränge wurde immer dichter. Gilig weinte und lief mit eingezogenem Kopf vor Bastian her, wobei er die Hände schützend vor sich hielt. Ein aufgebrachter Mann holte aus und traf den Buckligen mit der Faust. Schon griffen weitere Hände nach Gilig und versuchten ihn, auf den Boden zu zerren. Die Situation wurde immer brenzliger. Schließlich zog Bastian sein Schwert und stellte sich drohend auf. Dank seiner Körpergröße überragte er die meisten Zonser. Die Menge zuckte zurück.

»Wer es wagt, Gilig anzufassen, der bekommt es mit mir zu tun!« Ein böses Zischen ging durch die Menschentraube. Viele hätten Gilig am liebsten auf der Stelle gelyncht.

»Jonata hat immer gewusst, dass der Bucklige ein Mörder ist!«, schrie eine alte Frau. Bastian warf ihr einen bösen Blick zu und sie verstummte augenblicklich.

»Gilig Ückerhoven wird im Juddeturm auf das Urteil des Schöffengerichtes warten. Und jetzt lasst uns durch!« Bastians Stimme ließ keinen Zweifel an seiner Autorität. Die Menge teilte sich schweigend und machte Platz.

Gilig Ückerhoven landete im Obergeschoss des Juddeturms. Kaum hatte Bastian die Tür zu seinem Gefängnis verschlossen, ließ ein entsetzter Schrei ihn aufhorchen. Schnell rannte er ein paar Stufen hinunter und blickte aus dem Fenster. Jakob Honrath, der Sohn des ermordeten Schmiedes, stand vor dem Juddeturm und brüllte aus Leibeskräften. Bastian konnte kein Wort verstehen. Da er Jakob vor ein paar Tagen vergeblich gesucht hatte, sprang er eilig die Treppen des Juddeturms hinunter und öffnete das Tor. »Was wollt Ihr?«

Jakobs Gesicht glich einer Grimasse. Es war über und über von Schürfwunden bedeckt. Die Lippen waren angeschwollen, im Mundwinkel klebten schwarze Blutkrusten. Bastian blieb der Atem weg.

»Was ist Euch zugestoßen?«

Jakob wedelte hilflos mit den Armen in der Luft. Blubbernde, kehlige Geräusche kamen aus seinem Mund. Bastian sah die Blutspuren und begriff, dass dem Jungen die Zunge fehlte.

Abgeschnittene Finger, Tierkadaver, eine verbrannte Frauenleiche und zur Krönung ein aufgeschlitzter Schmied. Sollte das alles dem buckligen Gilig zuzuschreiben sein?

»Wer hat das getan?«

Jakob fuchtelte wild mit den Händen, doch Bastian konnte seine Gesten nicht deuten.

»Könnt Ihr schreiben?« Jakob schüttelte den Kopf.

Dachte ich mir, stöhnte Bastian innerlich auf. Als Zeuge war Jakob vollkommen wertlos. Dann hatte er eine Idee. Er zerrte den Sohn des Schmiedes in den Juddeturm und bat ihn, die Treppen hinaufzusteigen. Wenn Gilig ihm die Zunge herausgetrennt hatte, dann könnte er das mit einem Kopfnicken bestätigen. Hastig öffnete Bastian die Tür zu Giligs Gefängnis und schob Jakob hinein.

»Hat dieser Mann Euch die Zunge herausgeschnitten?«

Jakob schüttelte den Kopf, versuchte aber mit den Händen etwas zu sagen. Bastian fühlte sich hilflos. Er versuchte es mit einer weiteren Frage. »Hat er Eurem Vater die Münzen abgekauft?« Abermals schüttelte Jakob den Kopf. Gilig schluchzte: »Jakob, Ihr wisst, dass ich unschuldig bin. Ich habe Euren Vater nicht auf dem Gewissen!« Mit flehenden Augen versuchte Gilig, den jungen Jakob zu beschwören, doch dieser schüttelte den Kopf.

Bastian fasste nach. »Hat er Euren Vater getötet?«

Die Antwort war ein Achselzucken.

»Ihr könnt also nicht ausschließen, dass Gilig es war?«

Jakob warf Gilig einen verächtlichen Blick zu und nickte. Gilig stieß einen verzweifelten Schrei aus. »Ich habe Eurem Vater oft geholfen! Wie könnt Ihr mir das antun?«

Jakob versuchte, sich auf den Buckligen zu stürzen. Doch Bastian hielt ihn im letzten Moment zurück. Offensichtlich hatte der Bucklige sich schuldig gemacht, aber ohne Beweise oder Zeugen, durfte Bastian ihn nicht verurteilen.

»Hat Euer Vater Geschäfte mit dem Bruderältesten gemacht?«

Jakob sah Bastian verwirrt an und nickte.

»Hat Euer Vater Gulden gefälscht?«

Jakobs Augen weiteten sich für einen Moment, dann schüttelte er den Kopf.

Er lügt, dachte Bastian. Jakob hatte ihm bei seiner Antwort nicht in die Augen gesehen. Trotzdem fuhr er mit seinen Fragen fort. »Hat der Bruderälteste, Reinhard Nolden, oder einer seiner Männer Euch dies angetan?«

Jakob schüttelte den Kopf. Diesmal schien er die Wahrheit zu sagen. Bastian befragte den jungen Mann weiter, aber es war zwecklos. Die einzig brauchbare Information war, dass sein Peiniger ein hagerer Mann in einer dunklen Kutte gewesen war. Zumindest hatte Jakob bei diesen Fragen genickt. Ebenso bei der Frage, ob er ihn von Angesicht zu Angesicht erkennen würde.

Ich muss also diesen hageren Mann schnappen, dachte Bastian und sah die dunkle Gestalt mit dem Giftpfeil im

Kloster Brauweiler vor sich, die im letzten Moment auf einem Pferd entkommen war.

* * *

Es war dunkel in Zons. Wernhart schlich durch die engen Gassen und fror am ganzen Leib. Obwohl der Winter noch nicht eingekehrt war, sanken die Temperaturen in der Nacht schon so stark, dass Wernhart seinen heißen Atem als weiße Dampfwolke vor seinem Gesicht sehen konnte.

Seit Tagen verfolgte er den Bruderältesten der St.-Sebastianus-Schützenbruderschaft. Bastian hatte ihn gebeten, ihn auf keinen Fall länger als ein paar Stunden aus den Augen zu lassen. Also schlich Wernhart auch nachts dreimal an der Hütte von Reinhard Nolden vorbei.

Heute war es seine erste Runde. Die Nacht war gerade erst angebrochen, denn der Nachtwächter hatte noch nicht zur zehnten Stunde gerufen. Unachtsam stapfte Wernhart in eine Pfütze und fluchte leise vor sich hin. Das kalte Wasser drang sofort in seine Ledersohlen ein und Wernhart kam sich vor wie ein lebender Eisklumpen. Vor ihm erhob sich der Krötschenturm, der in der Dunkelheit wie ein stummer Riese wirkte. Oben auf der Stadtmauer spendeten die Fackeln der Stadtwache karges Licht.

Der Wind blies kalt durch die Gassen und ließ dunkle Schatten auf den alten Gemäuern tanzen. Wernhart zog die Schultern hoch und rieb sich kräftig die Hände, um ein wenig Wärme zu erzeugen. Im Krötschenturm war alles ruhig. Seit Gilig im Juddeturm festsaß, hatte sich kein Zonser Bürger mehr über

herumschleichende Gestalten beschwert. Auch Tierkadaver waren seitdem nicht mehr aufgetaucht. Wernhart
hielt Gilig für schuldig. Er erinnerte sich genau an die
Zeiten, als er noch jünger war und der Bucklige ständig
im Wald herumschlich, um ihn und seine Freunde zu
beobachten. Er war ein merkwürdiger Geselle und
Wernhart war stets froh, wenn er ihm nicht über den
Weg lief. Trotz seines Buckels bewegte Gilig sich kräftig
und schnell. Auf Wernhart wirkten diese Bewegungen
unheimlich, so als hätte der Bucklige einen Pakt mit dem
Teufel geschlossen.

Der Bruderälteste wohnte am Anfang der Zehntgasse,
die sich mitten im Kern von Zons befand. Wernhart ließ
den Krötschenturm hinter sich und schlich Richtung
Süden an der Kirche vorbei in das Gässchen. Er näherte
sich vom anderen Ende, damit ihn Reinhard Nolden im
Zweifel nicht sofort entdeckte.

Als er vor dem Haus stand, vernahm er Stimmen. Sie
stritten sich. Vorsichtig presste Wernhart sich an die Wand
unter dem Fenster und lauschte.

»Wo sind meine Goldgulden?« Der Zorn in der Stimme
drang wie ein Fausthieb an Wernharts Ohr.

»Ich sagte Euch doch, dass die Stadtwache die Münzen
in Giligs Haus gefunden und beschlagnahmt hat. Er hat
uns beide betrogen! Ihr solltet Eure Wut an ihm auslassen
und nicht an mir!«

Wernhart erkannte den Bruderältesten, der äußerst
ängstlich klang.

»Wir hatten eine Abmachung mit Euch. Der Bucklige
ist Euer Knecht und Ihr tragt die Verantwortung für seine

Taten. Also sage ich es Euch zum letzten Mal, bringt mir meine Münzen, wenn Euch Euer Leben lieb ist!«

Reinhard Nolden jammerte: »Ich habe versucht, einen neuen Münzmeister zu finden, aber es gibt nicht viele Schmiede mit diesem Talent. Ich kann Euch so schnell keinen Ersatz beschaffen. Ihr müsst mir mehr Zeit geben!«

»Ihr habt bis Ende dieser Woche Zeit oder Ihr fahrt direkt in die Hölle!« Die Stimme klang gnadenlos. Wernhart spürte, wie das Blut in seinen Ohren rauschte. Wenn das der hagere Mann war, von dem Bastian gesprochen hatte, sollte er lieber unentdeckt bleiben. Dieser Kerl war zu allem fähig.

Die Tür flog auf und eine schwarze Gestalt trat hinaus. Wernhart konnte nur die Umrisse des großen, schlanken Mannes wahrnehmen, der sich mit schnellen Schritten vom Haus entfernte. Wernhart blieb starr vor Schreck unter dem Fenster sitzen und lauschte in die Stille hinein. Drinnen hörte er Reinhard Nolden durch die Stube gehen. Die Holzplanken knarrten bei jedem Schritt. Der Bruderälteste brummelte undeutliche Worte vor sich hin. Wernhart konnte sie nicht verstehen.

Plötzlich wurde die Tür erneut aufgerissen und Nolden trat hinaus. Er blickte in die Richtung, in die der Fremde entschwunden war. Dann begann er erneut mit sich selbst zu sprechen und diesmal konnte Wernhart einige Wortfetzen verstehen: »Der Bluthund des Erzbischofs!«

Reinhard Nolden ging wieder hinein und knallte die Tür zu. Die Schritte entfernten sich und Wernhart saß alleine mit schweißnassen Händen unter dem Fenster. Langsam erhob er sich und reckte seine von der Kälte steif gewordenen Beine. Ohne einen Laut zu machen, schlich er durch die engen Gassen von Zons zurück zu seiner Hütte. Gleich morgen früh würde er Bastian Mühlenberg berichten, was er soeben gehört hatte.

* * *

Josef Hesemann schüttelte traurig den Kopf. »Ich kann nicht mehr viel für ihn tun.« Bastian Mühlenberg stand im Türrahmen und blickte auf den zuckenden, ausgemergelten Leib von Jakob Honrath. Über Nacht hatte ihn der Wundbrand getroffen. Er lag kraftlos und schwitzend auf seinem Strohlager und war völlig von Sinnen. Sprechen konnte er ohnehin nicht mehr, aber beim kehligen Lallen, das Jakob seinem eingefallenen Leib abrang, lief eine Gänsehaut über Bastians Körper. Er hatte den Sohn des ermordeten Schmiedes an diesem Morgen eigentlich zu Reinhard Nolden führen wollen. Eine Gegenüberstellung hätte gezeigt, ob es der Bruderälteste gewesen war, der Jakob so brutal verstümmelt hatte. Aber das konnte er nun getrost vergessen.

So wie Josef Hesemann den von Wahnvorstellungen geschüttelten Körper des Jungen ansah, würde er den morgigen Tag nicht mehr überleben. Der Wundbrand fraß sich wie eine Horde hungriger Insekten in den Körper und hörte erst auf, wenn kein Leben mehr übrig war. Bastian hatte schon viele Männer am Fieber sterben sehen, er kannte die Symptome und wusste, ab welchem Zeitpunkt es kein Zurück mehr gab.

»Wir können sein Leiden lindern, aber ich kann ihn

nicht mehr zu den Lebenden zurückholen.« Der Arzt warf ein Leinentuch in kaltes Wasser und presste es anschließend mit beiden Händen aus. Vorsichtig legte er es auf Jakobs Stirn.

»Es ist ein Jammer, dass in so kurzer Zeit die Familie des Schmiedes ausgerottet wird. Ihr müsst denjenigen finden, der dies getan hat!«

Bastian nickte. Das würde er tun. Er blickte nach draußen. Die Sonne stand schon hoch am Himmel. Wernhart würde am Hafen auf ihn warten.

»Danke, dass Ihr Euch um ihn kümmert. Ich werde Pfarrer Johannes schicken, damit er ihm die Letzte Ölung geben kann.« Mit diesen Worten verließ Bastian die Stube und richtete seine Schritte gen Süden. Hinter dem Schloss Friedstrom befand sich der kleine Hafen von Zons. Er wollte mit dem Kapitän des Schiffes sprechen, auf welchem er vor ein paar Tagen die Ladung mit den gefälschten Goldgulden entdeckt hatte.

Wernhart wartete bereits an der Hafenmauer auf ihn. Er hockte mit angezogenen Beinen auf einem Felsbrocken und warf Kieselsteine in das Wasser des Hafenbeckens. Als er Bastian sah, lächelte er und klopfte ihm zum Gruß auf die Schulter. »Ich habe gestern den hageren Mann gesehen!« Stolz reckte er die Brust empor.

»War er es wirklich?« Ein hoffnungsvolles Lächeln huschte über Bastians Gesicht.

»Ich habe eine große, schlanke Gestalt beobachtet und der Bruderälteste hat ihn als Bluthund des Erzbischofs bezeichnet.«

Bastian zuckte zusammen. Wenn wirklich der Erzbischof hinter den Münzfälschungen steckte, dann hatten sie schlechte Karten. Niemand durfte den Erzbischof eines solchen Vergehens bezichtigen.

»Aber du hast sein Gesicht nicht gesehen?«, hakte Bastian nach. Wernhart schüttelte den Kopf. »Nein, hab ich doch gesagt. Er war groß und hager, genauso, wie du es mir beschrieben hast!« Wernhart klang eingeschnappt.

Bastian ließ es dabei bewenden und wandte sich den Schiffen zu. Am Anfang des Hafenbeckens lag die »Johanna«, das Handelsschiff, in dem Bastian die Gulden gefunden hatte. Drei Schiffsjungen schrubbten das Deck, doch der Kapitän war nirgends zu sehen. Bastian fragte einen der jungen Burschen nach dem Kapitän. Dieser zeigte kurz auf die Kajüte, ohne dabei seine Arbeit zu unterbrechen. Bastian sprang mit Wernhart auf das Deck und lief in die angezeigte Richtung. Er klopfte an die ausgeblichene Holztür und wartete. Aus dem Inneren ertönte ein lautes Poltern. Dann öffnete sich die Tür einen Spaltbreit und ein vernarbtes Gesicht kam zum Vorschein.

»Was wollt Ihr?«

Der Atem des Mannes stank verfault und nach Alkohol. Bastian rümpfte die Nase und drückte gegen die Tür. »Seid Ihr der Kapitän dieses Schiffes?« Der Mann zeigte ein hässliches Lachen. Die wenigen verbliebenen Zahnstümpfe in seinem Mund waren schwarz.

»Ja, das bin ich. Was wollt Ihr?«

»Mein Name ist Bastian Mühlenberg von der Zonser Stadtwache und dies hier ist Wernhart Tillmanns.« Bastian nickte kurz in Wernharts Richtung. »Wir wollen wissen, was Ihr auf Eurem Schiff lagert und wer Eure Auftraggeber sind.«

»Warum? Es ist doch alles zollfrei! Was sollte ich denn zu verbergen haben?« Der Seemann starrte Bastian feindselig an.

»Nun, es gibt Waren, die zwar zollfrei, aber trotzdem nicht erlaubt sind. Ihr wisst sicher, wovon ich spreche!« Bastian baute sich zu voller Größe auf und der Mann zuckte zurück. Er machte eine abfällige Handbewegung. »Dann geht doch unter Deck in die Lagerräume und seht selbst nach!« Er trat einen Schritt zurück und ließ Bastian und Wernhart in die Kajüte eintreten.

»Nun, zuerst möchte ich von Euch wissen, warum Ihr schon wieder hier seid.« Bastian holte sein Notizbuch hervor. »Laut den Aufzeichnungen habt Ihr erst vor drei Tagen abgelegt. Also, was hat Euch so schnell nach Zons zurückgebracht?«

Der Kapitän spuckte auf die Holzdielen. Sein Gesicht verzog sich zu einer hässlichen Grimasse. »Wenn Ihr doch alles so genau wisst, warum befragt Ihr mich dann noch?«

»Weil ich wissen will, zu wem Ihr diese Gulden hier gebracht habt!« Bastian schlug mit der Faust auf den Holztisch auf. Ein paar Goldgulden, die er in der Hand verborgen hatte, klirrten auf der Tischplatte. Der Kapitän riss die Augen auf.

»Woher habt Ihr die?«

Bastian trat jetzt ganz dicht an den stinkenden Mann heran und sah ihm tief in die Augen. »Die Gulden auf dem Tisch gehören Euch, wenn Ihr mir verratet, wohin Ihr sie gebracht habt und wer Euch für den Transport bezahlt hat.«

Die Augen des Kapitäns starrten gebannt auf die Goldgulden. Er bleckte die Zähne oder vielmehr das, was in seinem fauligen Mund noch davon übrig war. Dann schüttelte er den Kopf.

»Nein, sie werden mir die Kehle durchschneiden, wenn sie erkennen, dass etwas fehlt!«

Bastian schüttelte den Kopf. »Die Stadtwache von Zons hat mehrere Säcke davon beschlagnahmt. Niemand wird das Fehlen einer Handvoll Münzen bemerken!« Mit leiser Stimme fügte er hinzu: »Es sei denn, Ihr könnt Euer stinkendes Mundwerk nicht halten!«

In den Augen des Kapitäns konnte Bastian die Gier sehen. Er wusste, dass dieser Kerl für Gold reden würde.

Der Kapitän rieb sich seinen Bart und zögerte noch einige Augenblicke, wobei er seinen Blick nicht von den Münzen abwenden konnte. »Also gut, der Bucklige liefert die Münzen. Sie kommen direkt aus der Schmiede. Der Schmied war es auch, der für die Verschiffung bezahlt hat.« Der Mann rollte mit den Augen und ließ seine Worte durch eine kleine Pause wirken, dann fuhr er fort. »Da der Schmied tot ist, sollte sein Sohn einspringen. Deshalb bin ich wieder hier! Aber wie Ihr selbst seht, ist etwas schiefgegangen, denn mein Lagerraum ist so leer wie der Magen eines Bettlers am Morgen! Reicht Euch das?«

Bastian schüttelte den Kopf. »Wer bekommt Eure Fracht?«

Der Mann stöhnte. »Ich bringe die Fracht nach Köln. Ich weiß nicht, wer der Abnehmer ist. Meist ist es ein großer, hagerer Kerl in einer dunklen Kutte. Sein Gesicht hält er verdeckt. Ich habe es noch nie gesehen!« Er hielt inne und überlegte. »Einmal trug er ein goldenes Kreuz. Wenn Ihr mich fragt, ist er ein Kirchenmann.«

Der Kapitän nahm einen Goldgulden in die Hand und biss prüfend darauf herum. »Gehören die Münzen jetzt mir?« Er blickte Bastian aus funkelnden Augen an. Dieser nickte und verließ, ohne ein weiteres Wort an den stinkenden Trunkenbold zu verschwenden, gemeinsam mit Wernhart das Schiff. Eines war ihm klar geworden: Reinhard Nolden, der Bruderälteste, ging sehr geschickt vor. Er trat nirgendwo persönlich in Erscheinung. Alle Schuld lastete auf dem Buckligen oder dem toten Schmied. Niemand konnte ihn mit der Münzfälschung in Verbindung bringen und das, was Wernhart heute Nacht gehört hatte, reichte bei Weitem nicht aus, um ihn dingfest zu machen. Dafür war er in Zons ein viel zu angesehener Bürger. Bastian brauchte etwas Handfestes.

* * *

»Und Ihr seid Euch ganz sicher, dass es der blonde Bursche von der Stadtwache war?« Die Augen des hageren Mannes blitzten böse. Er warf dem Schiffsjungen ein paar Weißpfennige vor die Füße und wartete auf eine Antwort.

»Ja, Herr. Es war Bastian Mühlenberg. Er hat sich lange mit dem Kapitän unterhalten. Ich bin mir ganz sicher.«

Der hagere Mann schnalzte bei dieser Antwort mit der Zunge. Dieser Stadtsoldat war ihm dicht auf den Fersen. Er hatte den Ehrgeiz der Stadtwache offenbar unterschätzt. Bastian Mühlenberg war klüger, als gedacht. Die Möglichkeit einer Gegenüberstellung von Angesicht zu Angesicht hatte er nicht ins Kalkül gezogen, sondern gedacht, es sei damit getan, dem Sohn des Schmiedes die Sprache zu nehmen. Umso besser, dass Jakob Honrath bald tot war.

Er dachte kurz nach, ob der Bruderälteste dichthalten würde. Er wusste es nicht. Letztendlich war es auch egal. Er musste Bastian Mühlenberg zum Schweigen bringen. Dieser Kerl sollte aufhören, wegen ein paar gefälschter Münzen die ganze Stadt in Aufruhr zu versetzen. Der Erzbischof hatte sich Zons extra wegen der ruhigen Lage ausgesucht. Eine Münzstätte in einer der größeren Schwesterstädte wäre viel zu auffällig gewesen. Der Ruf des Erzbischofs durfte auf keinen Fall in den Schmutz gezogen werden.

Der hagere Mann nahm einen großen Schluck Rotwein und überlegte, wie er am geschicktesten vorgehen könnte. Nach einer Weile warf er den Schiffsjungen hinaus und ließ einen kräftigen Mann in schwarzer Kleidung eintreten.

»Ihr sagtet, dass das Weib von Bastian Mühlenberg guter Hoffnung ist. Seid Ihr sicher?«

Sein Gegenüber nickte.

»Also gut, dann sprecht Ihr mit dem Bruderältesten und sorgt dafür, dass er schweigt. Ich kümmere mich um unseren ehrgeizigen Freund!« Ein hässliches Grinsen huschte über sein hageres Gesicht, während er diese Worte aussprach.

XIII

GEGENWART

Kommissar Oliver Bergmann hatte sich so sehr nach ihrer Nähe gesehnt, dass sein Körper zitterte, während seine Finger in Schlangenlinien über ihren Rücken fuhren. Seine Nase nahm ihren Duft auf, der sich wie ein Betäubungsmittel über seinen Verstand legte. Emily raubte ihm den Atem. Er tastete nach ihren Lippen und fuhr mit seiner Zunge sanft darüber, um Sekunden später ihren Mund zu öffnen. Er stöhnte, als sie seinen Kuss heftig erwiderte.

Emily war eine kleine Kratzbürste. Ihr italienisches Temperament machte ihm manchmal ganz schön zu schaffen, aber genau diese Leidenschaft war es auch, die ihn so sehr faszinierte. Nach seiner Rückkehr aus Frankfurt an der Oder war er geradewegs zu ihrem Studentenappartement gefahren.

Sie hatten kein einziges Wort gesprochen, sondern waren sofort übereinander hergefallen. Oliver wünschte sich, dass diese Innigkeit nie enden würde. Er hatte Angst davor, ein Gespräch zu beginnen, welches die ganze Stimmung ruinieren könnte.

Emily reckte sich genüsslich und blickte ihn aus dunkelbraunen Augen an. »Lüg mich bitte nie wieder an«, hauchte sie, während ihre Finger über seiner Brust kreisten. Oliver nahm ihre Hand und küsste sie. »Ich werde nie wieder etwas vor dir verheimlichen. Versprochen.« Er legte sich mit seinem ganzen Gewicht auf sie und presste sie fest in die Bettlaken, während er ihre Beine auseinanderdrängte. »Auch wenn ich Gefahr laufe, dass du mich für einen schlechten Menschen hältst«, fügte er flüsternd hinzu. Kurz tauchte die Visitenkarte seines Partner vor seinem geistigen Auge auf, doch dann drang er mit ganzer Kraft in Emily ein und brachte damit die Widerworte, die zwischen ihren Lippen hervorkommen wollten, zum Versiegen. Stattdessen war nur noch ein heiseres Stöhnen zu hören und Emily überließ sich hingebungsvoll seinem Ablenkungsmanöver.

Anna blickte aus dem Fenster und lauschte dabei dem Brodeln des Wasserkochers. Sie hielt zwei Päckchen mit Ingwertee in der Hand und betrachtete die uralten Bäume in den Rheinauen. Die Blätter leuchteten in der Herbstsonne, welche Rottöne und strahlendes Gelb in die sonst grünen Bäume zauberte. Annas Appartment befand sich im Dachgeschoss, direkt neben dem Rheinturm. Von hier aus hatte sie einen wunderschönen Ausblick auf die Rheinauen.

Der Wasserkocher stieß heißen Dampf aus und der Hebel am Griff legte sich mit einem lauten Knacken um. Fertig. Sie hängte die Teebeutel in zwei Tassen und goss das heiße Wasser darüber. Im Nu breitete sich der süßliche scharfe Ingwerduft in der ganzen Küche aus.

»Die Reportage von Emily gefällt mir wirklich gut.« Bettina Winterfeld nahm Anna eine Tasse aus der Hand und sog genüsslich den Duft ein. »Woher habt ihr die Kopie mit den Münzen? Sie kommen mir bekannt vor.« Bettina stellte ihre Tasse auf dem Küchentisch ab und nahm die beschlagene Lesebrille von der Nase.

Anna riss ihren Blick von den herbstlichen Rheinauen los. »Wir haben das Blatt auf deinem Dachboden gefunden. Es lag mitten in den Unterlagen zu deinen Patienten.« Sie drehte sich um und lächelte ihre Mutter an. »Dort oben lag auch ein Lederbuch mit echten Münzen, woher hast du es?«

Bettina Winterfeld lachte. »Oh, das ist ein uraltes Erbstück. Ich glaube, Onkel Günther hat mir diese Münzen hinterlassen. Sie waren sein ganzer Stolz. Angeblich die einzigen Fälschungen, die jemals in Zons angefertigt wurden.«

Anna fragte sich, ob das die Münzen waren, die Bastian Mühlenberg vor über fünfhundert Jahren entdeckt hatte. Bettina Winterfeld nahm einen Schluck Tee und fuhr versonnen fort. »Ich weiß noch genau, wie er ausgerastet ist, als eine Münze aus der Sammlung verlorenging. Er hatte sie alle diesem alten Kauz im Kreisarchiv zur Prüfung überlassen, und als er sie wieder abholen wollte, fehlte ein Goldgulden.« Sie schüttelte den Kopf.

»Er war verschwunden und ist bis heute nicht mehr aufgetaucht.«

»Emily hat mir erzählt, dass Professor Morgenstern die Münzen für sehr wertvoll hält«, erwiderte Anna.

Bettina Winterfeld sah Morgenstern plötzlich vor sich. Es war mitten in der Nacht und er schnitt sich mit einem Messer die Haut seines nackten Oberkörpers auf. Bettina konnte den metallischen Geruch des Blutes fast riechen.

»Was hast du?«, fragte Anna erstaunt. Ihre Mutter sah plötzlich blass und zerbrechlich aus. Angst stand deutlich in ihren Augen geschrieben. »Ist wieder einer der Patienten handgreiflich geworden?«

Bettina Winterfeld schüttelte den Kopf. »Nein!« Sie setzte sich schnaufend auf die Couch im Wohnzimmer und verstummte für einige Augenblicke. Eigentlich hatte sie nicht vorgehabt, Anna von ihrem Erlebnis zu erzählen. Doch dann fuhr sie mit zittriger Stimme fort: »In dieser Klinik gehen merkwürdige Dinge vor. Ich glaube, mit Professor Morgenstern stimmt etwas nicht. Emily sollte sich lieber von ihm fernhalten. Und du natürlich auch.«

Anna runzelte verständnislos die Stirn. »Er ist doch ganz nett. Ohne ihn hätte Emily ihre Reportage gar nicht so gut recherchieren können. Es ist nicht selbstverständlich, dass man als Journalistin Einsicht in Patientenakten erhält. Das hätte sicherlich nicht jede psychiatrische Klinik erlaubt.«

Bettina Winterfeld unterbrach sie. »Ich habe ihn gestern Nacht in seinem Büro gesehen. Alles war voller Blut und er hielt ein Messer in der Hand. Er war halb nackt und ich bin nur knapp davongekommen!« Hektisch blickte sie auf die Uhr. »Oh nein, ich bin spät dran. Meine Schicht beginnt gleich und ich darf auf keinen Fall zu spät kommen.« Sie sah Anna mit einem gehetzten Gesichtsausdruck an. »Ich will nicht, dass er etwas Ungewöhnliches an mir bemerkt. Womöglich schöpft er sonst noch Verdacht, dass ich ihn beobachtet haben könnte.« Bettina erhob sich und drückte Anna einen flüchtigen Kuss auf die Wange. »Wir reden morgen weiter, meine Kleine.« Das Lächeln auf ihrem Gesicht wirkte wie eine Maske. Ohne sich noch einmal umzudrehen, zog Bettina Winterfeld die Wohnungstür zu.

Anna blickte ihr verwirrt hinterher. So aufgelöst hatte sie ihre Mutter noch nie erlebt.

Er hatte seine Münze verloren. Entsetzt über den Verlust, saß er wie zur Salzsäule erstarrt auf dem Bett, unfähig sich zu bewegen. Nur seine Gedanken rasten wie ein summendes Bienenvolk im Kopf herum. Gestern Morgen hatte er die Münze noch gehabt. Sie hatte entschieden, wer als Nächstes an der Reihe war. Er erinnerte sich an ihre weiße schwabbelige Haut und die fettigen braunen Strähnen. Ihre Augen hatten ihn anfangs voller Liebe betrachtet, doch als ihr klar wurde, was er vorhatte, war ihr Glanz der nackten Angst gewichen. Immerhin hatte sie ihn nicht mehr angelogen. Aber da er die Wahrheit sowieso längst kannte, waren ihre flehenden Worte an ihm abgeprallt, wie Regentropfen an einer Fensterscheibe.

Er hatte sich stundenlang Zeit gelassen. Verborgen

hinter den dicken Stadtmauern von Zons, konnte niemand die Schreie hören, die er mit seinem Skalpell ihrem Mund entriss. Er musste bei dieser Erinnerung lächeln. Sie ließ sich fast wie ein Musikinstrument spielen. Je tiefer er in ihre Haut stach, umso höher wurden die Töne, die ihre aufgesprungenen Lippen verließen. In seiner Fantasie hatte er sie schon so oft sterben sehen, doch die Realität übertraf all seine Erwartungen.

Mehrfach hatte er die Klemmen von ihren freigelegten Adern gelöst und gewartet, bis das Leben aus ihren Augen verschwand. Kurz bevor der Tod eintrat, holte er sie zurück. Er ließ sie immer und immer wieder sterben. All seine Wut, die er so lange in sich getragen hatte, floss wie zäher Eiter aus seinem Körper hinaus.

Er fühlte sich beschwingt und befreit, bis zu jenem Moment, als er den Verlust seiner Goldmünze bemerkte. Der Stimmungswechsel war unbeschreiblich. Jetzt fühlte er sich wie ein Verlierer. Diese Münze war sein Talisman. Er hatte sie als kleiner Junge von einem alten Kauz bekommen, der ihn aus dicken Brillengläsern angesehen hatte, als sei ihm gerade ein Geist erschienen. Es war das erste Mal in seinem Leben gewesen, dass er etwas geschenkt bekam, um das er nicht hatte betteln müssen. Dieser Mann sah in ihn hinein und erkannte ihn. Nie wieder hatte er eine solche Verbundenheit gefühlt wie in jenem Augenblick, als der Mann ihm eine golden glänzende Münze in seine kleine Hand gelegt hatte. Er sollte sie behüten wie sein Leben hatte der Alte ihm gesagt. Und das hatte er getan - bis heute. Verdammt!

Hektisch kreisten seine Gedanken um die Geschehnisse der letzten Stunden. Er hatte sie in seinem Zimmer liegen lassen, da war er ganz sicher. Seine Kleidung und jede Ritze dieses Raumes hatte er intensiv durchsucht. Die Münze war nicht mehr hier. Er musste sie finden.

* * *

Zehn junge Menschen blickten die drei Kriminalkommissare aus blassen und müden Gesichtern an. Es war sieben Uhr morgens. Offenbar nicht die richtige Zeit für Studenten. Oliver musste grinsen. Emily war ebenfalls keine Frühaufsteherin. Um diese Uhrzeit würde sie ihn mit einem ebenso blutleeren Gesicht empfangen. Ihm selbst machte diese frühe Stunde nichts aus.

Sie hatten die Studenten, die auf Petra Ludwigs Liste standen, in den Vorlesungsraum beordert, in dem am Tag der Ermordung von Professor Neuhaus eine Leichensektion stattgefunden hatte. Alle anderen Gebäudeteile waren wegen Renovierungsarbeiten geschlossen gewesen. Die zehn Studenten waren also die einzigen Personen, die sich zum Zeitpunkt des Mordes in diesem Gebäudetrakt der Universität zu Köln aufgehalten hatten. Der Raum war bewusst für die Vernehmung ausgewählt worden. Er lag keine zwanzig Meter vom Tatort entfernt, und Oliver Bergmann und seine Kollegen erhofften sich eine emotionale Reaktion des potenziellen Täters auf diesen Ort.

Oliver blätterte in seinen Unterlagen. Zehn Studenten im Alter von zwanzig bis vierundzwanzig Jahren, allesamt Medizinstudenten, saßen vor ihm.

»Diese beiden hier würde ich ausschließen.« Mit

einem Kopfnicken deutete Oliver auf zwei extrem überge-
wichtige junge Männer, deren Körperausmaße deutlich
über die schmalen Holzstühle hinausragten.

Petra grinste ihn an. »Schwer vorstellbar, dass sich
einer von ihnen freiwillig durch einen Lüftungsschacht
quetscht.«

Sie teilten die restlichen acht Studenten in drei
Gruppen auf und begannen mit den Befragungen. Am
Ende blieben zwei Verdächtige übrig, die kein glaubwür-
diges Alibi vorbringen konnten. Eine zierliche junge Frau
mit großen rehbraunen Augen namens Alex Schimpski
und ein blasser junger Mann mit dem Namen Kevin
Helmhold.

Beide waren schlank und kräftig genug, um durch
einen engen Lüftungsschacht zu kriechen. Ihre Noten
waren hervorragend und vordergründig hatten beide kein
Mordmotiv. Dennoch bat Oliver Bergmann die beiden,
sich in den kommenden Tagen nicht mehr als einhundert
Kilometer von ihren jeweiligen Wohnorten zu entfernen.

Der junge Mann zeigte während der Vernehmung
deutliche Stresssymptome. Auf die Frage nach seinen üblichen Gewohnheiten und den Laufwegen, die er beim
Betreten des Universitätsgeländes nahm, antworte er nur
zögerlich. Teilweise verhaspelte er sich. Oliver hatte noch
einmal die Kundenliste der ermordeten Prostituierten
Sophia Koslow überprüft. Zumindest der Vorname Kevin
war dort verzeichnet. Kevin Helmhold könnte also
durchaus eine Verbindung zu beiden Mordopfern gehabt
haben.

»Die Kleine war eiskalt.« Klaus riss Oliver aus seinen

Gedanken. Erstaunt hob er den Kopf. »Sieh mich nicht so an. Sie war kalt. Keinerlei Emotionen.« Klaus knabberte an seinen Fingernägeln, ein untrügliches Zeichen für Angespanntheit. Er tat dies oft, wenn er über einen Fall grübelte.

»Meinst du, sie könnte unsere Täterin sein?« Oliver schüttelte den Kopf. Das konnte er sich beim besten Willen nicht vorstellen. Eine Frau, die drei Menschen auf dem Gewissen haben sollte?

»Wie soll die Verbindung zu Sophia Koslow aussehen? Sie wird ja kaum bei einer Prostituierten gewesen sein?«

Klaus nickte. »Du hast recht. Aber auf der Liste von Sophias Stammkunden steht der Name Alex!«

Petra klinkte sich ein. »Es könnte Eifersucht gewesen sein. Sie hat doch erzählt, dass sie vor ein paar Wochen aus der Wohnung ihres Freundes ausgezogen ist. Wie war sein Name noch mal?«

»Peter.«

»Ein Peter steht auch auf der Stammkundenliste.« Oliver rieb sich angestrengt die Stirn. Diese verdammte Prostituierte hatte so viele Stammkunden mit Allerweltsnamen, da würden sie nie eine heiße Spur finden. Er konnte sich nicht vorstellen, dass eine junge Frau mit so großen braunen Rehaugen und der weißen Haut eines Engels ein Serienkiller war.

Petra Ludwig sah ihn mit hochgezogenen Augenbrauen an und lachte. »Dein Beschützerinstinkt ist wirklich umwerfend!«

Oliver lief rot an. »Ich kann mir das nicht vorstellen. Kevin steht ebenfalls auf der Liste der Freier.« Ein plötzlicher Gedanke fuhr durch seinen Kopf. »Ich weiß, was wir als Nächstes tun. Wir prüfen, ob die beiden durch künstliche Befruchtung gezeugt wurden.«

Sie hatte die Beine gespreizt. Das kalte Kunstleder ließ ihren Körper erschauern. Eine Gänsehaut breitete sich auf ihren nackten Oberschenkeln und dem entblößten Bauch aus. Das kalte Metall blitzte unter der Untersuchungslampe auf. Fünfzigtausend Lux verwandelten ihre Haut in eine weiße, leblos erscheinende Hülle. Das Metall drang hart in sie ein und schob ihre Beine gnadenlos auseinander. Hände mit transparenten Gummihandschuhen tasteten ihren Unterbauch ab. Eine Schwester im weißen Kittel betrat den Raum mit einer Petrischale in der Hand.

Bettina Winterfeld drehte sich schweißgebadet im Bett hin und her. Wie jedes Mal, wenn sie diesen Albtraum durchlebte, begann sie zu zählen. Vielleicht hatte sie sich geirrt. Ihre Mutter könnte sich schon verzählt haben, oder deren Mutter davor. Wer konnte denn schon ahnen, in welcher Generation sie sich wirklich befand? Immer wieder hörte sie die Stimme ihrer Mutter: »Du musst auf Nummer sicher gehen, Bettina! Tu uns das nicht an!«

Sie zählte, immer wieder von vorne. Ihre Zunge schwoll an und weigerte sich die Worte zu formen, die aus ihrem Mund heraus wollten. Wörter, Zahlen, Generationen der Familie flogen an ihr vorbei. Sie schrie. Schweiß rann den Hals hinab. Sie strampelte mit den Beinen und schlug um sich. Annas Gesicht tauchte vor ihr auf. Sie war noch ein Baby. Dann wachte Bettina Winterfeld auf.

* * *

Kevin Helmhold stand mit ausdrucksloser Miene vor seiner Mutter. Ihre schwabbelige blasse Haut hing schlaff von den Knochen hinunter, die weiß aus dem blutigen Fleisch herausragten. An einer Nylonschnur, die quer von einem Pfosten des Bettes zum nächsten gespannt war, hingen acht leblose Finger aneinandergereiht. Fliegen schwirrten in dem stickigen Raum umher und surrten aufgeregt. Offenbar war das Nahrungsangebot so groß, dass sie sich nicht entscheiden konnten, wo sie sich am besten niederlassen sollten. So schwirrten sie von einer stinkenden Wunde zur nächsten. Für sie musste es das Paradies sein.

Die Rollläden waren halb verschlossen. Blaulicht blinkte in rhythmischen Abständen in das Zimmer hinein und verlieh der Kulisse einen Hauch von Unwirklichkeit. Trampelnde Füße auf der Treppe verrieten Kevin, dass die Polizisten auf dem Weg nach unten waren. Neben ihm stand eine Frau mit kurzen, rotblonden Haaren und machte Fotos. Das Blitzlicht traf sich einige Male mit den blauen Lichtstrahlen der Polizeiautos, die den ganzen Hof blockierten. Kevins Netzhaut reagierte mit weißen Blitzen auf die Helligkeit. Er blinzelte. Dies war die einzige sichtbare Reaktion in seinem immer noch ausdruckslosen Gesicht.

»Ist das dein Zimmer da oben?« Oliver Bergmann betrachtete den jungen Mann skeptisch.

Kevin Helmhold nickte mechanisch. Die Handschellen an seinen Armgelenken klapperten im Takt.

»Wir haben Mäusekadaver gefunden. Ist das dein Werk?«

Wieder folgte ein mechanisches Nicken.

»Wir nehmen dich vorläufig fest. Du kommst mit aufs Revier und wirst uns einige Fragen beantworten müssen.« Oliver gab seinem Kollegen einen Wink. Kurz darauf wurde Kevin Helmhold in einen Polizeiwagen verfrachtet.

»Wie lange ist sie schon tot?« Oliver blieb vor der verstümmelten Frauenleiche stehen.

Ingrid Scholten ließ den Fotoapparat sinken. »Ich schätze nicht länger als zehn Stunden.« Sie blickte Oliver direkt in die Augen. »Es ist wieder derselbe Täter. Ich hoffe, wir haben gerade den Richtigen festgenommen. Die Abstände zwischen den Taten werden immer kürzer. Ich möchte mir nicht ausmalen, was passiert, wenn der Mörder noch frei herumläuft.«

Oliver nickte besorgt. Die Leiterin der Spurensicherung hatte recht. Die Abstände zwischen den Morden hatten sich von Wochen auf Tage verkürzt. Hans Steuermark war nach der erneuten Meldung so in Alarm versetzt, dass er persönlich zum Tatort gekommen war. Wenn die Polizei jetzt einen Fehler machte, würde die Pressemeute sie vor sich hertreiben.

Ihre Verdächtigen hatten sich auf drei Namen reduziert. An erster Stelle stand jetzt Kevin Helmhold, gefolgt von Ronny Hammerschmidt und Alex Schimpski. Leider

waren bisher an keinem der Tatorte DNA-Spuren sicher-
gestellt worden. Der Täter ging mit äußerster Sorgfalt und
Kaltblütigkeit vor. Das psychologische Täterprofil wies
klar auf eine psychopathische Persönlichkeitsstruktur hin.

Oliver schaute auf die Uhr. In einer knappen Stunde
war er mit Professor Morgenstern verabredet. Er war ein
ausgewiesener Experte auf dem Gebiet der psychopathischen Persönlichkeitsstörungen und hatte schon des
Öfteren Gutachten für brutale Mordfälle erstellt. Seine
Tatortanalyse eignete sich zur Bestimmung der Täterper-
sönlichkeit und konnte der Polizei so helfen, sich auf die
richtige Tätergruppe zu fokussieren. Oliver hatte Professor
Morgenstern bereits mit den wichtigsten Daten versorgt
und hoffte, den Kreis der Verdächtigen nach dem
Gespräch weiter einengen zu können.

Er stieg die Treppenstufen wieder hinauf. Petra
Ludwig sammelte Beweisstücke in einer kleinen Plastiktüte und sein Partner Klaus machte Fotos. Das Zimmer
von Kevin Helmhold strahlte eine düstere Atmosphäre
aus. Auch ohne die toten weißen Mäuse, die sich in einem
Papierkorb unter dem Schreibtisch befanden, wirkte der
Raum unpersönlich und kühl.

»Glaubt ihr, dass Helmhold unser Mann ist?«, fragte
Oliver und deutete mit dem Finger auf ein Tablett mit
Skalpellen in allen erdenklichen Größen.

Petra Ludwig wiegte den Kopf hin und her. »Ich wäre
mir sicher, wenn er weggelaufen wäre. Aber dass er am
Tatort stehen bleibt und darauf wartet, dass wir eintreffen
und ihn verhaften, finde ich merkwürdig.«

»Wusste er denn, dass die Nachbarin uns verständigt

hat? Oder haben wir ihn überrascht?«, fragte Klaus, während er unablässig Fotos schoss.

Oliver zuckte mit den Schultern. »Keine Ahnung. Ich habe ihn sofort verhaftet und ihm Handschellen angelegt.«

Petra Ludwig zog einen roten Draht mit einer Pinzette vom Schreibtisch hoch. Das Ende des Drahtes war nicht isoliert. »Schaut euch das mal an. Er hat den Mäusen Elektroschocks verpasst.«

Oliver fuhren zwei Gedanken durch den Kopf. Macht und Kontrolle! Das waren die Hauptantriebsfedern eines Psychopathen. Ganz deutlich sah er Emilys Reportage vor sich, in der sie psychopathische Serienkiller dargestellt hatte. Es gab da einen ehemaligen Direktor einer Versicherung, der vor ein paar Jahren monatelang durch die Presse ging. Er hatte immer wieder Frauen gefangengenommen, gefoltert und erst zu einem denkbar späten Zeitpunkt ermordet. Erst als keine Gegenwehr mehr zu spüren war, verließ ihn die Lust am Quälen. Er tötete sein Opfer und suchte sich ein Neues.

»Ich denke, dass Kevin Helmhold unser Mann sein könnte. Seht euch nur diese Schweinerei hier an!«

Olivers Handy klingelte.

»Ich habe die Liste mit den durchgeführten künstlichen Befruchtungen vor zwanzig bis dreißig Jahren.« Oliver atmete tief ein und lauschte angespannt. »Kevin Helmhold steht darauf. Wollen Sie die komplette Liste sehen?«

»Unbedingt.« Oliver legte auf und genoss die neugierigen Blicke von Klaus und Petra, ehe er fortfuhr: »Kevin

Helmhold wurde mit Hilfe künstlicher Befruchtung an der Universität zu Köln gezeugt.«

Petra Ludwig zupfte mit äußerster Vorsicht ein braunes Kopfhaar vom Kopfkissen und steckte es in eine Plastiktüte. »Vielleicht gab es eine Verwechslung.« Ihr Gesicht lief bei diesen Gedanken rot an.

»Dann hätten wir ein Tatmotiv.«

»Rache!«, ergänzte Klaus, der das Fotografieren unterbrochen hatte.

Bettina Winterfeld rutschte unruhig auf ihrem Stuhl hin und her. Vor ihr saß Professor Morgenstern und nippte an einer Tasse Tee. Obwohl es helllichter Tag war, sah Bettina die nächtliche Szene noch vor ihrem geistigen Auge. Ihr Blick suchte den Schreibtisch nach einem Messer oder Blutspuren ab, doch vergebens. Nichts deutete auf die gruselige Szene hin, deren Zeuge sie geworden war. Der Professor selbst wirkte ebenfalls unverändert. Sein weißes Hemd saß tadellos und war frisch gebügelt. Seine Augen blickten freundlich und offen. Bettina kam sich fast töricht vor. Stand sie kurz davor, verrückt zu werden, und hatte sich alles nur eingebildet?

Sie schüttelte den Kopf. Nein, sie hatte ihn gesehen. Nachts, mit freiem Oberkörper, fluchend in diesem Büro. Blut lief über seine nackte Haut, während er mit einem Messer an sich herumhantierte.

»Sind Sie nicht einverstanden?«

Seine Stimme riss sie aus ihren Gedanken. »Wie bitte?«

»Nun«, Professor Morgenstern sprach mit tiefer Stimme, »Sie haben gerade mit dem Kopf geschüttelt. Ist alles in Ordnung?« Seine blauen Augen sahen sie prüfend an. Bettina spürte, wie eine Hitzewelle durch ihren Körper ging. »Oh, nein. Alles in Ordnung. Kein Problem, ich kann die Aufgabe gerne übernehmen.«

Professor Morgenstern hatte sie gebeten, die Patienten-akten zu überprüfen. Psychiatrische Gutachten mussten in regelmäßigen Zyklen erneuert werden. Damit kein Patient vergessen wurde, mussten die Akten einmal im Jahr auf ihre Vollständigkeit hin überprüft werden.

Plötzlich zog er die Schublade auf und holte eine Münze hervor. Er erklärte ihr, auf welche Besonderheiten sie bei der Aktendurchsicht achten musste, und rollte dabei die Münze versonnen auf dem Schreibtisch hin und her. Das metallische Geräusch verursachte ein Stechen in Bettinas Kopf. Wie hypnotisiert starrte sie die leuchtende Goldmünze an, in der sich mit jeder Bewegung das Herbstlicht reflektierte. Plötzlich erkannte sie die Münze und sprang auf.

»Woher haben Sie diese Münze?«

Professor Morgenstern schlug erschrocken mit der flachen Hand auf den Goldgulden, der mit einem lauten Klatschen mitten auf dem Tisch liegenblieb.

»Entschuldigen Sie bitte.« Bettina Winterfeld rang um Beherrschung, während sie den stehenden Petrus auf der Münze anstarrte. »Mein Onkel hat diese Münzen gesam-melt und ich frage mich, ob diese hier aus seiner Samm-lung stammen könnte. Es gibt nicht so viele Exemplare davon.«

»Ach so«, Morgenstern begann erneut die Münze auf seinem Schreibtisch zu rollen, »ich habe sie gefunden. Aber Sie haben recht. Sie sieht genauso aus wie die auf den Kopien von Emily Richter.« Er zog ein Blatt Papier aus einem Stapel hervor.

»Zons, fünfzehntes Jahrhundert. Das Werk von Münzfälschern«, fuhr er fort, während er mit den Fingern über die auf dem Papier abgebildeten Münzen fuhr.

»Wo haben Sie die Münze gefunden?« Bettinas Herz schlug schneller. Sie wusste genau, dass ihr Onkel alle über die Jahrhunderte erhalten gebliebenen gefälschten Zonser Goldgulden in seinem Besitz hatte. Sie waren sein ganzer Stolz und Unikate von unschätzbarem Wert. Familienerbstücke, die seit Jahrhunderten von Generation zu Generation weitergegeben wurden. Eines Tages würde diese Münzsammlung Anna gehören.

Professor Morgenstern wich ihrer Frage aus. »Sie haben diese Münzen also von ihrem Onkel geerbt?« Er schnalzte mit der Zunge. »Warum arbeiten Sie hier eigentlich noch? Diese Sammlung müsste doch ein Vermögen wert sein.« Er grinste sie an. Bettina wollte gerade zu einer Antwort ansetzen, als es an der Tür klopfte.

»Entschuldigen Sie, Professor Morgenstern. Sie haben Besuch.«

In Morgensterns Augen blitzte für eine Sekunde Wut auf. Das war genau der Gesichtsausdruck, der Bettina Angst machte. Irgendetwas stimmte mit dem Professor nicht. Doch er fasste sich schnell und entgegnete mit freundlicher Stimme: »Ich habe jetzt keine Zeit. Bitte vertrösten Sie den Besuch auf einen späteren Zeitpunkt.

Außerdem sehe ich hier überhaupt keinen Termin in meinem Kalender.« Morgenstern zog die Augenbrauen hoch. Die Schwester trat einen Schritt in das Büro herein und flüsterte mit aufgeregter Stimme. »Es ist ein Herr Bergmann von der Kriminalpolizei. Er sagt, es sei dringend.«

Morgenstern schüttelte unwirsch den Kopf. »Also gut, bringen Sie ihn herein.« Ohne Bettina Winterfeld eines weiteren Blickes zu würdigen, stand er auf und drehte sich zum Fenster um. Flüchtig konnte Bettina einen Verband unter seinem Oberhemd erkennen. Dort war eindeutig eine Verdickung, unter der weißer Stoff zu sehen war.

Sie verhaften ihn, weil er etwas Schlimmes getan hat!, schoss es ihr durch den Kopf. Die Worte der Schwester hallten durch ihr aufgeregtes Gehirn: Herr Bergmann von der Kriminalpolizei! Schnell erhob sie sich und lief nach draußen. Auf der Treppe kam ihr ein gutaussehender junger Mann mit Jeans und Lederjacke entgegen. Sein kantiges Gesicht verlieh ihm ein sehr männliches Aussehen, welches durch die stahlblauen Augen und den schwarzen Haarschopf noch verstärkt wurde. Der Name kam Bettina irgendwie bekannt vor. Doch sie konnte sich nicht erinnern. Während sie die Treppenstufen zum Archiv mit den Patientenakten hinabstieg, kreisten ihre Gedanken um die Münzsammlung ihres Onkels. Woher zum Teufel hatte Morgenstern nur diesen Goldgulden?

XIV

VOR FÜNFHUNDERT JAHREN

Bastian konnte nicht schlafen. Er hatte versucht, den Bruderältesten zu sprechen, doch der war den ganzen Tag über nicht in seinem Haus aufgetaucht. Niemand konnte ihm sagen, wo sich Reinhard Nolden aufhielt. Unverrichteter Dinge war Bastian am Abend abgezogen. Auch der Pfarrer hatte ihn nicht aufmuntern können. Johannes war lediglich froh darüber, dass der Bucklige endlich im Juddeturm saß. Der Pfarrer hatte ständig vom Beichtgeheimnis gemurmelt und dabei merkwürdige Andeutungen über Gilig Ückerhoven gemacht. Bastian konnte sich keinen Reim darauf machen. Für ihn stand fest, dass sich der Bucklige schuldig gemacht hatte.

Den Diebstahl der gefälschten Münzen hatte er auf alle Fälle auf dem Kerbholz. Aber ob er auch ein Mörder war? Tief in seinem Herzen zweifelte Bastian daran. Andererseits hatte er auch den blutigen, mit schwarzen Haaren verklebten Hammer und die verkohlten Kleiderfetzen des

Bettelweibes in Giligs Haus entdeckt. Nur weil sein Herz den Buckligen - vielleicht sogar aus falschem Mitleid heraus - für unschuldig hielt, wollte Bastian eher seinem Verstand trauen. Eigentlich war die Lage eindeutig. Die Zonser Bevölkerung war sich sicher, Pfarrer Johannes ebenfalls und auch sein Freund Wernhart zweifelte nicht an der Schuld des Buckligen.

Doch der hagere Mann, der Bruder Anselmus im Kloster Brauweiler mit einem giftigen Pfeil angegriffen hatte, der eigentlich Bastian galt und der Bruderälteste, der offensichtlich in die Münzfälscherei verwickelt war, passten nicht in das Bild. Zumindest hatte der Bucklige nicht ganz alleine gehandelt. Außerdem beteuerte er beharrlich seine Unschuld.

In seiner Verzweiflung hatte Bastian sich auch noch mit Marie gestritten. Er hatte sie in den letzten Tagen viel zu sehr vernachlässigt und es war längst überfällig, dass sie sich darüber beschwerte. Doch für Bastian waren die Vorwürfe an diesem Abend einfach zu viel gewesen. Wortlos hatte er sein Abendmahl in sich hineingeschlungen und dann abgewartet, bis sie bitter enttäuscht ins Schlafgemach verschwunden war. Erst Stunden später hatte er sich zu ihr gelegt, nachdem sie längst fest eingeschlafen war. Es tat ihm leid und raubte ihm den Schlaf. Er wusste, dass er in ihrem Zustand mehr Rücksicht auf sie nehmen sollte.

Bastian blickte Marie fürsorglich an. Ihr Atem ging tief und gleichmäßig. Er schloss für einen Moment die Augen und überlegte, wie er einschlafen könnte, doch dann sprang er aus dem Bett. Er brauchte frische Luft. Obwohl es mitten in der Nacht war, zog er sich an und ging nach draußen. Der kühle Nachtwind zerzauste seine blonden Locken, doch Bastian spürte die Kälte nicht. Ohne zu denken, lief er durch das Feldtor vor die Stadtmauern von Zons.

Seine Füße trugen ihn über das Feld mit der verkohlten Hütte, in der das Bettelweib verbrannt worden war, hinein in den Wald. Wie von unsichtbarer Hand geführt, lief er durch das Unterholz bis zu der Stelle, an der der tote Schmied gelegen hatte. Wie ohnmächtig blieb er stehen, ohne sich zu bewegen und lauschte in die Dunkelheit des Waldes hinein. Der Wind brachte die Blätterkronen zum Rauschen. Schwarze Wolken verdunkelten das Sternenlicht und nur wenige schwache Lichtstrahlen drangen durch das Laubgewand des Waldes hindurch. Der Herbst löste einzelne Blätter von den Bäumen und ließ sie zu Boden tanzen. Wie Störenfriede unterbrachen die fallenden Blätter die Melodie des Waldes. Bastian schloss die Augen und ließ sich von der Nacht in ihren Bann ziehen.

Plötzlich hörte er ein Knacken. Er schlug die Augen auf und lauschte angestrengt. Nichts. Gerade als Bastian sich seinen Gedanken wieder hingeben wollte, knackte es erneut. Diesmal war das Geräusch ganz in seiner Nähe. Er lehnte sich an die Rinde der alten Kastanie und konnte ganz deutlich das Knacken zerbrechender Äste hören. War dort ein Wolf, der in der nächtlichen Dunkelheit nach Essbarem suchte? Bastian zweifelte. Er duckte sich und schaute an der Kastanie vorbei in die Richtung, aus der die Geräusche kamen. Es waren jetzt scharrende Laute, die unmöglich von einem Tier stammen konnten.

Nur ein paar Meter entfernt nahm er einen schwachen Lichtschein wahr. Er erkannte die Silhouette eines Mannes, der sich an der Erde unter einem Baum zu schaffen machte. Bastian spürte, wie sein Herz plötzlich raste. Wer trieb sich bei Nacht im Wald herum? Das konnte doch nur der Mörder des Schmiedes sein! Atemlos näherte er sich der Gestalt. Er kroch auf allen Vieren, ständig darauf bedacht, kein Geräusch zu verursachen. Bastian war nur noch ein paar Meter entfernt. Der Mann grub ein Loch in den Boden. Mit einer Schaufel stieß er in die Erde, die sich erstaunlich leicht beiseiteschieben ließ. Bastian wunderte sich, bis ihm aufging, dass dieses Loch wahrscheinlich die ganze Zeit dort gewesen war. Der Waldboden war offenbar so locker, dass die dunkle Gestalt kaum Kraft einsetzen musste, um tiefer vorzudringen.

Plötzlich traf das Werkzeug mit einem dumpfen Laut auf Widerstand. Der Mann warf hastig die Schaufel beiseite, fiel auf die Knie und grub mit den Händen weiter. Ein Sack kam zum Vorschein. Bastian traute seinen Ohren nicht. Das war das Geräusch von klirrenden Münzen! Wie zur Bestätigung öffnete der Mann den Sack und holte ein paar Geldstücke hervor. Sie glitzerten schwach im Lichtschein der Fackel, die neben ihm im Boden steckte. Die Erkenntnis traf Bastian wie ein Blitz: Der Schmied hatte also doch mehr als diese eine Münze bei sich gehabt. Wahrscheinlich hatte er diesen Sack gestohlen und sein Auftraggeber war ihm auf die Schliche gekommen.

Bastian pirschte sich näher an den Mann heran. Er war

schlank, aber nicht hager. Seine Bewegungen waren jugendlich. Bastian stutzte. Wer war dieser Fremde? Er konnte weder den hageren Mann noch den Bruderältesten in der Silhouette dieser Gestalt erkennen. So in Gedanken versunken, setzte Bastian, immer noch auf allen Vieren unterwegs, sein Knie auf trockenem Laub ab, das knirschend zerbröselte. Der Fremde hörte augenblicklich auf zu graben und drehte den Kopf in seine Richtung. Bastian schaute ungläubig in ein ihm wohlbekanntes Gesicht. Vor ihm saß einer der Zwillinge! Im Fackelschein erkannte er die braunen Locken, welche das blasse Gesicht einrahmten. Bastian sprang auf und rannte los.

»Halt! Bleibt auf der Stelle stehen!«, brüllte er, noch während er durch die Luft flog und versuchte, den fliehenden Zwilling zu stellen.

Doch der junge Mann war schneller. Er hatte Bastian kommen sehen und schlug im letzten Augenblick einen Haken. Wie ein Hase änderte er in schneller Taktung die Richtung. Bastian erwischte nicht mehr als seinen Mantel. Wütend warf er diesen beiseite und raste dem jungen Burschen hinterher. Zweige peitschten ihm ins Gesicht, doch er bemerkte es nicht. Mühelos sprang der Junge über die Steine auf dem Boden und rannte durch das Unterholz. Nach kurzer Zeit war er im Dunkel der Nacht verschwunden. Notgedrungen gab Bastian die Verfolgung schließlich auf. Seine Lungen brannten und die Muskeln in seinen Oberschenkeln schmerzten vor Anstrengung.

Er sog tief Luft ein und versuchte, seinen Atem zu beruhigen. Morgen würde er sich den Jungen vornehmen. Bastian kehrte um und lief zu dem Loch im Waldboden zurück. Die Fackel brannte immer noch und spendete schwaches Licht. Der Sack mit den Münzen war noch da. Bastian ergriff die Schaufel und grub weiter, doch er fand nichts außer Erde. Erschöpft ließ er sich fallen und lehnte sich an einen dicken Baumstamm.

Er konnte nicht einmal sagen, welchen der beiden Brüder er vor sich gehabt hatte. War es Christan oder August gewesen? Egal, morgen würde er mit ihrer Stiefmutter sprechen und dann würde es gewaltigen Ärger geben.

Ob einer der beiden tatsächlich ein Mörder war? Bastian schüttelte den Kopf. Nein, das konnte er sich nicht vorstellen. Die Mutter der beiden war bereits bei der Geburt gestorben und die Brüder wirkten schüchtern und zuvorkommend. Keiner der beiden hatte je Aggression oder Gewaltbereitschaft gezeigt. Vielleicht hatte der Zwilling den Mord beobachtet und gesehen, wie der Mörder die Goldgulden vergraben hatte.

Wenn Gilig doch der Mörder war, dann wusste der Zwilling, dass er das Gold - jetzt, wo der Bucklige im Juddeturm festsaß - in Ruhe ausgraben konnte. Niemand kannte das Versteck und der Bucklige konnte ihm nicht mehr in die Quere kommen. Bastian stockte. Aber warum war er dann nicht sofort zur Stadtwache gekommen und hatte von dem Mord erzählt? Das ergab keinen Sinn. Die Wahrscheinlichkeit war höher, dass der wirkliche Mörder dem Jungen Lügengeschichte aufgetischt und ihn dafür bezahlt hatte, dass dieser den Schatz mitten in der Nacht ausgrub. Der Junge ahnte sicher nichts Böses. Bastian nickte. So musste es sein! Gleich am nächsten Morgen würde er mit den Brüdern sprechen. Wenn sie ihren Auftraggeber verrieten, dann war er dem Mörder ganz dicht auf der Spur!

* * *

Die Gedanken in Bastians Kopf kreisten so heftig um diesen Fall, dass er einfach keine Ruhe fand. Statt nach Hause zu laufen, hämmerte er mitten in der Nacht an Wernharts Tür.

»Wernhart, mach auf! Ich muss dich sprechen.«

Wernhart öffnete schlaftrunken die Tür. »Was machst du hier mitten in der Nacht? Hat dein Weib dich vor die Tür gesetzt?« Ein schelmisches Grinsen hüpfte über Wernharts Gesicht.

Bastian stürmte in die Stube hinein und warf den Sack mit Münzen auf einen Tisch. Klirrend rollten ein paar Goldgulden heraus.

»Wo hast du das Gold her? Hast du die Säcke aus Giligs Haus geplündert?«

»Nein. Die habe ich im Wald gefunden. Keine zehn Meter von der Stelle entfernt, an der die Leiche des Schmiedes entdeckt wurde.«

Wernhart starrte Bastian ungläubig an. »Was suchst du mitten in der Nacht im Wald?«

Bastian holte tief Luft und erzählte Wernhart von seinem nächtlichen Erlebnis. Wernhart brauchte ein paar Augenblicke, bis er begriff, was Bastian ihm da erklärte.

»Wir sollten den Bruderältesten sofort befragen, bevor der Zwilling ihn warnen kann!«

»Der Auftraggeber könnte auch der hagere Mann sein«, warf Bastian ein.

»Ja, und deshalb müssen wir Reinhold Nolden befragen und herausfinden, ob er dahintersteckt. Wenn nicht, dann war es der Fremde.«

Bastian stimmte zu. »Du hast recht, Wernhart. Wir sollten keine Zeit verlieren. Außerdem muss der Bruderälteste den hageren Fremden kennen, wenn du die beiden vor ein paar Nächten richtig beobachtet hast.«

Eilig verließen sie Wernharts Hütte und machten sich in Richtung Zehntgasse auf. Mitternacht war lange vorbei und der klare Nachthimmel brachte die eisige Luft zum Klirren. Um diese Uhrzeit war nicht einmal mehr der Nachtwächter unterwegs und so liefen sie, ohne besonders auf ihre Deckung zu achten, auf das Haus des Bruderältesten zu. Keine Menschenseele hatte sie bis dahin beobachtet. Ohne zu zögern, pochte Bastian an Noldens Tür. Erst leise und zögerlich, dann immer lauter und fordernder. Schließlich hörten sie, wie Reinhold Nolden schimpfend die knarrende Treppe hinunterstieg. Die Tür öffnete sich einen Spalt.

»Was wollt Ihr mitten in der Nacht? Seid Ihr nicht ganz bei Sinnen?«, zischte der Bruderälteste wütend durch den Schlitz.

Bastian stieß kräftig gegen die Tür, doch sie war von innen mit einer Kette gesichert und schwang sofort zurück.

»Macht die Tür auf. Wir müssen mit Euch reden!«

»Ja doch. Lasst mich die Kette entriegeln, dann öffne ich Euch!« Der Bruderälteste fluchte und schloss die Tür.

Bastian hörte, wie er sich an der Kette zu schaffen machte. Dann trat plötzlich Stille ein. Bastian wartete einen Moment und schlug dann erneut erbost gegen das Holz.

»Verdammt, Reinhard Nolden! So öffnet die Tür!«

Schlurfende Schritte näherten sich und die Tür ging auf. Wütend stieß Bastian sie sperrangelweit auf und trat gemeinsam mit Wernhart ein.

»Was fällt Euch ein? Wollt Ihr uns an der Nase herumführen?«

Der Bruderälteste winkte ab und deutete mürrisch auf den Tisch, auf dem drei Becher und zwei Weinkrüge standen.

»Ich habe uns Wein besorgt oder wollt Ihr mich auch noch dursten lassen, wenn Ihr mich schon um meine Nachtruhe bringt?«

Bastian setzte sich und knallte mit der rechten Hand mehrere Goldgulden auf den Tisch. Dann nahm er einen kräftigen Schluck Wein und fragte: »Habt Ihr dafür eine Erklärung?«

Der Bruderälteste wirkte nicht verwundert. Ruhig setzte er sich und trank ebenfalls vom Wein, bevor er antwortete: »Ich kenne diese Münzen nicht. Sind es die, die Ihr in Giligs Haus gefunden habt?«

Bastian erwiderte in gelassenem Tonfall: »Nein, die hier habe ich in einem Loch direkt neben dem Fundort der Leiche des Schmiedes gefunden!«

Die Augen des Bruderältesten weiteten sich erstaunt. Er stotterte: »Dann hat der Schmied also doch etwas von den Goldgulden beiseitegeschafft und ich hatte schon den

Buckligen in Verdacht!« Sofort biss er sich auf die Lippen und schwieg.

Bastian rückte seinen Stuhl näher an Reinhard Nolden heran. »Ihr kennt diese Münzen also doch!«, stellte er mit rauer Stimme fest. Bastian spürte, dass er kurz vor dem Durchbruch stand. Das Gesicht des Bruderältesten war dunkelrot angelaufen und Bastian konnte kleine Schweiß-perlen auf seiner Stirn erkennen.

Wernhart tat es Bastian nach und rückte ebenfalls dicht an den Bruderältesten heran. »Ich habe Euch vor ein paar Nächten belauscht!«

Reinhard Nolden riss entsetzt die Augen auf. Seine Lippen bebten. Wernhart fasste nach: »Für wen lasst Ihr die Münzen fälschen?« Seine Stimme klang fast freund-lich, als er hinzufügte: »Ihr wisst ja, dass Ihr vielleicht mit dem Leben davon kommt, wenn Ihr uns verratet, wer hinter den Münzfälschungen steckt.«

Der Bruderälteste lachte hysterisch auf. »Ihr habt doch keine Ahnung, mit wem Ihr Euch da anlegt. Mein Leben habe ich so oder so verwirkt.« Er legte beide Hände auf den Tisch und senkte den Kopf. In dieser Stellung und mit geschlossenen Augen verharrte er eine Weile, wie zu einem stillen Gebet. Dann nahm er den zweiten Weinkrug zur Hand und schenkte sich nach. In gierigen Zügen trank er den Wein aus und lehnte sich dann zurück. »Ich kann Euch nur raten, Euch nicht mit meinem Auftraggeber anzulegen. Er versteht nicht viel Spaß, wenn es um Gulden geht.«

Bastian hakte nach: »Wer ist Euer Auftraggeber? Hat er den Schmied auf dem Gewissen?«

Reinhold Nolden blickte Bastian tief in die Augen. Sein Blick verklärte sich. »Ich weiß nicht, wer das verbrannte Bettelweib oder den Schmied auf dem Gewissen hat. Die fehlenden Münzen sind erst nach seinem Tod aufgefallen. Bis dahin hatte niemand von uns einen Grund ihn zu töten. Ganz im Gegenteil, es fehlen noch etliche Gulden, die hergestellt werden müssen.« Er stellte den Becher ab. Seine Augenlider begannen zu zucken und plötzlich trat weißer Schaum aus seinen Mundwinkeln hervor.

»Was habt Ihr getan?« Bastian sprang entsetzt auf. Der Bruderälteste sank vom Stuhl und Bastian fing seinen schlaffen Körper kurz vor dem Aufprall ab. Er schüttelte Reinhard Nolden verzweifelt, doch dieser hatte die Augen bereits geschlossen und lag zuckend am Boden.

»Sagt mir, wer Euer Auftraggeber ist!«

Der Bruderälteste öffnete die Augen einen winzigen Spalt und Bastian hielt sein Ohr ganz dicht an seinen Mund, um ihn besser verstehen zu können.

»Wenn Ihr nicht aufgeben könnt, Bastian Mühlenberg, dann sucht ihn in Köln unter den Gefolgsmännern des Erzbischofs. Aber wenn Ihr klug seid und das Leben Eurer Familie Euch lieb ist, dann lasst es besser sein.« Die letzten Worte waren so leise gehaucht, dass Bastian sie kaum hören konnte.

»So sagt mir doch seinen Namen!« Bastian schüttelte Reinhard Nolden, dessen Körper bereits aufgehört hatte zu zucken. Der Bruderälteste atmete nicht mehr. Bastian schüttelte ihn wieder und wieder, bis er Wernharts Hand auf seiner linken Schulter spürte. »Er ist tot, Bastian!«

Bastian ließ von ihm ab und verbarg das Gesicht in den

Händen. Das konnte doch nicht wahr sein! Wütend fegte er die Becher vom Tisch, der Krug mit dem vergifteten Wein landete scheppernd auf dem Boden. Wernhart legte beruhigend einen Arm um Bastian. »Lass uns nach Hause gehen. Morgen reden wir mit dem Zwilling.«

Mit hängenden Schultern und todmüde wollte Bastian die Tür zu seinem Haus öffnen, als er feststellte, dass sie bereits offen war. Verdutzt blieb er stehen. Hatte er vergessen, die Tür zu verriegeln? Nein, er war sich ganz sicher, dass er sie verschlossen hatte. Mit klopfendem Herzen trat Bastian ein und lauschte. Nichts. Alles war still. Er blickte sich in der Dunkelheit der Stube um, konnte jedoch nichts Bedrohliches wahrnehmen. Trotzdem rumorte sein Bauch und so schlich er lautlos die Treppe hinauf, die Muskeln bis zum Zerreißen angespannt. Oben angekommen lauschte er einen Moment. Als er sich sicher war, kein Geräusch zu hören, stieß er vorsichtig die Tür zum Schlafgemach auf. Das Bett war leer. Marie war verschwunden.

Bastian schrie ihren Namen, doch er bekam keine Antwort. Er durchsuchte das Obergeschoss. Keine Spur von Marie. Er sprang die Treppe in einem Satz hinunter und leuchtete jeden Winkel mit seiner Fackel aus. Nichts. Dann öffnete er die Kellertür und stieg die Stufen hinab. Ein Luftzug ließ die Flamme fast verlöschen und in diesem Moment wusste Bastian, dass er Marie hier unten finden würde. Sein Blut rauschte in den Ohren und er hatte Schwierigkeiten, auch nur einen einzigen vernünftigen Gedanken zu fassen. Er sah sein ungeborenes Kind vor sich. Sah das Bild verblassen, neben seiner leblosen Frau. Seine Kehle verkrampfte sich und der Schmerz in seinem Herzen brannte so heiß, wie nur die Hölle sein konnte. Jetzt reiß dich zusammen, schalt er sich selbst. Verliere nicht die Nerven, dann verlierst du auch nicht deine Frau! Er versuchte ruhig zu atmen. Seine Hände zitterten. Ein prüfender Griff an seinen Oberschenkel gab ihm etwas Sicherheit. Sein Kurzschwert war bereit.

Er versuchte, sich die Karte der Häuser ins Gedächtnis zu rufen. Die Keller waren alle miteinander verbunden. Spätestens, seit er im letzten Sommer auf der Jagd nach dem Sichelmörder das geheime Labyrinth unter Zons entdeckt hatte - welches noch viele Meter tiefer verborgen unter der Stadt lag - kannte er jeden Winkel in- und auswendig. Dies war ein taktischer Vorteil und sollte dieser hagere Kirchenmann der Übeltäter sein, so würde er sich hier unten nur halb so gut auskennen.

Für einen Moment bereute Bastian, dass Wernhart nicht bei ihm war. Aber ihm blieb keine Zeit, Verstärkung zu holen. Er musste Marie finden. Bastian warf einen letzten Blick auf seine Fackel. Die Flammen schlugen in Richtung Norden. Dann blies er das Licht aus und lief im Dunkeln eine große Schlaufe. Er vermutete, dass die Entführer dort saßen, wo der Luftzug herkam. Wahrscheinlich lauerten sie ihm auf. Wenn er aus der entgegengesetzten Richtung auftauchte, konnte er den Überraschungseffekt vielleicht für sich nutzen.

Er verließ seinen eigenen Keller und betrat durch einen niedrigen Durchgang den Nachbarraum. Es war feucht und er konnte das Wasser von den Wänden tropfen hören. Seine Schuhe wurden nass. Er zählte seine Schritte und merkte sich jeden Richtungswechsel genauso wie jede neue Kelleröffnung, die er durchschritt. Dann hörte er ein Geräusch. Etwas quietschte laut - wahrscheinlich eine Ratte. Gleich darauf fluchte eine Männerstimme. »So seid doch leise oder wollt Ihr, dass wir entdeckt werden?« Bastian hielt den Atem an. Das mussten sie sein! Er näherte sich weiter und nahm einen schwachen Licht-schein war. Den Umweg und das Täuschungsmanöver hätte er sich sparen können, denn die Entführer hatten sich tatsächlich im Keller des Nachbarn verschanzt. Drei Kerle standen in dem feuchten Kellerraum, mit dem Rücken zu ihm gewandt. Vor ihnen, an einen Stuhl gefes-selt, saß Marie. Bastian konnte sie an ihren langen blonden Haaren erkennen. Sie bewegte sich nicht. Bastian spürte, wie die Angst seine Eingeweide hinaufkroch. Er visierte zwei von den Kerlen mit der Spitze seines Schwertes und stach zu.

Der Erste ging sofort zu Boden. Bastian hatte ihm sein Schwert tief in den Brustkorb gestoßen. Der zweite Kerl hatte sich rechtzeitig weggedreht. Bastian sprang einen Schritt zurück. Aus dem Augenwinkel nahm er wahr, dass ein Mann Marie vom Stuhl losband und mit ihr fliehen wollte. Schnell führte er seinen nächsten Angriff aus. Sein Gegenüber war ein geübter Schwertkämpfer. Er hielt Bastian in Schach. Bastian traf ihn am Schwertarm. Blut schoss in einer hohen Fontäne und spritzte an die grauen Kellerwände. Er keuchte und stieß schnell nach, bevor sein Angreifer wieder zur Besinnung kam. Dieser traf ihn mit einem heftigen Tritt am Knie. Bastian sank zusammen. Ein weiterer Schlag traf seinen Kopf. Blut lief von seiner Stirn hinab. Er konnte den metallischen Geschmack auf seinen Lippen spüren. Der Angreifer versuchte einen tödlichen Hieb zu setzen, doch Bastian wich aus und brachte ihn mit Hilfe einer Finte zum Stolpern. Mit einem lauten Schrei stieß Bastian sein Schwert in die Seite des Mannes. Blut tränkte den Boden.

Bastian kümmerte sich nicht weiter darum und wandte sich dem dritten Entführer zu. Er wusste, dass er es mit einem schnellen und geschickten Angreifer zu tun hatte. Überrascht erkannte er den hageren Mann, dem er im Kloster Brauweiler erstmals begegnet war. Er hatte ein Messer an Maries Kehle gelegt und grinste.

»Tötet mich und ich schneide ihr die Kehle durch, während ich meinen letzten Atemzug mache«, zischte er böse. Er lockerte seine Haltung und fing an zu lachen.

Bastian war irritiert, ließ ihn jedoch nicht aus den Augen und richtete sich drohend auf. Ein kalter Gegenstand in seinem Nacken ließ ihn innehalten. Jemand hielt ihm eine Waffe ins Genick. In Maries Gesicht konnte er das blanke Entsetzen lesen. Dann verdrehte sie die Augen nach oben und sackte ohnmächtig zusammen. Der hagere Mann lockerte die Klinge an ihrer Kehle nicht.

Das ist das Ende, dachte Bastian. Sie werden uns beide töten und hier unten liegenlassen. Krampfhaft überlegte er, wie er seinen Angreifer überwältigen könnte, ohne dass der im selben Augenblick Marie die Kehle durchschnitt. Seine Augen maßen fieberhaft die Entfernung zwischen ihm und Marie ab. Mit drei oder vier Schritten könnte er ort sein, sofern es ihm gelang, seinen Angreifer auf Anhieb unschädlich zu machen. Doch das würde zu lange dauern. Der Hagere könnte ihr ohne Eile die Kehle durchschneiden.

»Ihr hättet Euch nicht in meine Angelegenheiten einmischen sollen! Und ...«, er machte eine abfällige Handbewegung, »das Zählen hat man Euch wohl auch nicht beigebracht. Sonst hättet Ihr meinen dritten Mann nicht übersehen!« Ein gehässiges Lachen kam aus seiner Kehle.

»Wer seid Ihr und was treibt Ihr in unserer Stadt?« Bastian versuchte, seine Stimme zu beherrschen und nicht vor Wut zu zittern.

Der Fremde lachte. »Ihr hättet einfach Eure Augen schließen können. Was gehen Euch meine Goldgulden an?«

»Auf Münzfälscherei steht die Todesstrafe!«, erwiderte Bastian.

»Nun ...« Der hagere Mann hielt mitten im Satz inne und erstarrte plötzlich. Bastian blinzelte und traute seinen Augen nicht. Eine Schlinge, wie aus dem Nichts aufgetaucht, hatte sich um die Kehle des Hageren gelegt und sich zu einer tödlichen Falle zusammengezogen. Er brauchte keinen Wimpernschlag, um eine Entscheidung zu treffen. Eine weitere Chance würde es nicht geben.

Er fuhr mit einer solchen Wucht herum, dass sein Angreifer überrascht nach hinten taumelte. Das Schwert des Mannes streifte Bastians Nacken, doch er spürte keinen Schmerz und griff mit der bloßen Hand nach der Waffe. Mit einer schnellen Drehung wollte er die Situation unter Kontrolle bringen, doch sein Angreifer sprang auf und erkannte zu spät das Schwert, welches ihm augenblicklich die Kehle durchtrennte.

Erstaunt drehte sich Bastian um. Auch der hagere Mann war tot. Er lag mit blau angelaufenem Gesicht auf dem Boden. In seiner Brust steckte das Messer, welches er Marie an die Kehle gehalten hatte. Marie war immer noch bewusstlos. Bastians Augen suchten in der Dunkelheit nach seinem Lebensretter und blieben an einem jugendlichen Gesicht hängen. Vor ihm stand einer der Zwillinge. Bastian machte einen großen Schritt auf den Burschen zu, stolperte jedoch in ein tiefes Loch im Boden. Offenbar hatte jemand hier eine Art Verlies ausgehoben. Verzweifelt krallte Bastian sich am Rand des Loches fest, doch der sandige Boden gab unter seinen Fingern nach. Sein Schwert krachte polternd in die Tiefe. Mühsam klammerte sich Bastian an einen Stein, seinen letzten verbliebenen Halt, fest. Er keuchte. »Helft mir!«

Zwei Fußspitzen schoben sich über den Rand. Bastian wartete, doch nichts geschah. »Verdammt! So gebt mir Eure Hand und zieht mich aus diesem Loch!«

Ein blasses Gesicht schob sich über den Abgrund und starrte mit kalten grünen Augen auf ihn hinab. Ein eisiger Schauer durchfuhr Bastian, als er erkannte, dass der Zwilling ihm gar nicht helfen wollte. Ein Fuß trat schmerzhaft auf die Hand, mit der er sich festklammerte. »Helft mir!« Bastian bemühte sich, seine Stimme nicht wie ein Flehen klingen zu lassen. Der Zwilling gab keine Antwort, sondern starrte ihn einfach nur an. Bastian spürte, wie seine Kraft nachließ. Seine Hände rutschten immer mehr ab. Staub rieselte in seine Augen. Krampfhaft hielt er sich mit den Fingerkuppen fest. Seine Zeit lief ab, er würde sich nicht mehr lange halten können. Innerlich begann er zu beten, dann verlor seine linke Hand den Halt. Kurz bevor er abstürzte, schlang sich ein Seil um seinen Arm. Eine Hand legte sich fest um seinen Unterarm und gab ihm Halt, ohne ihn aus dem Loch zu ziehen.

»Ich ziehe Euch hoch, wenn Ihr mir versprecht, mein Leben zu schonen!«

Bastian blickte erstaunt nach oben. »Verflucht, ja doch! Ich verspreche es. Jetzt zieht mich schon rauf!«

Kräftige Arme hievten ihn nach oben. Bastian sah das eiskalte Lächeln auf Augusts Gesicht und er verstand. In seinem Gehirn setzten sich die einzelnen Bilder zu einem Ganzen zusammen und plötzlich wusste er, warum der Zwilling ihm dieses Versprechen abnahm. Er trug eine schwarze Kutte. Der Hundewelpe kam ihm in den Sinn. Auf einer Lichtung im Wald hatte Bastian die Zwillinge mit einem Welpen herumtollen sehen. Jonata hatte immer von einer Gestalt in einer schwarzen Kutte am Krötschen-turm gefaselt. Ob der Junge sie auf dem Gewissen hatte? Genauso, wie den Schmied? Sein Gedächtnis spulte die Geschehnisse im Kellergewölbe noch einmal ab. Der hagere Mann war mit einer Schlinge erwürgt worden. Die Schlingen fanden sich an der Leiche des toten Schmiedes, das Bettelweib hatte eine um den Hals gehabt und Till-manns Finger waren mit einer Schlinge abgetrennt worden. Nur bei der ermordeten Jonata hatten sie keine Schlinge gefunden. Bastian rang nach Luft.

»Seid Ihr August oder Christan?«

Der Zwilling kniff die Augen zusammen. »August«

Bastian schauerte vor der Wahrheit, die da in Gestalt eines so jungen Burschen vor ihm stand.

»Wisst Ihr eigentlich, was Ihr da von mir verlangt?«

August antwortete gelassen: »Ich habe Euer Wort und Ihr verdankt mir Euer Leben.« Nach einer Pause fügte er hinzu: »Und das Eurer Frau!«

Bastian Mühlenberg hatte ihn reingelegt. Er war ein sehr schlauer Mann und dafür zollte August ihm Bewunderung. Das Verlies war zugig, auch wenn es sich in einer der oberen Etagen des Juddeturms befand. Nebenan hörte er Gilig schnaufen. Im Vergleich zu den dicken Wänden waren die Türen nicht besonders stabil. Ihr Holz war so dünn, dass man jedes Wort verstehen konnte. Und so hatte August auch das Gespräch mithören können, welches Pfarrer Johannes und Bastian vor seiner Tür geführt hatten.

Sein Darm ließ eine erneute Druckwelle durch seinen Körper schießen. Trotz des Schmerzes musste August grinsen. Vorsichtig tastete er seinen After ab. Dann hockte er sich in die hinterste Ecke des Raumes und presste aus Leibeskräften. Derselbe Kerl, der ihm als Kind die Lust am Töten beibrachte, hatte ihm auch diesen Trick gezeigt. August wusste jahrelang nichts damit anzufangen, doch als das Paket mit den Goldgulden aus ihm herausflutschte, hatte er den Wert dieses Rates begriffen. Das war der letzte Teil gewesen. Zwar hatte Bastian Mühlenberg ihm den Sack mit den Goldgulden abgeluchst, aber er hatte sich vorher die Kleider mit Münzen vollgestopft und es geschafft, sie bis jetzt vor ihm zu verbergen.

Er drehte einen Goldgulden im Mondlicht vor seinem Gesicht hin und her. Dieser kleine Freund würde ihm zur Flucht verhelfen. Zwar hatte Bastian sein Versprechen gehalten und niemandem von Augusts wahrer Schuld erzählt, doch er wollte ihn trotzdem für immer im Juddeturm einsperren. Er könne keinen Mörder frei herumlaufen lassen! Wie Hohn hallten diese Worte in Augusts Kopf nach. Schließlich hatte er zwei Leben gerettet. Blieb nur noch eines übrig, welches er sühnen musste. Aber davon wollte Bastian Mühlenberg nichts hören. Nun, der würde sich noch wundern.

Schon hörte er die Schritte des Wärters auf der Treppe. Die Tür öffnete sich und ein unrasierter, stinkender Mann lugte durch den Spalt herein. August warf den Gulden hoch in die Luft, fing ihn klatschend wieder auf und lachte.

Die Nacht war von feuchtem Nebel durchzogen. Mondlicht spiegelte sich auf dem Wasser des Hafenbeckens, als das Handelsschiff »Johanna« sich zur Weiterfahrt bereit machte. Bastian führte die bucklige Gestalt mit der Kapuze über dem Kopf vorsichtig auf die Holzplanken des Schiffes. Der Bucklige bewegte sich wie immer erstaunlich geschmeidig für seine Behinderung. Bastian hievte ihn in den Lagerraum hinunter und flüsterte: »Nehmt die Kapuze erst ab, wenn Ihr auf dem Rhein seid. Niemand darf Euer Gesicht sehen!«

Dann gab er dem Kapitän einen Wink und sprang vom Schiff. Der Kapitän wankte leicht. Wahrscheinlich hatte er die ganze Nacht mit dem Weinfass verbracht, das Bastian ihm als Bezahlung überlassen hatte. Pfarrer Johannes stand am Rand des Hafenbeckens und bekreuzigte sich. Der alte Mann hatte tiefe Ränder unter den Augen.

»Werden sie nach ihm suchen?«, fragte Bastian, während er das Seil vom Beckenrand löste.

Pfarrer Johannes zuckte mit den Schultern. »Ich glaube nicht. Außerdem verwischen wir seine Spuren, indem wir ihn zuerst über den Rhein schicken.«

Er holte die Bibel, die er bei der Leiche des hageren Mannes gefunden hatte, hervor und strich über die Initialen, die in den Einband graviert waren.

»A.W.«

Die Buchstaben standen für Anton Wolfrath, ein ehemaliger Gefolgsmann des Kölner Erzbischofs Hermann von Hessen. Vor zwei Jahren war er wegen Diebstahls seines Amtes enthoben worden. Pfarrer Johannes hatte sich genau erkundigt. »Nein«, wiederholte er, »der Erzbischof wird gewiss nicht nach ihm suchen. Er wird froh sein, wenn Anton Wolfrath für immer aus seinem Leben verschwindet.« Er seufzte.

»Ich meinte Gilig. Werden die Leute nach dem Buckligen suchen?« Bastian warf das Seil einem Schiffsjungen zu und drehte sich zu Johannes um.

Dieser kratzte sich nachdenklich am Kopf. »Ach, Ihr meintet Gilig? Ich befürchte, ja. Die meisten Zonser wollen ihn am Galgen sehen. Keiner glaubt an seine Unschuld. Ich werde mir eine gute Erklärung für sein Verschwinden ausdenken müssen.«

Langsam trotteten die beiden zurück. Es war bitterkalt und der Wintereinbruch stand kurz bevor.

»Euer Kind wird ein Sohn des Frühlings sein!«, wechselte Pfarrer Johannes plötzlich das Thema.

»Oder eine Tochter!« Bastian strahlte bei diesen Worten über das ganze Gesicht. Marie war wohlauf. Josef Hesemann hatte sie gründlich untersucht. Ihr und dem Kind ging es bestens.

Sie schritten über den Schlossplatz und lenkten ihre Schritte in Richtung Juddeturm.

»Meint Ihr, dass es Gilig bei Bruder Anselmus gefällt?«, fragte Bastian, in Gedanken immer noch bei den Geschehnissen der letzten Stunden.

»Nun, das Kloster Brauweiler ist für seine gute Küche bekannt. Ich denke, er wird sich schnell einleben.« Pfarrer Johannes blieb vor dem Juddeturm stehen. »Ich bin sehr froh, dass Bruder Anselmus sich bereit erklärt hat, dieser verlorenen Seele zu helfen.«

Bastian nickte. »Was machen wir mit August? Ich schulde ihm das Leben von Marie und mein eigenes, aber trotzdem ist er ein Mörder. Seine Seele ist kalt.«

Johannes legte seine alte Hand auf das Treppengeländer. »Sein Bruder Christan ist ein herzensguter Mensch voller Wärme.« Er schüttelte den Kopf. »Wie können die beiden nur so unterschiedlich sein?«

»Er ist der kalte Zwilling!«, entgegnete Bastian und öffnete die Tür zu Augusts Kerkerzelle.

Ungläubig suchten seine Augen den Raum ab. Er war leer. Bastian spürte, wie der Schock seine Gedanken lähmte. Schnell zog er den Schlüssel hervor und öffnete die Nachbarzelle, in der Gilig gefangen gewesen war.

»Oh nein!« An der Wand lag eine zusammengekrümmte Gestalt. Sie atmete nicht mehr. Bastian drehte sie herum und der Pfarrer bekreuzigte sich erneut. Vor ihnen lag Gilig. Sein Gesicht war blau angelaufen. Eine Schlinge schnitt tief in seinen Hals. Die Hände waren gefesselt. Neben ihm lag eine goldene Münze. Bastian nahm sie in die Hand. Ein stehender Petrus, mit dem Himmelsschlüssel in der einen und einem Buch in der anderen Hand, blickte ihn an. Ein Fetzen Papier lugte unter der Wange des Toten hervor. Pfarrer Johannes hob es auf und las vor: »Sucht nicht nach mir. Ihr habt nichts zu befürchten.«

Bastian schlug wütend mit der Faust gegen die Wand. Sie hatten die Täuschung nicht bemerkt und August somit zur Flucht aus der Stadt verholfen. Er hatte sich in Giligs Kleidern und unter der Kapuze verborgen. Aber wie war er aus der Zelle entkommen? Das konnte er unmöglich alleine geschafft haben.

»Wer hatte heute Wachdienst?« Bastian war außer sich.

Pfarrer Johannes legte einen Arm auf seine Schulter und deutete mit dem Finger auf Augusts Nachricht. »Lasst es gut sein, Junge. Ich glaube ihm diese Worte und letztendlich hat er Euer Leben gerettet.«

»Aber er ist ein Mörder!« Bastian fluchte lauthals.

»Gott wird sich seiner annehmen.« Pfarrer Johannes bekreuzigte sich ein weiteres Mal.

Bastian tobte noch eine Weile und erinnerte sich plötzlich an die Nacht, in der er von Anna geträumt hatte. Er sah den weißen Gang vor sich, mit den makellos glatten Wänden und dem Boden, der wie dunkles Wasser aussah. In seiner Erinnerung tauchte ein blasses Gesicht mit grünen Augen auf. Ein gealtertes Gesicht. Wahrscheinlich hatte Pfarrer Johannes recht. Das Schicksal des Zwillings war längst besiegelt. Er, Bastian, konnte nichts daran ändern. Mit oder ohne seine Hilfe würde die Geschichte ihren vorherbestimmten Lauf nehmen.

Er kniff die Augen zusammen und versuchte, Annas Antlitz heraufzubeschwören. Ein Lächeln huschte über sein Gesicht, als es ihm gelang. Anna! Dies war sein letzter Gedanke, bevor er den Juddeturm verließ. Er verdrängte alles andere und hielt sich ihr Gesicht vor Augen, bis er einschlief und sie in seinen Träumen lebendig wurde. Es würde keine weiteren Morde dieses Wahnsinnigen in Zons geben. Dieser Fall war beendet. Das Leben ging weiter.

XV

Hans Steuermark war außer sich. Sein Chef hatte ihn zu einer Pressekonferenz verdonnert, auf der die Journalisten ihn auseinandergenommen hatten wie einen Schwerverbrecher. Er hasste die Presse. Man konnte nie vorsichtig genug sein. Jedes Wort wurde einem im Mund umgedreht und unter Umständen gegen einen verwendet. Wütend lief er in seinem Büro auf und ab. Auf den Teppichfasern hatte sich bereits ein Trampelpfad eingegraben und Oliver wunderte sich zum wiederholten Male darüber, dass nicht längst die alten Holzdielen zum Vorschein kamen, die unter diesem Teppich lagen.

Steuermark war ein großer, hagerer Mann mit braunen Adleraugen, die es schafften, Menschen mit bloßen Blicken Befehle zu erteilen. Oliver kannte viele Kollegen, die sich insgeheim vor Steuermark fürchteten, doch er selbst wusste, dass der Leiter des Kriminalkommissariats ein herzensguter Mensch war. Die Erinnerung an die

Versetzung nach Frankfurt an der Oder lag Oliver zwar immer noch schwer im Magen. Aber er verstand Steuermarks Gründe für diesen Schritt und bewunderte die Charakterstärke, mit der sein Chef auch schwierige und unpopuläre Entscheidungen traf.

»Professor Morgenstern hat den Kreis unserer drei Verdächtigen vorerst auf Kevin Helmhold eingegrenzt. Über die Studentin Alex Schimpski wollte er sich ohne ein persönliches Gespräch mit ihr nicht äußern. Die Informationslage auf dem Papier ist einfach zu dünn. Ronny Hammerschmidts Persönlichkeitsprofil weist keinerlei psychopathische Merkmale auf. Zudem fehlt das Tatmotiv und auch der Mörder der Prostituierten aus St. Paul ist mittlerweile in Gewahrsam. Er konnte eindeutig anhand von DNA-Spuren überführt werden.«

»Warum haben unsere amerikanischen Kollegen ein ganzes Jahr dafür benötigt?«, fragte Steuermark kopfschüttelnd.

»Es war reiner Zufall. In einem ganz anderen Fall wurde eine Massenspeichelprobe von allen männlichen Bewohnern eines bestimmten Wohnviertels genommen. Die Polizei wollte eigentlich einen Sexualtäter wegen Kindesmissbrauchs überführen, aber stattdessen hatten sie einen Treffer mit den am Tatort der ermordeten Prostituierten sichergestellten DNA-Spuren.« Petra Ludwig holte Luft. Steuermark blieb stehen und sah sie an.

»Haben Sie Kevin Helmhold verhört?«

Sie nickte. »Ja, aber er beharrt auf seiner Unschuld und das, obwohl wir Faserspuren seiner Kleidung in dem

Lüftungsschacht über der Toilette des Vorlesungsraumes gefunden haben.«

Klaus schnitt Petra hastig das Wort ab und fügte hinzu: »Angeblich hat er den Lüftungsschacht benutzt, um sich aus langweiligen Vorlesungen hinauszuschleichen. Wir haben das überprüft und nachvollzogen. Es könnte tatsächlich die Wahrheit sein. Zumindest führt der Lüftungsschacht nicht nur in das Büro des ermordeten Professors, sondern auch zu einer Öffnung in der Außenwand. Er war nicht der einzige Student, der diese Methode angewandt hat. Dies belegen weitere Faserspuren und die Aussagen diverser Mitstudenten.«

Oliver holte eine Liste aus seiner Akte hervor und drückte sie Steuermark in die Hand.

»Auf dieser Liste stehen alle Kinder, die mit Hilfe von künstlicher Befruchtung in der Universitätsklinik zu Köln auf die Welt kamen. Alle Elternpaare wurden von Professor Neuhaus und dem Biologen Hans-Peter Mundscheit behandelt, die Kinder sind heute zwischen 20 und 30 Jahre alt. Kevin Helmhold ist eines von ihnen.«

Hans Steuermark runzelte die Stirn. »Nun, ein Tatmotiv kann ich aus dieser Tatsache noch nicht ableiten. Ist Helmhold streng religiös und hat damit Einwände gegen diese Form der medizinischen Behandlung?«

»Das ist uns nicht bekannt und er streitet es ab. Ich kann mir im Augenblick nicht erklären, warum er die Menschen, die an seiner Zeugung beteiligt waren, umgebracht haben soll.«

Ein Klopfen an der Bürotür unterbrach das Gespräch.

Mit schüchternem Lächeln trat Steuermarks Sekretärin ein.

»Hier sind die Patientenakten, die Sie angefordert haben.«

Sie drückte Oliver einen Stapel Papier in die Hand und verließ das Büro. Oliver atmete tief ein. Die Analyse dieser Akten würde einige Stunden in Anspruch nehmen. Hoffentlich konnte er aus den Fruchtbarkeitsbehandlungen neue Erkenntnisse ziehen. Mit einem lauten Seufzer erhob er sich und verließ Steuermarks Büro, um sich sofort an die Arbeit zu machen.

Bettina Winterfeld wachte schweißgebadet auf. In letzter Zeit wurde sie immer häufiger von Albträumen geplagt. Die Vergangenheit ließ sie einfach nicht mehr los, obwohl sie sich vollkommen sicher war, alles richtig gemacht zu haben. Ihre Tochter war wohlauf. Aus Anna war eine gutherzige, weltoffene junge Frau geworden, auf die sie stolz sein konnte. Doch das dunkle Geheimnis, welches seit Generationen auf ihrer Familie lastete, forderte seinen Tribut. Die Albträume zermürbten Bettina systematisch und nagten an ihrem seelischen Gleichgewicht.

Sie drehte den Kopf zur Seite und öffnete die Augen nur so weit, dass sie die Uhrzeit auf dem Radiowecker erkennen konnte. Fünf Uhr morgens. Sie konnte locker noch zwei Stunden schlafen. Eine Haarsträhne fiel ihr in die Stirn und kitzelte sie an der Nasenspitze. Bettina wollte sie mit einer schnellen Handbewegung wegwischen, doch es ging nicht. Verwirrt versuchte sie erneut die Hand zu heben. Vergebens. Bettina bewegte die andere Hand. Das gleiche Ergebnis.

Panik wallte in ihr auf. Sie strampelte mit den Beinen, doch auch diese waren fest fixiert und hatten keinerlei Bewegungsspielraum. Ihr Herz hämmerte wild und Bettina versuchte verzweifelt, sich loszureißen. Sie lag gefesselt in ihrem eigenen Bett. Ein lauter Schrei drang aus ihrer Kehle.

»Hilfe! Helft mir!«

Im Bruchteil einer Sekunde legte sich eine Hand auf ihren Mund und unterdrückte den Schrei. Die Hand roch ekelhaft nach Gummi. Bettina riss die Augen auf und versuchte, die Dunkelheit zu durchdringen. In ihrem Schlafzimmer war ein männliches Wesen. Sie konnte es am Geruch erkennen. Mit aller Kraft wehrte sie sich und zerrte an ihren Fesseln. Vergebens. Dieser Mistkerl hatte sie so fest am Bett fixiert, dass sie sich kaum mehr als einen Zentimeter bewegen konnte. Die Angst kroch durch ihre Blutbahnen und verlieh ihr fast übermenschliche Kräfte. Während sie den Kopf von einer Seite zur anderen drehte, um ihren Mund von dieser stinkenden Gummi-hand zu befreien, beobachteten ihre Augen, dass der Mann ruhig neben ihrem Bett kniete.

Plötzlich bewegte er sich und warf sich mit einem Ruck auf sie. Die Hand verschwand für einen Moment von ihrem Mund und Bettina schrie um ihr Leben.

»Hilfe!«

Dann spürte sie, wie ein Knebel tief in ihren Rachen gepresst wurde. Sie schluckte und rang nach Luft. Vor ihren Augen tanzten grelle Blitze. Speichel lief durch ihren Hals in die Lunge. Bettina hustete und keuchte erstickt. Glasklar nahm ein Gedanke in ihrem Kopf Gestalt an. Ich werde sterben!

* * *

Anna lachte herzhaft, während Emily sich bemühte, den Kaffee im Mund zu behalten. Sie rasten mit Annas Wagen über die Landstraße B9. In knapp zehn Minuten hatten sie eine Verabredung mit Professor Morgenstern. Im Moment witzelten die beiden über die Narbe in seinem Gesicht. Anna hatte Emily von der nächtlichen Begegnung zwischen dem fast nackten Morgenstern und ihrer Mutter erzählt. Zunächst hatte sie sich Sorgen gemacht, doch Emily wischte diese mit Leichtigkeit beiseite. Sicherlich hatte sie recht. Annas Mutter war schon immer eine besorgte und ängstliche Person gewesen, die im Leben eher die Gefahr als die positiven Möglichkeiten wahrnahm.

Beide lachten bei der Vorstellung, Professor Morgenstern mit nacktem Oberkörper zu begegnen. Sie amüsierten sich über die Reaktion von Annas Mutter, die aufgrund ihrer strengen Erziehung eher prüde war. Anna konnte sich bildlich vorstellen, wie ihre Mutter mit entsetztem Gesicht davongelaufen war.

Sie grinste. Trotzdem kam ein leichter Zweifel in ihr hoch. »Aber sie hat gesagt, dass er geblutet hat.«

»Ach was, Anna. Meine Mutter würde genauso reagieren. Sie ist ja auch sofort rausgelaufen und hat nicht mal mit ihm gesprochen. Wer weiß, mit wem er in seinem Büro verabredet war.«

Anna musste lachen. »Wahrscheinlich hast du recht. Nur gut, dass sie ihn nicht zusammen mit einer Krankenschwester erwischt hat, sonst wäre die Sache noch peinlicher geworden.«

Anna bremste abrupt und bog in den kleinen Waldweg ein, der direkt zur psychiatrischen Klinik führte. Sie erwischte einen falschen Gang und der Motor heulte laut auf.

»Oh nein, jetzt ist mir der Kaffee doch noch übergeschwappt.« Emily stellte den Thermobecher zurück in die Halterung und kramte ein Papiertaschentuch hervor.

»Wenigstens sind die Flecken nicht zu sehen.« Sie tupfte sich vorsichtig die Kaffeespuren von der Jeans.

»Ich gebe zu, dass Morgenstern ein merkwürdiger Kauz ist. Er grinst immer so komisch. Beim letzten Besuch hatte ich eine Gänsehaut. Andererseits ist er den ganzen Tag von Irren umgeben, da wäre es ja verwunderlich, wenn nicht etwas davon auf ihn abfärben würde.«

Anna nickte, während sie auf den Klinikparkplatz einbog und den ersten freien Parkplatz nahm. Um diese Uhrzeit wirkte die Klinik noch verschlafen. Bis auf die Schwester in der Anmeldung war der Flur im Erdgeschoss vollkommen leer.

Die weißen Wände und der graue Laminatboden strahlten trotz des herrlichen Herbstwetters eine eisige Atmosphäre aus. Emily marschierte schnurstracks auf die Anmeldung zu. »Zu Professor Morgenstern bitte, ich habe einen Termin mit ihm.«

Die Schwester zuckte mit den Schultern. »Professor Morgenstern ist noch gar nicht hier.« Sie blickte auf ihre Armbanduhr. »Oh, Sie haben recht. Eigentlich sollte er schon seit knapp einer Stunde im Büro sein. Ich versuche, ihn auf dem Handy zu erreichen. Einen Moment, bitte.«

Sie griff zum Telefonhörer und legte nach ein paar Sekunden wieder auf. »Tut mir leid. Es geht leider nur die Mailbox ran. Warten Sie doch einfach ein wenig. Ich denke, dass er jeden Moment hier eintreffen wird.«

Emily verzog enttäuscht die Miene. »Einverstanden, dann warten wir dort vorne im Flur auf ihn.«

Oliver wusste, dass etwas nicht stimmte. Er las die Patientenakte von Kevin Helmholds Mutter jetzt zum dritten Mal. Er überflog die Liste der Medikamente und die Laborberichte, die Auskunft über den jeweiligen weiblichen Zyklus gaben. Oliver griff zu einer weiteren Akte und legte sie direkt daneben. Frau Helmhold hatte viel weniger Medikamente bekommen als die andere Patientin.

Verdutzt hielt er inne und verglich Zeile für Zeile. Es fehlten nicht nur Medikamente, offensichtlich war bei Frau Helmhold auch keine Punktion durchgeführt worden. Die Punktion diente der Entnahme von Eizellen, die später mit dem Sperma des Ehemannes zusammengeführt und so befruchtet wurden. Oliver blätterte zurück. Es hatte einen Embryotransfer gegeben, aber der komplette Vorgang der Befruchtung war nicht in der Akte verzeichnet. Sein Puls stieg merklich an. Oliver spürte instinktiv, dass er etwas Wichtiges entdeckt hatte.

Er versuchte, seine Gedanken zu ordnen. Es wurden also keine Eizellen von Frau Helmhold verwendet. Wie konnte diese Frau schwanger werden, wenn ihr nicht ein einziges Ei entnommen worden war? Erstaunt stellte Oliver fest, dass Kevin Helmhold einen älteren Bruder hatte. Tatsächlich war auch dieser durch künstliche Befruchtung gezeugt worden. Die Dokumentation der Behandlung wies die gleichen Lücken auf. Auch hier waren offensichtlich nicht die Eizellen der Mutter befruchtet worden. Oliver wischte sich aufgeregt über die Stirn. Seine Lippen fühlten sich trocken an.

Er hob den Telefonhörer ab und rief Petra Ludwig an. »Ich habe hier eine Auffälligkeit entdeckt. Könntest du herausfinden, wer der Bruder von Kevin Helmhold ist?«

»Er hat einen Bruder? Davon hat er während des Verhörs kein Wort gesagt!«

Oliver blickte auf das Datum des Behandlungsberichtes. »Vielleicht weiß er es gar nicht. Dieses Kind wurde neun Jahre vor ihm geboren.« Er legte auf.

Woher hatte Frau Helmhold Eizellen bekommen? Irgendjemand musste sie ihr geliehen haben, wie sonst hätte sie schwanger werden können? Oliver kam ein Gedanke. Bei jeder Fruchtbarkeitsbehandlung wurden den Patientinnen mehrere Eizellen entnommen. Nach den deutschen Gesetzen durften aber nie mehr als drei Embryos in die Gebärmutter einer Frau eingepflanzt werden. Sollte eine Patientin also mehr als drei Embryos zur Verfügung haben, wurden diese für weitere Versuche eingefroren. Oliver verglich die Anzahl der tiefgefrorenen Embryos mit denen, die während der Behandlung nicht eingesetzt werden durften. Bei einer Patientin namens Bettina Winterfeld wurde er fündig.

Eine Alarmglocke schrillte bei dem Namen in Olivers Gehirn, doch er ignorierte sie. Stattdessen starrte er fassungslos auf die Zahl der Embryos, die dort im Untersuchungsbericht eingetragen war. Fünf Embryos waren durch die künstliche Befruchtung gezeugt worden. Drei davon waren von hervorragender Qualität und nur ein Embryo wurde der Patientin auf eigenen Wunsch eingesetzt. Oliver entzifferte die handschriftliche Notiz von Professor Neuhaus: Die Patientin wünscht ausdrücklich die Vernichtung der übrigen Embryos.

Oliver suchte nun nach dem Bericht über die Kryokonservierung, in dem die Anzahl der tiefgefrorenen Embryos ausgewiesen wurde. Das Papier fehlte. Stattdessen gab es in der Akte eine knappe Anmerkung von Hans-Peter Mundscheit: erledigt.

Abermals überprüfte Oliver die Daten und fand seine Vermutung bestätigt. Die Schwangerschaft der beiden Patientinnen war auf den Tag genau zum selben Zeitpunkt eingetreten.

Oliver versuchte, für den Zeugungszeitpunkt von Kevin Helmhold einen ähnlichen Zusammenhang zu finden. Doch diesmal wiesen die Berichte über die tiefgefrorenen Embryos keinerlei Unstimmigkeiten auf. Vielleicht waren die Unterlagen einfach gefälscht. Das Klingeln seines Handys riss ihn aus den Gedanken. Schnell griff er in die Hosentasche und zog es hervor. Sein

Herz machte einen freudigen Sprung, als er Emilys Namen im Display entdeckte.

»Guten Morgen, mein Schatz. Wie geht es Dir?«

Emilys Stimme hallte wie aus weiter Ferne. »Anna und ich waren eigentlich mit Professor Morgenstern verabredet, aber er ist bisher nicht aufgetaucht. Alle wundern sich, wo er bleibt. Und da ich hier sitze und warte, wollte ich einfach deine Stimme hören.«

Oliver strahlte. Doch sein Lächeln erfror unwillkürlich, als die Alarmglocke in seinem Kopf erneut schrillte.

»Sag mal, heißt Anna nicht mit Nachnamen Winterfeld?«

»Ja, wieso fragst du?«

»Wie heißt ihre Mutter mit Vornamen?«

»Bettina. Warum stellst du mir so komische Fragen?«

Die Erkenntnis traf Oliver blitzartig. Der Name Bettina Winterfeld leuchtete wie ein Reklameschild in seinem Inneren auf. Plötzlich sah er den Zusammenhang zwischen dem ermordeten Biologen und Professor Neuhaus. Beide hatten Frau Helmhold zum Kindersegen verholfen. Kinder, die nicht ihre eigenen waren. Dies war das Tatmotiv. Die Rache eines Kindes, das von der leiblichen Mutter getrennt worden war.

Eine fürchterliche Vorahnung beschlich Oliver. Was, wenn der Mörder es auch noch auf seine »echte« Mutter abgesehen hatte? Krampfhaft überlegte er. Von Kevin Helmhold, der seit seiner Festnahme in Untersuchungshaft saß, ging zurzeit keine Gefahr aus. Doch was, wenn Kevins älterer Bruder der wahre Täter war?

»Wann hat Anna ihre Mutter zuletzt gesehen?«

Emily stockte. »Das weiß ich nicht. Was ist denn los?«

»Emily, bitte hilf mir und gib mir Anna für einen Moment.«

Annas Antwort ließ das Blut in Olivers Adern gefrieren. Seit zwei Tagen hatte sie nicht mit ihrer Mutter gesprochen.

Adrian Helmhold betrachtete die Frau, die seine leibliche Mutter war. Sie lag mit dem Rücken an Armen und Beinen gefesselt auf dem Bett, ihr Gesicht zu einer vor Angst erstarrten Maske verzerrt. Trotzdem konnte er sich in ihren grünen Augen und den brünetten Locken wiedererkennen. Ihre blasse Haut glich der seinen bis aufs Haar.

Sie hatte sich bis zur Erschöpfung gegen die Fesseln gewehrt. Hatte auch dann nicht aufgehört zu zappeln, als der Knebel ihr die Luft zum Atmen abschnürte. Adrian beeindruckte dieser Kampfgeist. Dort vor ihm lag seine »echte« Mutter. Das konnte er an ihrem Äußeren und ihrem Verhalten zweifelsfrei erkennen. Er war von ihrem Blut.

»Wenn du mir versprichst, nicht zu schreien, nehme ich dir den Knebel aus dem Mund.« Verwundert stellte Adrian fest, dass seine Stimme fast zärtlich klang.

Bettina nickte heftig und er zog ihr mit einem Ruck den Knebel aus dem Rachen. Sie hustete erstickt und Adrian flößte ihr Wasser in den ausgetrockneten Mund.

»Warum wolltest du mich vernichten?« Die Frage platzte aus ihm heraus, obwohl er sie nicht geplant hatte.

Bettina Winterfeld blickte ihn verwirrt an. Sie fragte sich, wie er es geschafft hatte, aus der roten Etage auszubrechen. Als sie bemerkte, wie seine Miene sich ärgerlich verzog, reagierte sie hastig. »Ich will Sie nicht vernichten. Wie kommen Sie darauf?«

Adrian lachte laut auf und schüttelte den Kopf. »Du weißt nicht, wer ich bin, oder?«

Bettina schwieg und wagte nicht, sich zu bewegen. Eine schier endlose Stille trat ein. Adrians Hand war zu ihrer Kehle gewandert und wollte zudrücken, doch ein innerer Widerstand hielt ihn davon ab. Stattdessen sagte er: »Mutter!«

Bettina riss die Augen auf. Sofort war sie wieder in ihrem Albtraum gefangen und plötzlich sah sie die Ähnlichkeit zwischen ihrer Tochter Anna und Adrian Helmhold.

»Wie kann das sein?« Ihre Stimme zitterte.

»Glaubst du, du kannst einen Jahrhunderte alten Fluch einfach aufheben, indem du deine Kinder tötest, noch bevor sie geboren werden?«

In Bettinas Kopf brach das Chaos aus. Das konnte nicht sein. Sie hatte nur ein einziges Kind auf die Welt gebracht. Die Vergangenheit spulte sich vor ihrem geistigen Auge ab. Sie sah das ernste Gesicht ihrer eigenen Mutter vor sich, als diese ihr von dem Fluch einer alten Hexe aus dem fünfzehnten Jahrhundert erzählt hatte. Sie schmeckte die Bitterkeit, die sie erfüllte, als ihr klar wurde, dass ihre Mutter nicht scherzte. Bettinas Augen füllten sich mit Tränen, die heiß über ihre Wangen liefen, während ihre Gedanken in die Vergangenheit flogen, zurück zu jenem Tag, an dem sie Professor Neuhaus gebeten hatte, alle überflüssigen Embryos zu vernichten. Sie blickte Adrian Helmhold an und flüsterte atemlos: »Ich habe es nicht gewusst. Ich habe alles dafür getan, keine Zwillinge zu gebären.«

Die Tränen liefen jetzt in Strömen über ihre Wangen. Bettina Winterfeld schluchzte laut. »Wenn ich gewusst hätte, dass...« Sie stockte mitten im Satz. »Woher weißt du das alles?«

Adrian Helmholds Gesicht wirkte wie versteinert. »Ich habe ein Gespräch zwischen meiner sogenannten Mutter und ihrem Freund, Hans-Peter Mundscheit, belauscht. An die Patientenakten heranzukommen, war nicht besonders schwierig. Ich musste einfach nur dafür sorgen, ein paar Wochen ins Krankenhaus eingeliefert zu werden.«

Mit einem süffisanten Grinsen fügte er hinzu: »Es gibt dort wirklich sehr nette Schwestern.«

»Woher wusstest du von dem Fluch?«

Adrian Helmhold zückte ein glänzendes Skalpell und setzte sich rittlings auf Bettinas Bauch. »Du willst ganz schön viel wissen, bevor du stirbst!« Er schnitt in einer langen feinen Linie in ihren Hals. Bettina schrie entsetzt auf. Er erstickte ihren Schrei mit seiner Hand und flüsterte: »Als ich noch ein kleiner Junge war, bevor die Schlampe, die sich als meine Mutter ausgab, mich in die rote Etage einweisen ließ, habe ich einen sehr weisen Mann im Kreisarchiv von Zons getroffen. Er hat mir eine goldene Münze in die Hand gedrückt und mir ein Gemälde von Zwillingsbrüdern gezeigt, die vor über fünfhundert Jahren in Zons gelebt haben. Anhand dieses

Bildes hat er mich damals sofort wiedererkannt. Das Schicksal der Zwillinge war bereits vor ihrer Geburt besiegelt und sollte sich in jeder siebenten Generation wiederholen ...«

Adrian atmete jetzt heftig und riss Bettina mit einem Ruck die Bluse auf. Langsam fuhr er mit dem Skalpell über ihre nackte Haut und sah ihr dabei tief in die Augen. Bettina flehte um ihr Leben, doch sie konnte keine Gnade in seinen Gesichtszügen erkennen. Sie schloss die Augen und wartete auf den Tod.

Das schrille Klingeln ihres Telefons ließ sie erneut aufschrecken. Adrian Helmhold ließ augenblicklich von ihr ab und lauschte. Dann setzte er das Skalpell erneut an und zog lange, blutige Linien quer über ihren Bauch. Schweigend genoss er den Anblick. Dann ergriff er ihren Unterarm und zurrte ein Gummiband um das Handgelenk fest. Gerade als er mit der Amputation des kleinen Fingers beginnen wollte, klingelte es an der Tür.

Adrian hielt einen Moment inne und legte dann beide Hände um ihren Hals. Er drückte so kräftig zu, dass Bettina sofort schwarz vor Augen wurde. Sie fühlte, wie das Leben aus ihrem Körper wich. Ihr letzter Gedanke galt Anna.

* * *

Annas Herz pochte laut. Sie war Hals über Kopf aus der Klinik gestürzt und zusammen mit Emily in ihren Wagen gesprungen. Bis zum Haus ihrer Mutter in der Altstadt von Zons würden sie zwanzig Minuten brauchen. Immer wieder versuchte sie, ihre Mutter auf dem Handy zu erreichen, doch es war ausgeschaltet. Das Festnetztelefon klingelte ins Leere.

»Sie hatte immer Angst vor Professor Morgenstern. Meinst du, er könnte dahinterstecken? Es ist doch merkwürdig, dass beide wie vom Erdboden verschwunden sind.«

Emily schüttelte den Kopf. »Das glaube ich nicht. Oliver hat ihn mit keinem Sterbenswörtchen erwähnt.«

Sie sah zu Anna hinüber, die verkrampft hinter dem Lenkrad saß. Tröstend fügte sie hinzu: »Sie ist bestimmt nur kurz einkaufen. Mach dir keine Sorgen. Sicher ist alles nur ein Missverständnis.«

Anna spürte, wie die ersten Tränen ihre Wangen hinunterliefen. Sie hatte ein mieses Bauchgefühl und ein schlechtes Gewissen, weil sie den Befürchtungen ihrer Mutter keinen Glauben geschenkt hatte. Sie drückte aufs Gaspedal und missachtete die Geschwindigkeitsbegrenzung auf der Landstraße. Ihr Innerstes war zutiefst aufgewühlt. Ein einziger Gedanke gab ihr die Kraft, durchzuhalten: Hoffentlich kommen wir nicht zu spät!

Kommissar Oliver Bergmann raste mit Höchstgeschwindigkeit über die Autobahn A57. Unterwegs hatte er seine beiden Kollegen Petra Ludwig und Klaus Gruber eingesammelt, die verwirrt über die hektische Entwicklung dieses Falls in seinen Dienstwagen gestiegen waren. Noch während der Autofahrt hatte Petra Ludwig durch diverse

Telefonate herausgefunden, wer der ältere Bruder von Kevin Helmhold war. Oliver konnte es nicht fassen, dass er nicht viel eher darauf gekommen war. Er wusste genau, wer oder vielmehr was Adrian Helmhold war.

Die neue Reportage von Emily kannte er auswendig. Ein kompletter Abschnitt war dem psychopathischem Persönlichkeitsprofil von Adrian Helmhold gewidmet. Sie hatten es mit einem impulsiven Psychopathen zu tun, der sich nur schwer kontrollieren konnte.

Wenn Bettina Winterfeld ihm in die Hände gefallen war, sah es schlecht für sie aus. Olivers Herz krampfte sich bei diesem Gedanken zusammen. Ein Irrtum war mittlerweile so gut wie ausgeschlossen, da die psychiatrische Klinik vor ein paar Minuten das Verschwinden von Adrian Helmhold bestätigt hatte. Die einzige gute Nachricht war, dass er zur Nachtkontrolle um drei Uhr noch im Bett gelegen hatte.

Im Kopf überschlug Oliver die Zeit, die seitdem vergangen war. Er konnte sie nicht länger als fünf Stunden in seiner Gewalt haben. Die Wahrscheinlichkeit, dass er sich mit der Ermordung seiner leiblichen Mutter besonders viel Zeit lassen würde, schätzte Oliver als sehr hoch ein. Mit ein wenig Glück war es noch nicht zu spät. Sein Partner Klaus hatte die Nachbarin von Bettina Winterfeld alarmiert, die versprochen hatte, an der Haustür zu klingeln. Noch hatten sie keine Rückmeldung. Aber immerhin bestand die geringe Hoffnung, dass sie sich doch irrten und Bettina Winterfeld einfach die Tür öffnete.

Nach schier unendlich langer Zeit erreichte Oliver die Autobahnausfahrt Dormagen. Noch nie war ihm die

Strecke zwischen dem Polizeirevier in Neuss und Zons so lange vorgekommen. Er preschte über die Straßen und in die Altstadt von Zons. In der Grünewaldstraße machten sie halt und sprangen aus dem Auto. Oliver stürmte zur Haustür, die sich im selben Moment öffnete. Emily stand mit schreckgeweiteten Augen vor ihm. Direkt dahinter erblickte er Anna. In ihren Augen standen Tränen. »Sie ist nicht hier!« Annas Stimme klang erstickt.

In diesem Moment klingelte Olivers Handy.

»Guten Morgen, Herr Bergmann. Hier spricht Professor Morgenstern. Meine Mitarbeiter haben mir soeben berichtet, was vorgefallen ist. Ich muss mich entschuldigen, dass ich erst jetzt anrufe, aber ich war vor ein paar Nächten in einen Verkehrsunfall verwickelt. Ich habe bis spät in die Nacht gearbeitet und war völlig übermüdet. Leider habe ich nicht aufgepasst und direkt vor der Klinik einen Unfall gebaut, bei dem ich selbst mehrere Schnittwunden davongetragen haben. Zum Glück bin ich Arzt und konnte meine Wunden sofort selbst versorgen. Heute Morgen musste ich meine Aussage bei der Polizei zu Protokoll geben.« Er machte eine kurze Pause. »Vielleicht kann ich Ihnen helfen. Ich kenne Adrian Helmhold sehr gut und weiß, wie er vorgeht.«

Oliver stellte den Lautsprecher seines Handys ein. »Nun, ich befürchte, es ist zu spät. Wir sind soeben am Haus von Bettina Winterfeld eingetroffen und sie ist nicht hier.«

»Wenn er unterbrochen wurde, dann hat er sie mit Sicherheit versteckt. Haben Sie alle Nischen des Kellers und den Dachboden gründlich durchsucht?«

Emily schüttelte den Kopf. »Auf dem Dachboden waren wir noch nicht.«

Professor Morgensterns Stimme krächzte durch den Lautsprecher. »Suchen Sie alles gründlich ab und schauen Sie in Kisten oder unter Planen nach. Ich habe Helmhold einmal aus dem Aktenschrank in meinem Büro gezerrt. Er liebt solche Verstecke.«

Noch während der Professor sprach, stürmte Oliver nach oben, Anna und Emily dicht hinter ihm. Klaus sicherte den Eingang, Petra Ludwig überprüfte derweil den Keller des Hauses.

Der Dachboden war höchstens zehn Quadratmeter groß und glich eher einer Kammer. Ein kleines Dachfenster spendete mäßiges Licht. Oliver duckte sich, um mit dem Kopf nicht an die Holzbalken zu stoßen. Anna, die sich hier seit ihrer Kindheit auskannte, kroch atemlos zu einer riesigen Kiste und öffnete sie. Entmutigt ließ sie die Schultern sinken. Sie war voller Bücher, wie eh und je. Die dicken Staubflocken, die durch das Öffnen in die Luft geschleudert wurden, zeigten ihr, dass sich jahrelang niemand mehr an dieser Kiste zu schaffen gemacht hatte.

Aus dem Untergeschoss hörten sie Petra Ludwigs Stimme. Der Keller war leer. Anna setzte sich und ließ ihre Tränen hemmungslos laufen. Sie spürte, dass ihre Mutter in den Händen dieses Wahnsinnigen war. Doch sie hatte keine Ahnung, wo sie noch nach ihr suchen sollten.

Oliver wollte den Dachboden gerade verlassen und in den Wohngeschossen weitersuchen, als ein letzter Blick in die Kammer ihn zurückhielt. Mit den Augen maß er die Größe des Dachbodens ab und versuchte sich gleichzeitig die Außenansicht des Gebäudes in Erinnerung zu rufen. Er nahm ein Holzstück in die Hand und begann die Wände abzuklopfen. Sie waren hohl. Oliver trat mit den Füßen gegen die dünne Holzwand, die sofort nachgab und krachend umkippte. Atemlos kniete er sich hin und starrte in die Dunkelheit des Hohlraumes hinein. Nichts. Nur unendlich viele Staubflocken, die sich in seiner Nase festsetzten und ihn zum Niesen brachten.

Auf Knien kroch er hinein. Der gesamte Dachboden war mit Holzwänden ausgekleidet. Der Hohlraum lief wie ein langer Schlauch an der Außenseite herum. Oliver zückte eine Taschenlampe. Ungefähr einen Meter vor sich sah er Spuren im Staub. Adrenalin schoss durch seine Blutbahnen, während er der Spur folgte, die an einer Holzkiste endete. Sie war unverschlossen. Oliver hörte ein schwaches Stöhnen und zerrte den Deckel herunter. Da lag Bettina Winterfeld, halbnackt, zusammengepfercht und geknebelt.

»Ich habe sie ...«

Ein Schlag auf den Hinterkopf ließ ihn zusammensinken. Sein Bewusstsein driftete in die Dunkelheit ab, doch Emilys Stimme hinderte ihn daran, sich fallen zu lassen. Er öffnete die Augen und kämpfte mit aller Kraft gegen das Schwindelgefühl an, welches wie eine Nebelwolke um seinen Kopf waberte.

Mühsam erhob er sich und kroch durch die Öffnung, die Emily mittlerweile in die dünne Bretterwand getreten hatte. Er sah das offene Dachfenster. Erst jetzt drang Emilys Stimme in sein Gehirn ein und sein Verstand begriff ihre aufgeregten Worte. »Er ist durchs Dachfenster. Anna ist hinterher geklettert!«

Mit einem Satz hangelte Oliver sich ebenfalls durch die kleine Luke im Dach und blieb auf den glitschigen Schindeln stehen. Anna war nicht weit gekommen, während Adrian Helmhold bereits auf dem Nachbardach gelandet war. Oliver zog seine Pistole aus dem Gürtel und schrie: »Halt, Polizei! Stehenbleiben oder ich schieße!«

Adrian Helmhold stoppte und drehte sich um. Der Abstand zwischen ihnen betrug gerade einmal zehn Meter, sodass Oliver das Blitzen in seinen grünen Augen erkennen konnte. Der Junge ist Anna wie aus dem Gesicht geschnitten, schoss es Oliver durch den Kopf. Adrians Gesicht verzerrte sich plötzlich zu einem Grinsen. Ehe Oliver begriff, was er vorhatte, nahm er Anlauf und sprang. Anna schrie entsetzt auf. Ein hässliches Klatschen verkündete den Aufprall von Helmholds Körper auf die uralten Steine, die seit vielen Jahrhunderten die Straßen von Zons pflasterten. Adrian Helmhold war tot.

Dankbar nahm Bettina Winterfeld das Wasserglas entgegen und nippte vorsichtig. Sie lag im Kreiskrankenhaus Dormagen-Hackenbroich. Ihr Kehlkopf war immer noch angeschwollen und schmerzte bei jedem Wort. Ihr Körper war über und über bandagiert. An einigen Stellen waren die Einschnitte, die Adrian Helmhold ihr mit dem Skalpell zugefügt hatte, so tief, dass sie genäht werden mussten. Trotz der Schmerzen lächelte Bettina. Anna saß an ihrem Bett und streichelte ihren Arm.

Oliver stand am Fenster und umschlang Emilys Hüfte. Er räusperte sich. »Wir haben übrigens den Lüftungsschacht gefunden, durch den Adrian Helmhold die psychiatrische Klinik regelmäßig unbemerkt verlassen konnte. Er wurde bei einem Umbau vor über zehn Jahren nicht richtig verschlossen. Niemand bis auf Adrian hatte es bemerkt. Er war so lange in der Psychiatrie, dass er die Zeitabläufe der Klinik in- und auswendig kannte. So konnte er stundenlang verschwinden und die Morde begehen, ohne vermisst zu werden. Auf die Klinik werden deshalb noch große Probleme zukommen.«

Emily schmiegte den Kopf an Olivers Brust und fragte: »Warum hat er ausgerechnet jetzt mit den Morden begonnen?«

Oliver zögerte mit der Antwort. »Vermutlich hat er erst bei seinem Krankenhausaufenthalt vor zwei Jahren die Identität seiner biologischen Mutter herausgefunden. Auch wenn der Biologe Hans-Peter Mundscheit seiner Jugendliebe zum Kindersegen verholfen hat, glauben wir nicht, dass er die Identität der biologischen Eltern preisgeben wollte. Wir vermuten, dass Mundscheit einfach die Chance ergriff, als überzählige Embryos vernichtet werden sollten. Das kam nicht allzu oft vor. Statt sie zu entsorgen, hat er sie Frau Helmhold eingepflanzt und ihr damit die Chance gegeben, Kinder zu gebären.«

»Ich verstehe trotzdem nicht, wieso er diese Prostituierte getötet hat.« Anna sah Oliver aus grünen Augen an.

»Das wird wohl ein Rätsel bleiben. Vermutlich war sie

ein Zufallsopfer, an dem er seine Methoden ausprobiert hat.«

Anna zog die Augenbrauen hoch und drehte sich zu ihrer Mutter um.

»Warum hast du mir nie etwas von diesem Fluch erzählt?«

Bettina Winterfeld schaute ihrer Tochter lange in die Augen. »Ich dachte, ich hätte das Schicksal ausgetrickst. Aber niemand kann die Vergangenheit einfach so abstreifen.«

Annas Gedanken schweiften zu Bastian Mühlenberg, der vor über fünfhundert Jahren auf der Jagd nach einer Münzfälscherbande auf Annas Vorfahren, die Zwillinge August und Christan, und die Verbrechen des kalten Zwillings gestoßen war. Vielleicht war dies die Verbindung, die sie so oft von ihm träumen ließ. Ein Lächeln huschte über ihr Gesicht, als sein Bild plötzlich vor ihrem inneren Auge auftauchte. Sie wusste, dass er auf unerklärliche Weise immer bei ihr sein würde.

Die Tür öffnete sich und Professor Morgenstern trat ein. Ein Lächeln umspielte seine Mundwinkel, als er Bettina eine goldene Münze in die Hand legte. »Ich glaube, die gehört Ihnen.«

ENDE

NACHWORT DER AUTORIN

Liebe Leserin, lieber Leser,

ich möchte mich bei Ihnen dafür bedanken, dass Sie meinen Roman gekauft und gelesen haben. Ich hoffe, Ihnen hat die Lektüre gefallen und Sie hatten ein spannendes Leseerlebnis. An dieser Stelle möchte ich insbesondere für die historisch interessierten Leser noch folgende Punkte anmerken:

Die meisten Orte, die ich in meinem Thriller beschreibe, existieren tatsächlich. Die von mir eigenhändig gezeichnete Karte, die Sie ganz vorne im Buch finden, stellt den historischen Stadtkern von Zons dar. Genau so werden Sie die Stadt vorfinden, wenn Sie ihr einen Besuch abstatten. Schauen Sie doch dann einmal in der Tourist-Information gegenüber dem Kreismuseum an der Schloßstraße vorbei. Sie werden dort einen ähnlichen Plan erhalten.

Das »Schloss Friedestrom« heißt heute offiziell »Burg Friedestrom«, aber da viele Zonser es lieber Schloss nennen und auch die Straße davor den Namen »Schloßstraße« und nicht etwa »Burgstraße« trägt, habe ich diesen Namen beibehalten.

Ein Leser hatte mich nach meinem ersten Buch gefragt, warum es vier Ecktürme in Zons gibt; er könne nur drei finden. Wenn man den Eisbrecher an der südöstlichen Ecke der Festung mitzählt, kommt man auf vier Ecktürme. Im Norden befinden sich der Rhein- und der Krötschenturm und im Süden der Mühlenturm und der Eisbrecher. Woher der Krötschenturm seinen Namen hat, ist unsicher. »Krötsch« bedeutet so viel wie »kränkelnd« und deshalb wird vermutet, dass in Pest- und Seuchenzeiten die Kranken in den Turm gesperrt wurden, um sie von den gesunden Menschen fernzuhalten. Genauso gut kann es jedoch sein, dass der Turm seinen Namen aufgrund der ihn umgebenden »Kreuzgärten« erhalten hat. So lautet auch heute noch der Flurname. So könnte aus dem alten Begriff »Creutzthurm« über »Creutzschturm« schließlich »Krötschenturm« geworden sein. Schriftliche Überlieferungen gibt es leider nicht.

Es gibt einige psychiatrische Kliniken im Rhein-Kreis Neuss. Da ich keinesfalls eine dieser Kliniken durch die Erwähnung in meinem Buch in den Ruf bringen möchte, dass dort Patienten tatsächlich ausbrechen können, ist meine Klinik fiktiv geblieben. Dasselbe gilt für die Figur

Professor Morgenstern, der Emily freundlicherweise Einsicht in die Patientenakten und Zugang zur geschlossenen psychiatrischen Abteilung gewährt hat. Dies ist in Deutschland ein sehr streng geregelter Prozess, der u.a. eine Einwilligungserklärung der Patienten zur Einsicht in ihre Akte voraussetzt. Ich habe mir in meinem Roman die Freiheit genommen und bin von der Einhaltung dieser Bedingungen ausgegangen. Somit hat auch der fiktive Professor Morgenstern seine ärztliche Schweigepflicht nicht verletzt. In der Realität ist es sicher viel schwieriger, eine entsprechende Einwilligungserklärung zu erhalten, da die Patienten aufgrund ihrer Erkrankung häufig nicht in der Lage sind, eine derartige Entscheidung mit freiem Willen zu treffen.

Münzfälschungen waren im Mittelalter weit verbreitet. Die Kölner Kaufmannschaft hat im Jahre 1458 die gefälschten Gulden des Erzbischofs Dietrich von Moers abgewertet. Ein Goldgulden war damals 24 Weißpfennige wert. Die minderwertigen Goldgulden erzielten gerade noch 14 Weißpfennige pro Stück und wurden auch als Postulatsgoldgulden bezeichnet. Trotzdem wiederholten seine Nachfolger auf dem erzbischöflichen Stuhl, Ruprecht von der Pfalz und auch der in meinem Buch aktive Hermann von Hessen (1480–1508) die Prägung der Postulatsgulden. Dies geschah allerdings nicht in Zons, sondern in den Münzstätten Deutz und Rheinsberg. Die Münzstätte in Zons wurde im Jahr 1502 vom Erzbischof Hermann von Hessen errichtet. Der Münzmeister, der im Oktober desselben Jahres eingestellt wurde, hieß Johann Groen-waldt. Es gibt keine historischen Quellen, die belegen, wie lange in der Zonser Münzstätte geprägt wurde. Man geht jedoch davon aus, dass mit dem Tod des Kölner Erzbi-schofs Hermann von Hessen im Jahr 1508 und dem damit einhergehenden Rückfall von Zons an das Domkapitel die Münzstätte wieder aufgegeben wurde. Sie hat also nur wenige Jahre existiert. Münzfälschungen aus der Zonser Münzstätte sind nicht bekannt.

Die im Buch erwähnten historischen Ereignisse, wie der »Neusser Krieg« und die Vergabe der Zollrechte durch den Erzbischof Friedrich von Saarwerden haben tatsächlich stattgefunden. Auch die St.-Sebastianus-Schützenbruder-schaft hat es wirklich gegeben. Sie wurde um 1448 gegründet und existierte bis ins Jahr 1802. Grund für die Auflösung der Bruderschaft war die Besetzung von Zons durch die Franzosen, die 1794 einmarschierten und sämt-liche religiöse Vereinigungen sowie viele öffentliche Veranstaltungen verboten. Erst im Jahr 1898 wurde in Zons ein neuer Schützenverein, die St.-Hubertus-Schützenge-sellschaft, gegründet.

Die Figuren in meinem Buch sind ebenfalls frei erfunden. Ich möchte nicht ausschließen, dass der ein oder andere Charakter Ähnlichkeiten mit heute lebenden Personen hat, dies ist jedoch keinesfalls beabsichtigt. Die histori-schen Figuren selbst haben alle existiert, jedoch sind ihre Handlungen meist fiktiv. Wahr ist, dass das Kloster Brauweiler seit jeher die Pfarrer der St. Martinus Kirche in Zons gestellt hat.

Wenn Sie an Neuigkeiten über anstehende Buchprojekte, Veranstaltungen und Gewinnspiele interessiert sind, dann tragen Sie sich in meinen Newsletter oder meine WhatsApp Liste ein:

- **Newsletter: www.catherine-shepherd.com**
- **WhatsApp: 0152 0580 0860** (bitte das Wort „Start" senden)

Sie können mir auch gerne bei Facebook, Instagram und Twitter folgen:

- **www.facebook.com/Puzzlemoerder**
- **www.twitter.com/shepherd_tweets**
- **Instagram: autorin_catherine_shepherd**

Natürlich freue ich mich ebenso über Ihr Feedback zum Buch an meine E-Mail-Adresse:

kontakt@catherine-shepherd.com

Zum Abschluss habe ich noch eine persönliche Bitte an Sie. Wenn Ihnen dieses Buch gefallen hat, würde ich mich über eine kurze Rezension freuen. Keine Sorge, Sie brauchen hier keine »Romane« zu schreiben. Einige wenige Sätze reichen völlig aus.

Sollten Sie bei *Leserkanone, LovelyBooks* oder *Goodreads* aktiv sein, ist natürlich auch dort ein kleines Feedback sehr willkommen. Ich bedanke mich recht herzlich und hoffe, dass Sie auch meine anderen Romane lesen werden.

Ihre Catherine Shepherd

WEITERE TITEL VON
CATHERINE SHEPHERD

Zons-Thriller Band 1 bis 4

Zons-Thriller Band 5 bis 8

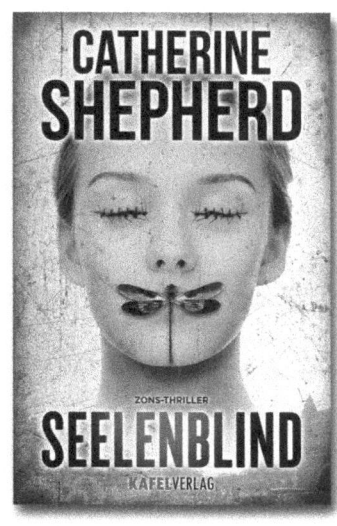

Zons-Thriller Band 9 bis 11

Laura Kern-Thriller Band 1 bis 4

Laura Kern-Thriller Band 5 und 6

Julia Schwarz-Thriller Band 1 bis 4

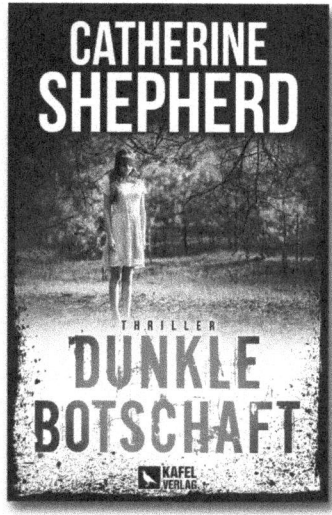

Julia Schwarz-Thriller Band 5

STADT ZONS AM RHEIN

Die kleine Stadt Zons – ehemals Zollfeste Zons genannt – liegt am Niederrhein direkt bei Dormagen im Rhein-Kreis Neuss, fast genau in der Mitte zwischen Düsseldorf und Köln. Auf der anderen Seite des Rheins liegt Düsseldorf-Urdenbach. Beide Orte sind durch eine Fährverbindung über den Rhein miteinander verbunden. Zons ist eine der am besten bewahrten mittelalterlichen Städte mit einer im ganzen Rheinland einzigartigen, gut erhaltenen Befestigungsanlage aus dem 14. Jahrhundert, sozusagen das Rothenburg des Rheinlands.

Die kleine Stadt Zons blickt auf eine lange und bewegte Geschichte zurück:

Ebenso wie in das heutige Gebiet der Stadt Köln und der benachbarten Stadt Neuss kamen die Römer auch in die Nähe von Zons. Dies hat man jedenfalls bei Ausgrabungen festgestellt, nach denen es bei Zons einen römischen Friedhof und ein Militärlager der Römer gegeben hat.

Gesichert ist ebenfalls die Erkenntnis, dass Zons im Jahr 1373 das Stadtrecht erhalten hat. Der Kölner Erzbischof Friedrich von Saarwerden hatte zuvor im Jahr 1372 den Rheinzoll vom Gebiet des heutigen Neuss nach Zons verlagert. Zons wurde daraufhin durch Mauern und Gräben befestigt. Im Zentrum der befestigten Ortschaft befanden sich wohl etwa einhundertzwanzig Häuser. Im 15. Jahrhundert war der seinerzeitige Ausbau von Zons abgeschlossen. Die Bevölkerung war im Wesentlichen im Ackerbau, der Viehzucht und in den Bereichen Bier-, Wein- und Getreidehandel tätig. Daneben existierten Handwerksbetriebe, Ziegeleien sowie Woll- und Leinenwebereien. Zwischen dem 15. und dem 17. Jahrhundert gab es offenbar einen moderaten Wohlstand in der Stadt.

Das 17. Jahrhundert war keine gute Zeit für Zons. 1620 gab es erneut einen schweren Brand in der Stadt, von dem der Überlieferung nach nur wenige Häuser verschont blieben. Auch der Dreißigjährige Krieg hat durch entsprechenden Beschuss in Zons schwere Spuren der Zerstörung hinterlassen. Die Pest schwächte das Städtchen in mehreren Wellen, z. B. 1623 und 1666. Im Jahr 1794 eroberten die Franzosen Zons. Es gehörte nunmehr zu Frankreich und war bis 1814 im Kanton Dormagen des Arrondissements Köln beheimatet.

1815 ging Zons an die Preußen über und wurde dem Kreis Neuss sowie 1822 dem Regierungsbezirk Düsseldorf zugeordnet. Bereits seit 1900 ist Zons ein beliebtes Ausflugsziel. 1975 wurde Zons Teil von Dormagen. Zons nannte sich daher ab diesem Zeitpunkt Feste Zons. Seit 1992 darf Zons sich wieder Stadt nennen, allerdings handelt es sich hierbei nicht um eine eigenständige Gemeinde im Rechtssinn, sondern um einen Titel, den man Zons aufgrund der hohen historischen Bedeutung gewährt hat. Heute hat Zons über 5.000 Einwohner und gehört als Stadtteil von Dormagen zum Rhein-Kreis Neuss.

Weitere Informationen über Zons finden Sie auf: www.zons-am-rhein.info oder auf der Facebook-Seite www.facebook.com/zonsamrhein. Vielleicht schauen Sie sich das schöne Zons einmal persönlich an. Einige der Plätze, die in diesem Buch eine Rolle spielen, sind auch heute noch gut erhalten.

ÜBER DIE AUTORIN

Die Autorin Catherine Shepherd (Künstlername) lebt mit ihrer Familie in Zons und wurde 1972 geboren. Nach Abschluss des Abiturs begann sie ein wirtschaftswissenschaftliches Studium und im Anschluss hieran arbeitete sie jahrelang bei einer großen deutschen Bank. Bereits in der Grundschule fing sie an, eigene Texte zu verfassen, und hat sich nun wieder auf ihre Leidenschaft besonnen.

Ihren ersten Bestseller-Thriller veröffentlichte sie im April 2012. Als E-Book erreichte »Der Puzzlemörder von Zons« schon nach kurzer Zeit die Nr. 1 der deutschen Amazon-Bestsellerliste. Es folgten weitere Kriminalromane, die alle Top-Platzierungen erzielten. Ihr drittes Buch mit dem Titel »Kalter Zwilling« gewann sogar Platz Nr. 2 des Indie-Autoren-Preises 2014 auf der Leipziger Buchmesse.

Seitdem hat Catherine Shepherd die Zons-Thriller-Reihe fortgesetzt und zudem zwei weitere Reihen veröffentlicht.

Im November 2015 begann sie mit dem Titel »Krähenmutter« eine neue Reihe um die Berliner Spezialermittlerin Laura Kern (mittlerweile Piper Verlag) und ein Jahr später veröffentlichte sie »Mooresschwärze«, der Auftakt zur dritten Thriller-Reihe mit der Rechtsmedizinerin Julia Schwarz.

Mehr Informationen über Catherine Shepherd und ihre Romane finden sich auf ihrer Website:

www.catherine-shepherd.com